加藤清正　虎の夢見し

津本　陽

幻冬舎時代小説文庫

加藤清正　虎の夢見し

目次

夜叉若《やしやわか》

元亀《げんき》元年（一五七〇）初夏の夕暮れであった。尾張《おわり》国愛知郡中村の村のはずれである。蚊柱《かばしら》がたって、夕立が通りすぎた後の風が蒸し暑い。

村のはずれで子供たちが遊んでいた。人数は十五、六人である。彼等は蚊にくわれるのもかまわずに、裾《すそ》のみじかい湯帷子《ゆかたびら》を泥によごし水遊びに興じていた。そのとき突然叫び声があがった。子供のひとりが井戸へ落ちたのである。

「才八《さいはち》が井戸へ落ちたぞ。どうすりゃよかろう」

「水を飲んで死ぬぞ」

「誰ぞ早う大人に知らせてこい」

数人の子供たちが集落のほうへ急を知らせに走った。

子供のうちで大柄《おおがら》な、夜叉若という九歳の少年が、子供たちに声をかけた。

「大人を呼んでくるうちにゃ才八は溺《おぼ》れるだわ。皆で助けにゃいけん」

「助けるというてどうすりゃいいかのん」

大柄な夜叉若は、泥に汚れた湯帷子の帯を解き、裸体になった。

「みんな帯をほどけ。それをつなぎ合わせりゃいいだで」

子供たちは先をあらそって帯を解き、長くつなぎ合わせた。夜叉若は小柄なひとりにいった。

「石松《いしまつ》、お前はこの帯の先を腹にくくりつけて井戸へ下りろい。溺れてる才八をつかまえりゃおれたちがうえへ引きあげてやらあ」

石松という子供はいわれる通りに帯をふんどしにくくり付け、腹にまいた。

「それ下りろ、怖《こわ》がるんじゃねえだわ。引きあげてやるだで」

石松はおそるおそる帯にすがり井戸の底へ下りてゆき、井戸水に浮きつ沈みつしている才八の湯帷子をつかむ。

「それ、つかんだぞ。才八は抱いたで、上げてくれ」

「がってんだ」

夜叉若は、他の子供たちと力をあわせ帯を引く。溺れていた子供は、無事に助けあげられた。村から駆けつけた大人たちは感心した。

「こげな智恵をはたらかせたのは誰だでや」

子供たちがいう。

「夜叉若だわ」

「やっぱり、夜叉若か。とっさのときにうろたえずにそれほどの智恵をはたらかすとは、みあげた子供だで」

夜叉若の機知は村じゅうの評判となった。

「夜叉若は腹が据《す》わっておるだで。あのまま大人が駆けつけるのを待ってりゃ才八は溺れたにちがいねえ。夜叉若のような子供が大人になりゃぁ、たいした侍ができあがるだで」

中村は現在の名古屋市内であるが、当時は人影もまばらな農村であった。地侍である夜叉若の父、弾正右衛門《だんじょうえもん》清忠《きよただ》は、この年の晩春から織田信長の軍勢に参加し、姉川《あねがわ》合戦に出陣していた。

清忠は信長の家来ではないが、織田家の奉行《ぶぎょう》に誘われ傭兵《ようへい》として合力《ごうりき》したのである。清忠の家系は昔から美濃《みの》で加藤武者と呼ばれる地侍の一党に属していた。夜叉若の祖父因幡守清信《いなばのかみきよのぶ》は、尾張犬山《おわりいぬやま》に住み、斎藤道三《どうさん》の侍大将であった。道三と信長が犬山で合戦をしたとき、清信は討死を遂げた。その後清信の子息清忠は、尾張中村へ移住したのである。

夜叉若は十歳のときに在所《ざいしょ》で評判をたかめるほどのはたらきをした。子供に似あわない才知で、父清忠の留守に家へ忍び入った強盗を倒したのである。

十一月も末の西風が吹きつのる夜であった。清忠は隣村へ所用で出かけ留守であった。夜叉若は母とともに留守居をしていた。

「今宵は風が強いゆえ、戸締まりに念をいれておかねばならぬでや」

母親は家の周囲を見まわり、戸につっかえ棒をした。風の強い日や雨の夜は、物音をたてても風雨の音にまぎれ聞きとりにくいので、強盗が入りこみやすい。夜がふけて灯を消し、夜着をかぶった夜叉若は、しきりに蔀戸《しとみど》を鳴らす風音を聞きつつ、いつ盗賊が踏みこんできても、母親を守れるようにと支度をととのえていた。

当時は世情がおだやかではなく、追剝《おいは》ぎが横行していた。夜叉若は昼間に村の神社へ出かけ、祭礼のときに用いる鬼の面を借りてきていた。額に一本角がつきでて目が爛々《らんらん》とかがやき、赤い顔には口が耳まで裂けている。一見して人を慄然《りつぜん》とさせる鬼面である。夜叉若は面と父の用いる太刀を、夜着の下に引き入れていた。子《ね》の刻（午前零時）をすぎた頃、背戸《せど》のほうで妙な物音がした。夜叉若は母親にささやく。

「なんぞ音がしなかったかえ」

「裏の戸が風で開いたのかも知れぬだわ」

闇の中で耳を澄ます。物音はしばらくとだえていたが、こんどは土間の辺《あた》りで土を掘るような音がしはじめた。

「やっぱり盗《ぬす》っ人《と》だわ。外から地面を掘って、土間のなかへ入ってくるにちがいねえだで」

母親は夜着のなかで身を震わす。

「お母《かか》、納戸《なんど》へ隠れておらっせるがええだわ。盗っ人が入ってくりゃぁ、おれが斬ってやるぞ」

夜叉若は鬼面を顔につけ、太刀を抜きはなった。

年齢は十歳であるが、体格はなみの子供ではなく、大人の背丈をはるかに超えており、五尺五寸（約百六十七センチ）もある。

夜叉若は夜着をはねのけ床を這《は》って土間のほうへ近づく。物音はたしかに聞えていた。誰かが壁の下を掘り、外から忍びこんできたのである。闇に眼を凝《こ》らすと人の気配がする。土間の土を静かに踏みしめてくる音である。家内に入りこんできた敵は二人であった。

「こりゃ、おちつかにゃいけんぞ。仕損じたなら、斬り死にしてやらあ」

夜叉若はとっさに覚悟をきめ、刃渡り二尺六寸の業物《わざもの》を暗中で静かにふりかぶった。

彼は間近に寄ってきたふたつの人影に、声もかけずに斬りかかった。盗賊たちは突然襲いかかられたので、驚きの叫び声をあげ、夜叉若の刀をとっさに払いのける。刀身の打ちあう冴えた音が家内に鳴り、夜叉若は無二無三《むにむさん》に打ち込んでいく。叫び声があがりひとりが夜叉若の刃で体をかすられた様子である。彼らは雨戸を蹴破って外へ逃れた。夜叉若は足音荒く追いすがる。外へ出ると、盗っ人たちはあとを追って出てきたのが夜叉若ひとりと見て引きかえし、逆襲の態勢となった。月が雲間を漏れ、ほの明りが夜叉若の顔を照らした。

「ひやぁ、これはなんじゃ」

「鬼じゃ、鬼だがや」

盗っ人たちは気を呑《の》まれ、慌てふためき逃げ走る。

夜叉若は無言であとを追い、ひとりを背中から袈裟《けさ》がけに斬った。盗っ人は絶叫とともに地面に体をたたきつけた。翌朝、村人たちは夜叉若が家へ侵入した盗賊のひとりを斬り倒した事実を知り驚嘆した。

「なんと腹の据わった子供だわ。なみの大人でも盗っ人が入ってくりゃぁ、たまげて腰が抜けようものを。よくもやったものだで。それに鬼の面をかぶって盗っ人を驚かすとは、まったく大人でも気づかない頓智《とんち》だぜ。こりゃあ夜叉若は成人すりゃぁ大物になるにちがいねえだわ」

夜叉若はその後、中村の在で子供たちの頭領として慕《した》われるようになった。父の清忠は、彼が十三歳のとき、三十八歳で病死した。母は親戚の人々にすすめられ、夜叉若を織田信長の部将となっている羽柴秀吉に預けることにした。夜叉若の母いとは、秀吉の母なか（のちの大政所）の従姉妹《いとこ》であった。その縁を頼って息子を奉公させようと考えたのである。

羽柴秀吉は信長の幕下で目覚ましい出世を遂げ、いまでは近江長浜《おうみながはま》で十二万石の領地を擁し、権勢をふるっていた。

秀吉は天文《てんぶん》二十三年（一五五四）に織田信長の御小人《おこびと》として奉公したのち、目覚ましい出世をかさね、十九年ののち、天正《てんしょう》元年（一五七三）筑前守《ちくぜんのかみ》に任ぜられ長浜領主となった。

秀吉の妻おねは十一歳年下であった。おねは織田家の足軽組頭浅野長勝の養女として秀吉を婿に迎えたのち、ともに苦労をかさねてきた。おねは女性の身で、長浜城下の政治に関与していた。天正二年十二月二十二日、秀吉がおねの侍女こうに次の書状を出している。

「返す返すそれ様おことわりにて候うまま、町のこと許し申し候。よくよくこのことわりお申し聞かせ候べく候。以上」

秀吉は近江長浜城主となったのち、天正二年に城下住民たちの年貢を免除してやった。住民はおおいによろこび、噂《うわさ》を聞き伝えた近在の百姓が、寛大な方針を聞きつけ、大勢城下へ移住してきた。おねは秀吉が公租を増やし、緩和の政策をふたたび引き締めようとしたとき、町人たちの願いを聞きいれてやり、従来の方針をつづけるようすすめた。秀吉はおねに城下の行政についても権限を与えた。おねは秀吉に譜代《ふだい》の家来たちの養成を急ぐよう意見をしていた。

「譜代の家来は、果物で申さば種でございまする。おまえさまは一代ばかりでここまでなりあがりしゅえ、譜代の家来がひとりもありませぬ。一日も早う心を許せるほどの者を集めねばなりませぬ」

秀吉はいった。

「うむ、おねの申す通りだわ。子飼いの家来を集めるよう心がけるゆえ、おまえも精々心がけていてたもれ」

おねは、いとが尾張から長浜にきて夜叉若という大柄な少年を目通りさせると、喜んで秀吉の幕下に召し抱えることにした。

「私が望んでおるのは、夜叉若どのがような家来を、ひとりなりとも旦那がもとへ集めることでござりまするわなも。願ったり、叶《かな》ったりじゃ。夜叉若どのは今日よりお預かりいたしまするに」

秀吉も夜叉若に目通りをゆるし、その顔を見ていった。

「いかさま、よくそのほうの祖父《じい》清信に似ておるだわ。なみの大人をはるかに超える身の丈だが、いかほどあるのかや」

「六尺一寸（約百八十五センチ）にござりまする」

夜叉若が答えると秀吉は嘆声を漏らした。

「これはめったになき大男だわ。わしは五尺にたりぬ身の丈なるに、うらやましきかぎりだわ。今日よりは、わしが近習《きんじゅ》をつとめるがよし」

「ありがたく存じまするに」

夜叉若親子は幸運をよろこびあった。

夜叉若は母とともに長浜城下で屋敷を与えられ、暮らすこととなった。禄高は百七十石である。夜叉若はあまりの大禄をうけたので幸運が信じられなかった。

「十五にもならぬわしが、百七十石も頂戴して供衆《ともしゅう》の四、五人も連れ、槍を立て外《そと》出《で》いたせるとは思いもかけぬ果報だわ。これはよほど奉公いたさねばならぬだわ」

夜叉若は城下で軍律を折野頼広《おりのよりひろ》に、兵法《ひょうほう》を塚原卜傳《ぼくでん》遠縁の塚原小犀次《こさいじ》という武芸者に習った。彼は生まれつき胆力が人なみはずれている。

当時、戦場へ出れば、生きて帰れるか否かは運まかせである。刀槍をとって肌をあわせる白兵戦をくりかえさねばならない。

矢玉が雨のように飛び交うなか、無傷で生き残るのは幸運でしかない。だが夜叉若は恐怖を知らない大胆な青年に成長した。

天正四年（一五七六）の春、夜叉若が豪胆の名を知られる椿事《ちんじ》がおこった。秀吉足軽の市野《いちの》久兵衛《きゆうべえ》という男が桜花見に出かけ酒に酔い、城下町の遊俠《ゆうきよう》といさかいを起こし、相手を斬り捨て、そのまま家籠《やごも》りしたのである。家籠りしたものを捕縛するのは、難事であった。どれほど大勢の捕り手で押しかけても、家のなかへ押しいろうとすれば、死を覚悟した相手に斬りかかられるからである。家籠りをするときは火をかけることのできない町なかをえらぶ。捕縛にむかった役人たちは幾日もかけて、家籠りをしたものを兵糧攻《ひようろうぜ》めにするしかなかった。当時の足軽は江戸時代の足軽とはちがい、戦場では先頭に立って戦う剽悍《ひようかん》な武芸者である。

戦場での足軽は腰に二本の刀を差し、背に一本を負い、三本をかわるがわるつかい敵を斬るのが常であった。家籠りをした家の四方は物々しく、刺股《さすまた》、袖搦《そでがら》みなどをたずさえた役人が取り巻いている。

夜叉若は人垣をかきわけ、戸口に立った。役人は夜叉若を見て声をかける。

「これは加藤殿。狼藉者《ろうぜきもの》がなかで待ちかまえておるゆえ危のうござるだわ。われらがじりじりと押し進みまするゆえ、離れて御覧下されし」

夜叉若は眼をいからせ、答えた。

「狼藉者ひとりを押えるにこれだけの人数はご無用だわ。わしが押えるゆえ御覧下され」

夜叉若は腕まくりをして袴《はかま》の股立《ももだ》ちをとると、いきなり雨戸を蹴倒した。土間は静まりかえっている。

夜叉若はためらうことなく土間へ飛び込む。家の奥手から久兵衛が飛び掛かってきた。夜叉若は落ち着いて抜きあわせ、いきなり払い切りに久兵衛の脛《すね》を斬った。一瞬の勝負で久兵衛は斬り倒され、土間に転がった。夜叉若は一所にかすり傷もなく悠々と外に出た。秀吉は夜叉若の手柄を聞いてわがことのようによろこぶ。

「夜叉若は常に若者のようにもなく、物の役に立つべきものと思いしが、よくも仕《つかまつ》りしだわ。この手柄によって、二百石を加恩致して遣《つか》わすだわ」

夜叉若は家籠りを捕り押えた功により三百七十石の俸禄を受け、小物見《こものみ》の役を命じられるとともに秀吉を烏帽子親《えぼしおや》として元服し、加藤虎之助清正と名乗ることになった。

天正五年（一五七七）二月九日、織田信長は岐阜から上洛し、紀州雑賀衆《さいかしゅう》討伐の軍勢を集めた。近江、伊勢、五畿内《ごきだい》、越前、若狭《わかさ》、丹後、丹波、播磨《はりま》の軍勢が瀬田、大津、三井寺《みいでら》の一帯に旗差物《はたさしもの》をなびかせ野陣を張った。

十三日、信長は嫡男秋田城 介《じょうのすけ》信忠を伴い京都を進発した。風雨が吹き荒れるなか、六万余の大軍は紀州へ南下してゆく。

信長は二月十五日に若江城（大阪府東大阪市）に着陣。十六日、和泉《いずみ》の香庄《こうのしょう》（大阪府岸和田市）に進出した。

香庄にほどちかい貝塚（大阪府貝塚市）には、浄土真宗の一向一揆《いっこういっき》の出城《でじろ》があったが、城兵は大軍の接近を知って船で逃亡した。

十七日には、信長に協力する根来《ねごろ》杉之坊と雑賀三緘《みからみ》衆が挨拶《あいさつ》に出向いた。

信長が十四ヵ国の兵を挙《こぞ》って、雑賀門徒討伐にむかうのは、石山本願寺の戦力の中心となっている彼等の根拠地を襲って一挙に撃滅しなければならない状況に迫られたためである。

雑賀門徒は数千挺《ちょう》の鉄砲をもって大坂石山本山にたてこもっている。織田勢が十万の兵力をもって攻撃しても、雨のように鉄砲を放ちその鋭鋒《えいほう》を挫《くじ》いた。

いまのうちに雑賀衆を討ち亡ぼさなければ、毛利は本願寺と協力し、中国路を東へのぼってくるにちがいない。

信長は毛利輝元《てるもと》が石山本山に加勢し大軍を率い、安芸《あき》を進発して播磨に着陣するという情報を入手していた。

毛利の攻撃をくいとめるためには、石山本山を一日も早く陥落させねばならない。そのためには雑賀衆を撃滅する必要があった。信長は越後の上杉謙信が南下してくる動向をも、懸念していた。

毛利と上杉の二大勢力が信長の天下をうかがうことになれば、支配下の諸大名の間からの裏切りもあらわれかねない。

二月十八日、佐野（大阪府泉佐野市）に馬を進めた信長は、紀伊へ攻め入る手筈《てはず》をととのえた。

信長は五緘と呼ばれる五つの荘郷《しょうごう》にわかれている雑賀衆のうち、宮郷、中川郷、南郷の三緘を調略によって味方としていた。

雑賀衆のうち石山本願寺に協力しているのは、紀ノ川河口両岸の雑賀荘、十ヶ郷のみである。彼等の兵力は、一万に足らない小勢であるが、紀ノ川を北に控え、西は海、東から南へかけて小雑賀川という幅広い大川に囲まれた天然の要害に拠っている。

織田勢が渡河攻撃をすれば、雑賀鉄砲衆の射撃によって甚大な損害を免《まぬか》れない。海上には鉄砲大砲を舷《ふなべり》につらねた雑賀水軍が控えている。

雑賀水軍は十四挺櫓《ろ》で疾風のように漕ぎ立て、焙烙火矢《ほうろくびや》を投げてのすさまじい戦いぶりをみせる。

織田勢は僅《わず》か二十五、六里を移動するのに十日を要していた。信長は緩《ゆる》やかに攻撃に移ろうとしていた。雑賀の荘には、三千挺とも四千挺ともいわれる鉄砲を備えた熟練した射手が待ちかまえている。

僅か七万石の荘郷であるが、その小さな敵地を攻めるには、紀ノ川にくらべて水深の浅い小雑賀川を渡るよりほかはない。

小雑賀川は干潮時、干潟がひろがる。狭い所でも十町ほどの幅のある川底は、馬が足をとられる粘り気のある泥土である。

信長は志立《しんだち》（大阪府泉南市信達）で軍勢を山手と浜手にわけた。山手は根来杉之坊、三緘衆を案内として、佐久間信盛《のぶもり》、羽柴秀吉、荒木村重《むらしげ》、堀久太郎ら三万余人が根来風吹峠《かざふき》を越え、紀州へ乱入する。

浜手は滝川一益《たきがわかずます》、惟任《これとう》（明智）光秀、惟住《これずみ》（丹羽）長秀《ながひで》、長岡兵部大輔（細川藤孝）、筒井順慶《じゆんけい》らの三万余人である。彼等は谷の輪口《たんわぐち》（大阪府泉南郡岬町淡輪）から三手にわかれ山と谷に乱入して中野城（和歌山市中野）を取り巻く手筈となっていた。

浜手の織田勢は中野城を二月二十八日に攻め落し、小雑賀川の岸辺で山手の三万余人と合流した。

三月一日の大潮の日に、六万余の織田勢が総攻撃をかける。加藤清正は、百人ほどの手勢を率い秀吉本陣勢のなかにいた。

彼は、小雑賀川の岸辺に立ち、対岸に起伏する低い岩山を眺めた。そこには無数の幟《のぼり》がたっていた。「南無阿弥陀仏」「欣求《ごんぐ》浄土、厭離穢土《おんりえど》」などの一向一揆の幟である。

清正は、岸辺に立ってしばらく様子を眺める。十町を超える川幅の小雑賀川の対岸には、一揆勢が柵をつらね、蟻《あり》のように群がっている。彼らは大筒、鉄砲の数をそろえ、織田勢が渡河してゆけば、暴風のような射撃を仕懸けてくるにちがいない。

「こりゃいけんのう。どうすりゃえぇか。もの見にいってやらあ」

清正は日が暮れてのち、数人の足軽とともに、ふんどしひとつの裸体となり、脇差を背に負い、川に入った。潮が差してきて、暫《しばら》く泥をふんで進むと、足が立たなくなった。

清正たちは静かに泳ぎはじめる。

「気をつけろ。水の中には鳴子縄《なるこなわ》が張ってあるだわ」

いいつつ進むうちに、誰かが水中の縄に足を絡ませた。闇の中で、からからと鳴子が鳴る。たちまち、暗中に火光が走る。豆を炒《い》るような銃声が聞え、身近の水面に水しぶきが立ちはじめた。

「こりゃいけん。ひけひけ」

清正は、いいつつ、水に潜り、引き揚げていく。一町ほど戻ると弾が届かなくなった。

「あれ程の支度をしておるからにゃ、川を越えて渡るときには、いろいろに細工をしてあるに違いない。どうしてやるかのん」

十六歳の清正は恐怖を知らない。彼は、味方が攻撃に出る前に、雑賀衆の陣地に潜入し、敵を一人でも二人でも討ちとめたい。

清正は足軽たちと、いったん陣所に戻った後、ひとりで引きかえした。今度は半弓と矢の束を背負っている。彼は再びさきほどのように対岸へむかい、ゆっくりと泳ぎはじめた。中流へくると、用心して手探りで水中の綱を探る。手に触った綱は、鎧通《よろいどお》しで断ち切る。数本の綱を切ると底の泥に足がとどいた。雑賀衆の陣地は目の前である。清正は静かに浅瀬を這い、対岸にあがった。足もとに、無数の蟹《かに》が動いている。大きさは小茄子《こなす》ほどである。足半草鞋《あしなかわらじ》で蟹を踏みつけ、清正は柵に近づいた。

柵の中では、雑賀衆が張り番をしている様子である。清正が覗《のぞ》くと、四、五間離れた所で焚火《たきび》を囲み、十人ほどの敵兵が低い声で話し合っていた。

彼らは酒を飲んでいる様子である。夜中の満潮のときには、敵が川を渡ってくることもないと見て、油断している。

「よし、あやつらをおどしてやるだわ」

清正は高さ一間ほどの柵に手をかけ、身を躍らせ敵陣のなかへ飛びこんだ。彼が地におりたつ物音を、雑賀衆は誰も気づかない。

清正は、半弓に矢をつがえ、辺りを見まわす。

「そこの奴輩《やつばら》をまずおどしてやらぁず」

彼は焚火を囲んでいる、雑賀衆のひとりの背中に狙《ねら》いをつけ、矢を放った。

雑談を交していた敵兵が、突然絶叫とともにのけぞり倒れた。その仲間は総立ちになった。

「これは何ごとじゃ、敵がきたのか、これしっかりせい」

怪我《けが》した仲間を抱きおこすと、彼等は鉄砲を構え清正のほうを見た。

清正は二の矢、三の矢をつづけざまに放った。二人の雑賀衆が矢を受け、地面に膝《ひざ》をつく。

「あそこじゃ、あげなとこにきてくさる」

暗中に火光が走った。清正の身辺に着弾の音がする。清正は這いながら後退《あとじさ》りをして後ろへ逃げた。

「おおい、敵が忍びいってるぞ。さがせ、さがせ」

付近から湧きでるように雑賀衆の軍兵《ぐんぴょう》が出てきた。彼等は松明《たいまつ》を振りかざし、物蔭を探る。清正は木の蔭に潜んでいたが、松明をかざし近づいてきた敵兵におどりかかり、鉄拳をふるい一撃で打ち倒すとその刀を奪った。

「あそこじゃ、あそこにいてるぞ」

雑賀衆たちが刀を抜き斬りかかってくる。清正は敵中に突進し、前後左右に飛びまわり斬りまくった。彼は敵の股の間に膝を突きこみ体当たりする勢いで刀をふるう。

敵の返り血をしたたかに浴びた清正は幾人か切り倒した後、柵際へ走った。

「逃がすな。追え」

雑賀衆が追ってきたが、清正は風のように走り、柵を越え川に飛び込んだ。

「撃て撃て」

清正を狙う銃弾がしぶきをたてるが、かまわず水に潜り、右手へ泳ぎ川面に顔を出す。弾丸は清正からはるかに離れた辺りを狙撃していた。

「ざまぁみろ」

彼はうそぶきつつ川を泳いで陣地へ戻っていった。

播磨出陣《はりましゅつじん》

　紀州雑賀《さいか》攻めののち、秀吉は浄土真宗石山本山攻囲、禁裏修築普請《ふしん》にはたらき、さらに天正《てんしょう》五年（一五七七）閏《うるう》七月、加賀、能登を席捲《せっけん》する作戦にとりかかった上杉謙信に対抗するため、北陸探題柴田勝家に協力する命をうけた。

　秀吉は三千五百人の兵を率い、加賀大聖寺《だいしょうじ》へ急行したが、後備《あとぞな》えとなったため不満であった。

　八月下旬になって、大坂天王寺に布陣し石山本山を攻撃していた松永久秀が、突然陣所をひきはらい、大和信貴山《しぎさん》城にたてこもった。秀吉は久秀が毛利と呼応し播《ばん》州《しゅう》へ乱入すれば、大事になると見て、越前表の主将柴田勝家の承諾を得ないままに、長浜へ帰城し、信長に播磨への出陣を願った。

　軍律にそむき、無断で戦線を離脱すれば、処断されるおそれは充分にある。

だが信長は秀吉を罰することなく、播磨討ち入りを命じた。切迫している摂津《せっつ》、播磨の事態を冷静に読んだためである。

十月下旬、羽柴勢は雪催《ゆきもよ》いの寒風が吹き荒れる、但馬《たじま》、播州路へ出撃した。信長のもとにかくまわれていた尼子《あまこ》勝久、山中鹿之介以下の、尼子衆二百三十人を案内役として、堀尾茂助、木村常陸介《ひたちのすけ》、浅野弥兵衛、蜂須賀小六、竹中半兵衛、前野将右衛門ら五千六百四十余人の兵力である。

陣頭に大瓢簞《おおびょうたん》の馬標《うまじるし》を押したて、士気さかんであるが、播州平定のためには微力に過ぎた。織田の戦力は、諸方の戦線に人数をわけているため、秀吉にそのうえの兵力を預けることができない。

毛利の兵力は三万を超える。備前宇喜多、播州地侍衆をあわせれば、五万から六万に達する。彼らが総力をあげ襲いかかってくれば、羽柴勢はひとたまりもなく潰《かい》滅《めつ》する。

加藤清正は、秀吉の旗本本陣勢に加わっている。彼の部下は二十数人であった。

粉雪が舞ってはやむ、底冷えのする海沿いの街道を西へ進み、十月二十三日に摂津と播磨の国境いに達した。

摂津伊丹《いたみ》城主、荒木村重《むらしげ》が八百余人の手兵を率い合流し、先手に加わったので、いくらか気丈夫になった。

かねて協力を呼びかけていた三木城主別所長治《ながはる》と叔父重宗、小寺政職《こでらまさもと》、黒田官兵衛が羽柴勢を迎え、姫路城へ先導した。姫路城は小寺の居城である。

別所長治は、播州守護赤松家の庶流で、東播《とうばん》八郡の地侍衆を率いる大勢力であった。小寺は別所につぐ土豪である。黒田は小寺の重臣で姫路城代である。

別所、小寺は秀吉と協力して、毛利の侵略に対抗することを約し、人質をさしだした。

だが、播磨佐用《さよ》郡、宍粟《しそう》郡、揖西《いっさい》郡、揖東《いっとう》郡、赤穂郡の地侍たちは、秀吉に協力しなかった。

姫路城に入って、羽柴勢の将兵はようやく安堵した。寡勢《かぜい》で押しいった播磨の山野は、吹きすさぶ寒風のなか、人影もなく、遠近に野伏《のぶせ》りどもが交す合図であろう、竹法螺《たけぼら》の音がひびくばかりであった。

いまにもおびただしい敵があらわれ、前後を遮断して攻めかかってくるのではなかろうか、と羽柴勢は油断なく四方へ目をくばりつつ進んだ。

野営のときは、篝火《かがりび》を天を焦がすばかりに焚《た》き、警戒するが、いつ夜討ちをしかけられるかも知れない。

軍兵たちは、矢玉に体を貫かれ、刀槍で斬られ、突かれてぼろくずのようになった、自分の体を想像し胆《きも》をひやす。

全身から血が流れ出て、小童《こわっぱ》のようにちいさく縮んだ屍体《したい》を、彼らは見なれていた。城内では、こわばっていた五体が一気にゆるむのを覚え、秀吉が配った酒を口にするとたやすく酔い、陽気になった。

「播州は寒《さむ》うないところと聞いたが、なかなかによう冷えるだで」

尾張、美濃《みの》の男たちは曲輪《くるわ》うちの土埃《つちぼこり》をまきあげ吹きすぎる、つめたい海風に首をすくめる。

「まあ、よかろうだわ。播磨へ足を踏みいれりゃあ、とたんに合戦取りあいがはじまって、身がもつまいと思っていたが、なにごともなく姫路の城に入れたのは、仕合せだでなん」

加藤清正は、城内の侍長屋の床に敷いた荒筵《あらむしろ》のうえにあぐらをかき、酒を飲み、干魚をかじる。

彼は配下の者どもに、鉄砲、刀槍の手入れを入念にさせた。

「城に入ったとて、気を許すでないぞ。ここは敵のただなかと思え。別所、小寺、黒田がわしらに味方いたすと申したとて、いつ気が変って、斬りかかけてくるか知れぬだわ」

兵具《ひょうぐ》の手入れが終ると、長屋の板敷を雑巾《ぞうきん》で拭かせ、新しい筵を城下で買いもとめ、敷きつめさせる。

そのあと、むくろじの実を用い、汗に汚れた衣類の洗濯をさせた。

清正より一歳年長の福島市松は、城に着くなり姿を消した。城下に遊女を求め、出ていったのである。彼は、敵地も同様の姫路城下を、二人の部下を連れただけで、平然と娼家を求め歩いた。

市松が帰ってきたときは、泥酔《でいすい》していた。彼は遊女の手を引いていた。城門をかためる哨兵《しょうへい》たちも、秀吉の従弟《いとこ》である市松に遠慮して咎《とが》めない。

市松は酒癖が悪かった。戦場では命知らずの勇敢なふるまいを見せるが、殺人をことのほか好む残忍な性癖があるので、彼が酩酊《めいてい》しているときは、近づく者がいなかった。

市松は部下を幾人も手討ちにしていた。彼は、清正が諸事に慎重であるのを、しばしばあざけった。

「お虎は、明日も無事に生きておられようと思うておるのかや。それは分らぬだわ。命のあるうちに、よき思いをしておこうとはいたさぬかや」

清正は、市松がからむのを黙殺する。

「こりゃ、聞えぬ顔をいたすか。何とか申せ」

市松は、口ではこうるさくからかおうとするが、決して手をださない。清正の人なみはずれた膂力《りょりょく》と胆力をはばかっているためである。

背丈が五尺七寸（約百七十二センチ）の市松は、六尺三寸（約百九十センチ）の清正に、喧嘩《けんか》をしかけても勝てなかった。

清正は体軀《たいく》長大であるが、動作はきわめて敏活で、市松が相撲を挑《いど》んでも歯がたたない。ふだんは温和であるが、合戦の場に立つと、命知らずの市松でさえおどろくほどの危険な攻撃を敢行した。

清正は大言壮語することなく、わが戦歴を誇示するのを嫌った。彼は配下の若者たちにいった。

「はじめて陣場《じんば》に出たときは、辺りが薄くらがりのようで、何も見えぬだわ。人の喚《わめ》きたてる声、馬のいななき、鉄砲の音が、煮えたぎる湯の音のように絶えまもないが、俺の耳には何も聞えぬ。誰かが進め、進めというもんだで、闇雲《やみくも》に前へ出て、槍でどことい うあてもなく突いたでや。ところが手応えがあって、敵のひとりを突き伏せしだわ。とたんに眼も見え、耳も聞えるようになり、そのあとは力のかぎりはたらきしものだわなん」

秀吉は姫路城で数日を過ごすうち、竹中半兵衛、蜂須賀小六、前野将右衛門ら幕僚と、尼子勝久、山中鹿之介、黒田官兵衛、小寺政職らとともに、今後の作戦を練った。

その結果、二方面への行動をおこすこととした。備前の宇喜多直家《うきたなおいえ》が、秀吉の姫路着城を知って、国境付近に兵を出すとの情報を得たので、先制攻撃を仕懸けるのが第一である。

宇喜多属城の福岡城（兵庫県佐用《さよう》郡佐用町）と、天文《てんぶん》七年（一五三八）から二十年間は尼子氏の拠点であったが、いまは毛利の属城となっている上月城《こうづき》（佐用郡佐用町）を、尼子勝久、山中鹿之介が嚮導《きょうどう》となり、秀吉みずからが蜂須賀、浅野、荒木ら五千五百余人で攻撃する。

第二の作戦は、木下小一郎（秀長）が千余人の兵を率い、但馬国朝来郡《あさこ》、養父郡《やぶ》を攻め、生野《いくの》銀山を奪取する。

生野銀山は、信長が永禄十二年（一五六九）にいったん占領したが、そののち毛利、山名の勢力に奪還されていた。

清正は、秀吉本陣勢に加わり、福岡城、上月城攻めに参陣した。上月城は、標高百四十メートルの荒神山という小山の頂きにあった。

本丸は現在に残る遺構によれば、東西二十七メートル、南北二十八メートルで、周囲に高さ約三メートルの石垣が築かれていた。本丸から東へ二の丸、三の丸と、階段状に低く曲輪がつづく。

本丸の西方には三つの曲輪がおなじく段差をつけて設けられ、先端に空濠《からぼり》が二重にあった。南北は登ることがむずかしい急な崖である。

守将赤松政範《まさのり》は、数百の城兵を指揮し善戦したが、羽柴勢主力に鉄砲の猛射を浴び、たちまち外曲輪《そとくるわ》を落された。

城内の勝手を知った尼子勢の案内で、清正、市松たちは南手の急斜面をよじ登り、樹林に身を隠し、西方の曲輪に迫った。

東西の曲輪は、銃声、矢叫びが絶えまもなく、激戦がつづいているが、清正の前面の辺りには、旗幟《きし》がまばらに立っているばかりである。

山下《さんげ》から吹きあげてくる寒風が身にこたえ、清正は十文字槍をひっさげ、立ちあがった。

福島市松がとめた。

「待て、お虎。いますこし様子をうかがわねばならぬだわ。こっちは三十人足らずの小勢ゆえ、うかと踏みいらば皆殺しにされるでや」

清正は、樹幹に身を寄せている市松を尻目に進む。

「ここは寒うてならぬだわ。小半刻《こはんとき》（三十分）もじっとしとりゃ、凍《こご》え死にいたすげな」

彼は十数人の部下とともに、たちまち塀際に達した。

「なんじゃ、こげな塀が」

清正は、五尺ほどの土塀のうえに設けられた鹿柴《ろくさい》を、部下に打ちはらわせ、またいで曲輪うちに入った。

物音に気づいて駆けつけてきた敵兵数人が、清正の巨体を見て気を呑まれ、引きかえそうとした。

「こりゃ、待てい」

清正は、風を捲《ま》いてあとを追い、ひとりを田楽刺《でんがくざ》しにする。配下の軍兵たちが先をあらそい駆けつけ、数人を倒す。

「ありゃ、あとは逃げたかや。たやすき奴輩《やつばら》だで」

清正は、あとから追いついてきた市松たちとともに、二十挺《ちょう》ほどの鉄砲を頼りに曲輪うちを固めた。

「いまに、あやつどもは押し寄せてくるにちげえねえだわ。どれほどうせおっても、いったん押えたこの曲輪は、渡さぬでさ」

清正は、山上にきびしい眼差《まなざ》しをむける。

やがて五、六十人ほどの敵があらわれた。

「さあきたぞ。撃ちやれ」

清正は鉄砲を撃ちかけておいて、突撃をするつもりで、槍をにぎりしめた。

だが城兵たちは、二十挺の鉄砲のつるべ打ちを浴び、四、五人を倒されるとたちまち戦意を失い、逃げ走る。

「なんじゃ、張りあいがないぞ。あやつらは、鉄砲の戦《いくさ》に慣れておらぬ様子だがや」

やがて後続の兵が到着し、曲輪に溢《あふ》れるほどになった。

「これだけおりゃ、本丸まで押えられようでや。さあ、押していけ」

清正たちは二の曲輪に押しいり、さらに一の曲輪に入った。

本丸にたてこもった城兵は、手薄な南手からの奇襲に狼狽《ろうばい》した。尼子衆は、本丸へ通じる水の手を押えたので、攻撃をはじめてから四日めの朝、城兵は戦意を失い降伏した。

彼らは守将赤松政範の首級《しるし》を捧げ、助命を乞う。

秀吉は、顔をしかめた。

「たとえ主人が情のなき男なりとも、家来が手にかけてわが命乞いをいたすとは、見下げはてしことよ」

彼は城兵の助命を承知したが、詭計《きけい》であった。

城兵たちが城を出ると、たちまち搦《から》めとり、備前と美作《みまさか》の国境で、すべて磔《はたもの》にかけた。秀吉は降伏した敵に寛大な措置をとるのが常であったが、苛酷な鏖殺《おうさつ》をあえてしたのは、播磨、備前の地侍たちを威嚇《いかく》する必要があったためである。

清正は、磔の刑場にはおもむかなかった。

「わしは陣場の外で人を殺すのを見るのは、好かぬだでのん」

彼は曲輪うちで酒を飲み、処刑の終るのを待っていた。

刑場にでかけた市松は、使いふるした鎧直垂《よろいひたたれ》が、血で絞ったように染まるほどの返り血を浴び、帰ってきた。

彼は清正を見ると、嘲笑した。

「おのしゃあ、何をいたしおったかや。わしは、十人ほども胴を試してきたぞ」

市松は刑場で降伏した敵兵を様斬《ためしぎ》りしてきたのである。

清正はうそぶく。

「それはご苦労千万だわ。わしは生身を斬るのは、陣場でたくさんだで。据え物斬りはいたさぬでなん」

福岡城を攻めた黒田官兵衛、竹中半兵衛ら三千余人は、十一月二十八日から四日間の猛攻で、陥落させた。

赤松支族である城将福原藤馬は、城に放火し、自身は菩提寺《ぼだいじ》の高尾山円福寺まで落ちのび、自刃した。

福原藤馬は、上月城主赤松政範とちがい人望があった。彼の首級は、介錯《かいしゃく》をした家来が桶にいれ背負い、馬で逃れたが、深田に乗りいれ動きがとれなくなった。

秀吉の家来小松兵衛という者があとを追い、矢を射かけて殺し、屍体をあらためてみると主人の首級を持っていたことが分り、秀吉はそれを丁重に葬った。

羽柴本隊とわかれ、但馬攻略にむかった木下小一郎勢も、作戦に成功した。剽悍《ひょうかん》無類といわれた但馬の地侍衆も、木下勢が放つ三百挺の鉄砲の威力に胆《きも》をつぶし、すべて降伏した。

朝来、養父二郡の小城を、ことごとくしらみつぶしにした小一郎は、生野銀山に金掘り人足をいれ、安土《あづち》の信長のもとへ持ち帰るみやげの銀を掘らせた。

羽柴勢の備前、美作国境における作戦を、毛利と同盟している宇喜多直家は無視したわけではなかった。彼は数千の兵を出し、上月、福岡二城の後巻き《うしろまき》（増援）をおこなったが、羽柴勢の巧みな応戦により、目的を達することができなかった。

秀吉は十二月なかば、馬廻り衆、足軽鉄砲衆百五十人を率い、安土に帰還した。

信長へのみやげは、駄馬二十七頭に満載している。そのなかには、四百貫の銀があった。

秀吉の留守のあいだ、清正は龍野城（兵庫県たつの市龍野町）に在番の、竹中半兵衛、蜂須賀小六のもとにいた。

秀吉が安土へむかってのち、播磨の地侍衆は不穏の動きをあらわしはじめていた。三木《みき》城（兵庫県三木市）の別所長治、神吉《かんき》城（兵庫県加古川市）の神吉民部少《しよう》輔《ゆう》が、城郭修築をさかんにはじめていた。

志方《しかた》城、高砂《たかさご》城なども、城中の兵を増強し、堀を掘り、鹿柴を堅固にかまえる普請をおこなっている。

正月を過ぎてまもなく、清正は竹中半兵衛の供をして、三木城へ出向いた。

三木城は、美嚢川《みのうがわ》南岸の台地上にある。三木は、姫路と有馬、京都をむすぶ街道の要所であった。

清正たちは龍野から三木までの、二十里（約八十キロ）ほどの道程を、二日間で歩いた。

「さすがに播州の春は早きものだで。暖かな陽が照って、野をゆくのも苦にならぬだわなん。小童のときに野遊びに出たことを思いだすだわさ」

鳥のさえずりものどかな田畑のなかを歩み、三木城に着いた清正たちは、緊張に顔をひきしめる。

「これは思いもよらぬ大普請ではないか。合戦支度をいたしおるにちがいなし」

福島市松は、場外に群れつどい土をいれた畚《もっこ》をはこぶ百姓たちの数が、意外に多いのにおどろいていった。

城外で土煙をたててはたらいているのは、五千や六千の人数ではない。

「夫役《ぶやく》に駆り出されし人足どもは、一万ほどか」

「いや、とてもそれどころではあるまいでや。二万のうえを超えておるだわ」

竹中半兵衛に従う人数は、五百余人である。

城門に近づくと、別所家中の侍大将が迎えたが、態度が横柄であった。

「これは羽柴殿のご人数が、何のご用にて参られしか。龍野より二十里ばかりの道なるに、ご苦労千万と存ずる」

先頭の物頭《ものがしら》がいう。

「ただいま竹中半兵衛が、別所殿に相談ごとのあるため、参じてござるだわ。すみやかにご開門下され」

　別所の侍大将がいう。

「なんのご用か承《うけたまわ》ろう」

　福島市松が進み出て、一喝した。

「推参者が、退《さが》っておれ。用は別所殿に申すゆえ、門を通さばよいのだわ」

「なにを、大口を叩きおるんじゃい。播磨へ来くさって、織田の羽柴のとぬかしくさっても、誰もおどろかんわえ」

　市松は、侍大将の腕をつかみ足搦《あしがら》をかけた。

　相手は二間ほど吹っ飛び、地面にしたたか頭を打ちつけ気絶する。

「なにをしくさる」

　別所の軍兵が槍を手に市松を取り囲むと、清正が十文字槍をひっさげ、行列のなかから歩みでた。

「城の衆、この場はおだやかにおさめられい。まずは道をあけて下され」

　清正の巨体を見あげた別所の軍兵たちは、気を呑まれ、黙って門をあけた。

　本丸主殿に通された竹中半兵衛は、用件を告げる。

「今日参りしは、御辺《ごへん》が播磨目代《もくだい》のわれらが主人、羽柴秀吉の許しもなく、城中に軍兵を集め、城普請をおこなうは、いかなるご了簡《りょうけん》なるかを、おたずねいたしたきためにござるだわ」

別所長治は、うそぶいて答えた。

「毛利への備えとして、御内府（信長）公のお許しを頂戴しての普請なれば、ご懸念には及ばぬ」

長治は、たしかに信長に書面で三木城修築の許可を得ていた。

半兵衛は、普請を中止させることもできず、龍野城へ戻った。忍者を放ち、三木城の動静を探索すると、堺から鉄砲、弾薬が多量に運びこまれ、紀伊雑賀鉄砲衆も応援の人数を入城させているという。

龍野在陣の羽柴勢は六千余人、荒木村重の増援三千余人を加え、一万に達していたが、播磨の地侍がすべて敵対すれば、孤立する。但馬生野に在陣の木下小一郎は、三千の兵と地侍三千人を繰りだし、播磨への街道をならす作業にとりかかった。播磨の本隊が敵の重囲に陥ったときは、ただちに駆けつけねばならない。

いつどのような変事がおこるかも知れない、不気味な情勢のつづくなか、天正六年（一五七八）二月上旬、秀吉は龍野へ戻った。

彼は加古川城で、二月二十三日に軍評定《いくさひょうじょう》をひらいた。播磨の諸豪族を招集し、毛利攻めの相談をおこなうのである。

別所氏は、長治の叔父にあたる三木城代吉親《よしちか》と、家老三宅治忠が参加した。別所長治は、すでに毛利氏と同盟をむすんでいた。

軍評定の座で、別所吉親は秀吉の戦力を軽視する意見を口にした。

「毛利攻めの先手は、それがしが承るが、毛利の人数は、輝元《てるもと》、隆景《たかかげ》をあわせ三万余人、元春《もとはる》は二万余にて出雲より乱入いたしまする。海上には海賊衆が七百とも千ともいわれる軍船をつらねて参るなれば、羽柴殿が一万余人にて備前、備中に攻めいられなば、たちどころに負けるは必定《ひつじょう》と存ずる」

秀吉は、別所らがひそかに彼を成りあがり者とさげすんでいるのを知っている。吉親の言葉を聞くと激怒した。

「毛利は九州にて、大友に備えねばならず、とても大兵を備前にむけるとも思えぬが、もしさようなるときには、織田分国の兵ことごとく、およそ十四、五万をこぞって差しむけるゆえ、懸念はいらぬだわ」

加古川での軍議の座で、秀吉と別所との不和があきらかとなった。

吉親は、三木城に戻り、長治に進言した。

「秀吉は表裏者にござれば、われらが味方いたすといえども、領分安堵はおぼつかなしと存ずるなれば、いまのうちに毛利との交誼《こうぎ》を守り、あやつを播磨より追放して然《しか》るべし」

別所長治は、諸将と協議の末に、秀吉と戦端をひらくことに決した。

長治の使者は、ただちに東播八郡の諸城へ走った。長治麾下《きか》の神吉城の神吉民部少輔、淡河《おうご》城の淡河弾正忠、高砂城の梶原平三兵衛、野口城の長井四郎左衛門、端《は》谷《たに》城の衣笠豊前守らは、ただちに長治のもとへ人質を送り、それぞれ城の防備をかためた。

そのほかの小城主たちは、城を焼きはらい三木城にたてこもる。事態は急変し、羽柴勢は敵中に孤立した。彼に味方する播磨衆は、黒田官兵衛だけであった。

三《み》木《き》城攻《じょうぜ》め

秀吉はさっそく三木城攻撃にとりかかった。一万余の人数に地侍数千を加え、三木城北方の大村坂に本陣を置き、連日法螺貝《ほらがい》を吹き鳴らし、喊声《かんせい》をあげては城中へ鉄砲を撃ち込む。

別所方はあらかじめ、羽柴勢の包囲作戦を立てていた。乞食姿に変装した足軽たちが三木城を取り囲む羽柴勢のなかを通り抜け、川の畔《ほとり》に出て、川舟に乗り、高砂《たかさご》浦《うら》に着く。

高砂城主梶原景行《かげゆき》は、別所長治《ながはる》の後巻《うしろま》き（応援）依頼を快く承知した。長治の使者は、その後付近の野口城、神吉《かんき》城、志方《しかた》城を訪ね、諸城の城主に援軍の出勢を頼んだ。

天正六年（一五七八）三月、城方は曲輪《くるわ》のうちに旗差物を立てつらね、静まり返っていた。夜になると、所々に天を焦がす大篝火《おおかがりび》を焚《た》き、防戦に余念のない様子を示す。

福島市松は相変らず強気であった。彼は姫路城から遊女をともない、陣中で酒の酌をさせ、城を指差しあざ笑う。

「あのざまを見ろ。城攻めはおよそ十倍の人数がなくては勝てぬものだわ。それをわれらが僅《わず》か一万余りの人数で取り囲んでおるにもかかわらず、三木の城におる七千五百の奴輩《やつばら》は、大手門をうち開き、押し出してくることもないのだで。腰抜けどもめが」

加藤清正は手兵百数十人に命じ、周囲の警戒を厳しくおこなわせていた。

「敵を見張るには虫の声を聞くがよい。虫の音が絶えたときは闇にまぎれて敵が忍びよっておるだわ。見回りをいたすもよいが、それよりも見張りの者が離れ離れに野原に身を横たえておるが、いっちよきことだで。虫の音がとまりしときは闇を透かしてまえを見よ」

風のない穏やかな日であった。どこからか花の香が漂ってくる。合戦になれた羽柴勢は、夜になると馬の口を縛り、足音を盗んで静粛に陣所に待機していた。

夜中に陣所で物音を立てれば、どのような混乱がおきるかも知れない。酒に酔って喚《わめ》く声が原因で数万の全軍が退却したこともある。馬一頭が暴走したために、にわかに敵が押し寄せてきたと驚き、慌てて全軍が逃げ走った例もある。僅かな物音は、大きな堤を崩す蟻《あり》の一穴にもたとえられるのである。

だが、羽柴勢は油断していた。播磨《はりま》の豪族は、東播《とうばん》八郡を支配する赤松の後裔《こうえい》である名族別所氏をはじめ、戦乱を好まない穏和な方針を望む者が多い。彼らは西方の毛利氏と戦わず、東からきた織田の先兵である秀吉とも穏やかに交渉して、播磨の地を安穏《あんのん》に保とうとしていたので、何事も荒立てようとせず、温順であった。

多くの合戦になれた羽柴勢はそのような播磨の地侍たちを弱兵と見誤っていたが、三木城の支城から後巻きに出向いてくる軍勢が闇の中を続々と迫っていた。

高砂城主、梶原景行は三百余人の兵を率い、子《ね》の上刻(午後十一時)に高砂を出て、加古川の西の堤に沿い、六里(約二十四キロ)の道を急行した。

野口城主、長井四郎左衛門も百余人を従え、神吉城の神吉頼定《よりさだ》は三百余人、志方城主、櫛橋伊則《くしはしこれのり》は百五十人が、途中で合流した。総勢一千余人は、具足に合印をつけ、合言葉を定め、陣所に夜討ちを仕懸けることにした。

夜討ちの先手は櫛橋伊則である。彼らは夜明け前の冷気のなか、足音を盗み、羽柴勢陣所に近づく。羽柴の陣所は篝火を炎々と燃やし、陣中を見回る哨兵《しょうへい》がまばらに動いているが、大方は寝静まっている。

夜討ちの二の手は長井四郎左衛門、三の手は神吉頼定、梶原景行は後詰《ごづめ》となって、全隊の進退を指図することになった。

人馬の物音を立てず、松明《たいまつ》を灯さず、暗中を静かに進む彼らは、羽柴勢の哨兵を発見すると腹ばいになって忍び寄り、いきなり斬り倒す。

「それ、いまじゃ。突き入れ」

櫛橋伊則の軍勢は鬨《とき》の声をあげて、羽柴の陣所に斬りこむ。忍びの者が陣小屋に油をふりかけ火をつける。夜空を引き裂いて、火矢が飛ぶ。羽柴勢の抵抗は意外にすくなかった。起きている者が僅かであったためである。

二の手の長井勢、三の手の神吉勢が喊声をあげて斬りいり、そのさまを見た梶原景行が大村坂から狼煙《のろし》を打ち上げた。三木城内から後巻きの狼煙を見た別所勢は一千余人が松明、提灯《ちょうちん》を手に、大手門を開き、坂をなだれるように駆け下り、三木川を渡って、羽柴の陣所へ突き入った。

「それ、きたぞ。真ん丸になれ。弓、鉄砲を撃て」

加藤清正の手兵たちはたちまち円陣をつくり、襲いかかってくる敵兵に鉄砲、矢を射かけ、長槍をつらね、槍ぶすまをつくって応戦する。だが、敵の攻撃は息つく暇もないすさまじさであった。

別所長治の叔父、別所吉親《よしちか》の妻は男勝りの武勇に優れた女性で、紅絹《もみ》の鉢巻きに、桜縅《さくらおどし》の鎧《よろい》をつけ、黒髪を靡《なび》かせ、白葦毛《しろあしげ》の馬に跨《また》がり、二尺七寸（約八十二センチ）余りの打ち刀を振りかざし、羽柴勢の中に突進し、縦横に駆けまわり、逃げ回る軍兵《ぐんぴょう》を蹄《ひづめ》にかけ、斬りまくった。

別所の家老三宅治忠は思いのままに羽柴勢を撃ち破り、一刻《とき》（二時間）ほどの間に数百の敵の首級をあげた。三宅治忠は頃あいを見計らい、引き鉦《がね》を打ち鳴らす。

梶原景行も引き貝を吹かせ、それぞれ兵を纏《まと》めて退いていった。

櫛橋の軍兵たちは羽柴勢が逃げるときに捨てた具足、太刀、槍、鉄砲、硝薬などをおびただしく分捕り、担いで引き揚げていった。

秀吉は、播磨の地侍たちの意外に盛んな戦意に戦略を変えざるを得なくなった。

三木城の別所氏に呼応して、東播磨一帯の野口、高砂、端谷《はしたに》、神吉、志方、渡瀬《わたせ》、衣笠《きぬがさ》、淡河《おうご》などの諸城の兵が行動すれば、羽柴勢は完全に敵中に孤立する。

その上、別所と同盟を組んでいる毛利の援軍が背後を突いてくれば、もはやなすすべもなく、破滅の淵に立たされることになる。

四方が敵地であるため、兵器、食糧の輸送が困難を極めることになった。東播磨一帯に散在する地侍の大小の砦《とりで》は百余に及んでいる。そこにいる地侍がすべて反抗すれば、羽柴勢はゲリラ攻撃をうけて、進退きわまることになる。

秀吉は、黒田官兵衛、竹中半兵衛、浅野長政、中川清秀《きよひで》などを集め、相談していったん引き揚げることとした。

彼らはまず加古川城に退き、さらに姫路城の北西にある書写山十地坊《しょしゃざんじゅうちぼう》に本陣を置くことにした。

秀吉は軍評定《いくさひょうじょう》を開き、今後の攻撃方針を検討する。黒田官兵衛は、慎重な攻撃方法を主張した。

「別所は、多くの枝城《えだじろ》を持っておりまするゆえ、我攻《がぜ》めをいたさばわれらの背後を突いてまいりまする。それゆえ、しばらくは三木の城を攻めることなく兵糧攻《ひょうろうぜ》めにするほかに手はなきものと勘考つかまつる」

「うむ。三木の城などはたやすく落せようと思うたが、この有様にてはどうにもならぬだわ。まずはそのほうの申す通り、三木の枝城をひとつずつ潰《つぶ》しつつ、兵糧攻めといたすがよかろうだがや」

三木城を兵糧攻めにするといっても、羽柴勢の人数は限られている。秀吉は陣頭に立って指揮せねばならない。彼は三木城東方の平井山《ひらいやま》に本陣を置き、眼下に城内を見下ろし、城の周囲に柵をめぐらして、兵糧、硝薬を城に運ぶ敵兵を遮断する方針をとることにした。

敵中での布陣は危険極まりない。いつどの方向から襲撃をうけるかも知れない。彼は加古川、印南など、要所に部隊を置き、姫路までの街道の通行を援護する態勢をとる。

福島市松は、別所の援兵の夜襲を受けたとき、遊女と寝ていて、素裸で陣所の外へ逃げ走る醜態を演じたので、面目を失っており、大言壮語を慎み、次の合戦で手柄を立て、償いをしようと考えていた。

秀吉は、三木城の支城をひとつずつ陥落させていく方針を実行に移した。

最初の目標は野口城（兵庫県加古川市野口町）である。野口城は、加古川沿いの段丘に立つ丘城である。小城ではあるが、深田《ふけだ》の中に隆起した丘の上の要害である。播州一の名城といわれるほど攻め手にとっては手ごわい。

三木城の支城のうちではもっとも小さい城であった野口城攻めは、天正六年（一五七八）四月三日に始まった。千余人の羽柴勢が押し寄せていくと、長井勢は城中から百余人の兵を率いて、城門を開き、押し出してきて、敵のなかに斬り込む。

寄せ手は深田に追いこまれ、百余人が討死して退却する。城兵はたちまち城内に退き、櫓《やぐら》のうえ、塀の狭間《はざま》から矢、鉄砲を雨、霰《あられ》と撃ち出す。

福島市松は先手に立ち、矢玉の中で仁王立ちとなって軍兵を指揮した。

「引くな、引くな。草を刈って堀を埋めよ」

羽柴勢は辺りの雑草、麦などを手あたりしだいに薙《な》ぎはらい、泥田に投げ込み、三日の間に一帯を平地とした。

寄せ手は土手を築き、そのうえに井楼《せいろう》を揚げて、鉄砲放《はなち》を載せ、城中に大鉄砲を撃ち込ませる。

四方から法螺貝を吹き鳴らし、押し太鼓を雨のように打ち鳴らし攻めたてるうち、野口勢は次第に死傷の数を増やし、数日の後に遂《つい》に降伏した。

野口城を陥《おとしい》れ、勢いに乗った秀吉は、別所の支城をひとつずつ陥落させていこうとした。だが、思いがけない事態が起こった。

毛利輝元《てるもと》が、小早川隆景《こばやかわたかかげ》ら二万八千余の兵を率い、上月城《こうづき》に迫ってきたのである。毛利の水軍は、大船七百余艘《そう》をつらね、瀬戸内海を東に進む。吉川元春《きつかわもとはる》は二万三千余の兵を従え、出雲富田《とだ》城を出て、作州高田で毛利本隊と合流し、上月城を包囲したのである。

重囲のうちにとりこめられた上月城は、たちまち陥落の危機に直面した。城内にたてこもっている尼子《あまこ》勝久らは小勢である。

秀吉は、顔色を失った。一万の軍勢で六万に及ぶ毛利の大軍を相手に戦う手段はない。だが、上月城の尼子勢を見捨てるわけにはゆかない。彼は三木城の包囲を中止し、上月城を助けるため、三日月山（兵庫県佐用郡佐用町）に布陣をした。

本陣は高倉山に置く。だが、先制攻撃を仕懸ける戦力はなかった。毛利勢には紀州の雑賀《さいか》鉄砲衆も加わっていて、しきりに鉄砲を撃ちかけてくる。

高倉山は現在の佐用町にある要害であるが、上月城との間には熊見《くまみ》川という大きな川があり、対岸に毛利勢が待ちかまえているため、彼らの包囲を突破して城内へ入る手段がない。

福島市松がある朝申し出た。

「某《それがし》が上月城へ兵糧を担ぎ込ませますほどに、百人ほどの人数をお貸しくだされ」

秀吉は応じなかった。

「そのようなことをせしとて、大勢の人数を死なすばかりだわ。無理なることはやめておけ」

「さように仰せられるとて、上月城の尼子殿や、山中鹿之介殿は討死をいたしまするぞ。それを見捨ててはおけませぬだわ」

秀吉は市松を睨《にら》み据えた。

「おぬしは何を思いつきしかや。この急場に及んで、わが武辺《ぶへん》のほどをあらわそうといたすかや。よからあず。命を捨てるつもりなら城に入ってみよ」

市松は、風の吹きつのる夜、五百人の軍兵に兵糧、弾薬を背負わせ、闇の中を上月城へむかった。彼らは熊見川を川舟で渡り、対岸に姿を消す。

加藤清正は、秀吉に申しでた。

「市松は無理をいたしおりまするだわ。城との間には川があれば、敵に仕懸けられしときは逃げ場に窮し、ひとり残らず死にまするゆえ、我等が後巻きに舟を出してやりとうござりまするが」

秀吉はうなずいた。

「よからあず。行ってやれ。市松も命知らずのふるまいをいたすが、毛利方の胆《きも》を冷やしてやるのも悪くはなかろうでや。おぬしが後巻きに出てやれば市松も死なずに戻れよう」

清正は数十艘《そう》の舟を水夫に漕がせて、密かに対岸につけ、闇に紛れて待機する。川岸には毛利の見張りが右往左往していた。

清正は、足軽鉄砲衆三百人を、川辺のくさむらに散開させる。三十匁《もんめ》の大鉄砲を持つ十人は、清正の傍に伏せた。

「市松は、城に入れまい。敵は幾重にも柵木をめぐらしておるゆえ、かならず立ち往生いたすにちがいなかろうでや。そのときは、迎えてやらねばならぬだわ」

追撃してくる敵を撃ち払うためには、火力が必要であった。

清正は、弓衆、槍衆をひとりも連れていなかった。

「市松も、鉄砲を百挺《ちょう》ほど持っておるゆえ、合力《ごうりき》してやれば、なんとか逃れられようでや」

清正は、ふだん使いなれた十文字槍のかわりに、十六匁玉筒を手にしていた。

毛利の哨兵たちは、清正たちの埋伏《まいふく》する場所から、十間（約十八メートル）とは離れていない辺りを、しきりに通り過ぎてゆく。

清正は、彼らの話し声を聞く。

「今夜は、ぼっけえ西風が吹くのう。こげな晩は、羽柴方から忍んでくるかも知れんけえ、気をつけにゃいけん」

「うむ、なにやら怪しげじゃなあ。ちと河原へ下りてみるか」

清正は、鉄砲をとりなおした。輪火縄《わびなわ》は、引金をひけば火皿に着火できるよう、火挟みにはさんでいる。

毛利勢に発見されたときは、猛射を浴びせ、制圧する覚悟をきめていた。敵の攻撃をひきうけているあいだに、福島市松らは柵を打ちこわし、上月城に入ることができるかもしれない。

毛利の哨兵が三人、河原へ下りてきた。辺りの闇には、鉄砲衆の火縄の光りが、蛍火のようにまたたいている。

清正は、とっさに刃渡り三尺の佩刀《はいとう》を抜きはなち、半身をおこす。三人の敵兵を、瞬時に斬り伏せれば、毛利勢に発見されるのを免《まぬか》れるかも知れない。

「この辺りは、葦が生い茂って、気味わるいのう」

「うむ、引き返しゃ、よかろうで」

おじけづいた哨兵たちは、引きかえそうとした。

そのとき、ひとりが早口でささやく。

「あの火は何じゃ。魂火《たまひ》かや」

火縄の光りに気づいたのである。

清正は、彼らの背後に忍び寄っていた。

「早《はよ》う去《い》なにゃ、いけんぞ。ありゃ、火縄じゃが」

三人は口をつぐみ、急いで引き返そうとした。

そのとき、清正の刀が唸《うな》った。

濡れ手拭《てぬぐ》いをはたくような音がつづけざまにおこり、地面に米俵を投げおろすような音がした。

闇中に伏せていた鉄砲衆の組頭《くみがしら》がはね起き、清正の傍へ走り寄った。

「うまく片づけなされたでやなも」

「うむ、三人の首を一太刀で刎《は》ねられたのは、よき仕合せでありしだわ」

辺りには、風音が聞えるばかりである。

市松たちの乗ってきた川舟の群れは、清正たちのいる場所から半町ほど離れた川岸にもやっている。

半刻（一時間）ほどたっても、何の物音もおこらなかった。

「これは、首尾よく城に入りこみしかや」

清正がつぶやいたとき、前方に叫びあう声がおこり、銃声が五、六発鳴り渡った。

「出会え、出会え。鳴子《なるこ》縄《なわ》が音をたてたぞ。敵の人数が忍んで参りしにちがいなあぞ」

毛利の軍兵の喚く声が、風に乗って耳にとどいた。

松明、龕灯《がんどう》提灯の火光が野のうえを走り、銃声がさかんに湧きおこる。

「いたぞ。こっちじゃが。やっぱり羽柴の人数じゃ。取り巻いてひとり残らず撫《な》で斬りにせにゃ、いけんぞ」

刀を打ちあう響きが、銃声のあいまに聞える。

地を踏み鳴らす、大勢の足音が近づいてきた。清正は、配下の鉄砲衆に下知《げち》する。

「まだ撃つでないぞ。眼のまえまでひきつけて撃つのだわ」

清正たちの眼前に、市松が走ってきた。彼は抜き身を手に、追いすがる敵勢を打ちはらう。

「船に乗れや。わしはここで支えてやるで、ひとりでも早う舟で逃げよ」

市松は、刀槍を手にした数十人の精兵《せいびょう》とともに、河岸に踏みとどまった。

彼の周囲に集まった鉄砲足軽が、筒口をそろえ、追いすがる毛利勢に銃火をそそぎかける。

追手はひるんで逃げかけたが、新手《あらて》の人数が襲いかかってきた。彼らの先手は、雷のような轟音《ごうおん》とともに、福島勢に銃撃を浴びせる。

市松のまわりを取り囲む軍兵たちは、将棋倒しに倒れ伏した。

「よし、いまだでや。撃ち放て」

清正の下知に従い、三百人の鉄砲足軽は、五十挺ずつ交互の射撃をはじめた。鉄砲を放ったあと、筒を槲杖《カルカ》で掃除し、弾丸硝薬をこめ、ふたたび射撃するまでには二十四秒を要する。

五十挺ずつ六組が交互に一斉射撃をすれば、四秒に一度ずつ発射できるので、敵は猛射のまえに身を伏せるしかなかった。

数千の毛利勢は、横あいからの清正たちの奇襲に狼狽《ろうばい》し、なだれをうって退却してゆく。

「羽柴勢が寄せてきたぞ」

「夜討ちじゃが。小勢ではなあぞ。逃げにゃ、皆殺しにされらあ」

市松は茫然と立ちはだかり、逃げる敵を見送っている。

清正は駆け寄り、腕をつかむ。

「市松、いまのうちじゃ。引け」

市松は清正を片手で拝んだ。

「清正、恩に着るでや。助けの神だわ」

市松は残兵をことごとく舟に乗せ、河岸を離れた。

清正たちも舟に乗りこみ、舷《ふなべり》に鉄砲をつらね、静かに漕ぎ去る。川を渡りおえた頃、対岸におびただしい松明の火光がひろがり、あてもない探り撃ちの銃声がとどろく。

清正は笑った。

「あれを見よ。毛利の臆病者どもが、いま頃になって、ようやく這《は》いでて参りしだわ。ここから鉄砲玉を見舞ってやるが、ええだがや」

船上からの一斉射撃をうけた毛利勢は、松明を投げすて、地に伏した。

高砂《たかさご》の苦戦《くせん》

天正六年（一五七八）四月、備中《びっちゅう》松山まで進出し、上月《こうづき》城を包囲している毛利勢は人数をふやすばかりであった。

吉川元春《きっかわもとはる》、小早川隆景《こばやかわたかかげ》、宇喜多《うきた》直家らのほか、周防《すおう》、長門《ながと》、安芸《あき》、備後《びんご》、備中、美作《みまさか》、出雲《いずも》などの分国の地侍がすべて動員され、総勢は六万に達していた。

信長は、尾張《おわり》、美濃、伊勢、畿内の軍勢を率い、石山本願寺を攻めている嫡男信忠に、播州への出兵を命じた。

四月二十七日には自分も上洛し、備前の戦場へおもむくとの意気込みであったが、諸方に大敵をひかえていたため信長の出陣は成らなかった。

このため攻撃軍の統制力が弱まった。

大坂、丹波で戦っていた織田勢四万が、上月へ進出したのは、五月上旬である。

大河をひかえているので、大規模な遭遇戦をおこなえないまま、日を過ごすが、そのうちにも上月城の尼子《あまこ》勢は飢渇に苦しめられ、落城の危機は刻々と迫ってきた。

上洛していた信長は、戦況が発展しないため、やはり自ら出陣し、指揮をとるよりほかはあるまいと思いたつ。

だが、五月十一日から豪雨が降りつづき、賀茂川、白川、桂川が増水氾濫し、四条橋も流失する騒ぎとなって、信長は出馬を思いとどまった。

一ヵ月を過ぎると、上月城はいつ陥落するか知れない状況となった。糧道は完全に断たれ、水不足をも来している。

三日月山（兵庫県佐用郡佐用町）に布陣している滝川、惟任《これとう》（明智）、惟住《これずみ》（丹羽）らは、秀吉が強引な播磨《はりま》進出戦略の遂行にともない、ひきおこした作戦が失敗しかけているのを、あざ笑うばかりで、決戦に出るつもりもなかった。

秀吉からの協力依頼にたやすく応じないので、戦況は膠着《こうちゃく》したままである。

信長は、注進されてくる情勢を判断した。

「上月城を取り返さんと月日を過ごさば、別所のたてこもる三木城が手引きにて、毛利の者どもが播磨に押し入って参るにちがいなし。上月の張り陣をひきはらい、神吉《かんき》、志方《しかた》を押しやぶり、そのうえにて三木の別所を取り抱えるよりほかはなし」

二十一日の払暁《ふつぎょう》、羽柴勢六千は、独力で必死の我攻《がぜ》めを仕懸けたが、大損害をうけ撃退された。

ついに織田勢は姫路書写山《しょしゃざん》まで後退する。上月城にたてこもる尼子勝久は、七月三日に二十六歳を一期《いちご》として斬り死にを遂げた。山中鹿之介は降伏したのち、備中松山の阿部の渡しで斬られた。

加藤清正は、毛利勢との合戦には足軽勢を率い、終始刀槍をふるい奮闘したが、さいわい微傷も負っていない。

彼は朋輩にいう。

「こうなりゃ、三木の城を落すよりほかにゃ、手はねえだわ。長陣になるであろうがのん。まあわしらは命がけではたらくばかりだわ。わしらの運は、秀吉旦那任せだで」

備前国境から後退した織田勢は、播磨印南《いんなみ》郡の神吉城を取り巻いた。

神吉城は、三木城への糧道を確保するための重要拠点である。秀吉は上月応援に失敗した責任をとらされ、後詰《ごづめ》にまわされた。

清正、市松らは歯ぎしりをする。

「わしらは、地理に通じておるのに後詰かや。うちの旦那は、よっぽど嫌われておるんじゃなあ」

織田信忠を主将とする織田勢三万は、小城を包囲すると、大井楼《せいろう》を積みあげ、二ヵ所から三十匁《もんめ》玉筒、五十匁玉筒を用い、城内へ猛射を加え、城兵が防ぎ矢をできないようにした。

また築山を築き、城郭の間際まで巧みに矢玉を避け、近づいてゆく。

神吉勢は、総勢僅《わず》か二千余人である。彼らは半月余のあいだ持ちこたえたが、七月十五日から寄せ手の総攻めがはじまった。

織田信孝の部隊を先頭に、滝川、惟住の諸隊が一気に城際まで押し寄せる。

「それ、もはや最期じゃ。弓、鉄砲を射ちはなせ」

城兵たちは矢玉をすべて使いはたそうと、猛射を浴びせた。

寄せ手はたちまち三百余人が撃ち倒され、先手は四分五裂となったが、総大将信忠が怒って先手に出たので、いきおいを盛り返した。

このとき、大手の櫓《やぐら》の戸をひらき、卯《う》の花縅《おどし》の鎧《よろい》をつけた若武者があらわれ、紅の扇子をひらいて織田勢を招く。

「ありゃ、何者じゃ」

「神吉の大将分でねぁーか」

織田勢がいぶかしみ、攻撃の手をとめるうち、若武者のよく通る声音が、野面《のづら》にひびきわたった。

「これなるは城の主にて、村上天皇二十八代の後胤《こういん》神吉民部少輔《しょうゆう》頼定なり。これより力のかぎりをつくしお相手いたすなれば、お寄せ召されよ」

頼定は燕尾《えんび》の冑《かぶと》をかぶり、鹿毛《かげ》の馬にまたがると、生き残った九十六人の荒武者を従え、喊声《かんせい》をあげ城外へ突撃してきた。

織田勢は、必死のいきおいに押れ、逃げまどう。頼定は菊一文字二尺九寸の大業物《おおわざもの》をふるい、織田勢のただなかに駆け入り斬りまくる。

頼定に従う猛者《もさ》たちは、生涯の思い出にと力をつくして荒れ狂い、織田方の死傷は数えきれないほどであった。

双方が死闘を展開していたとき、城内西の丸を守っていた頼定の叔父の神吉貞光が寝返った。貞光は城主頼定に近づき、突然飛びかかって討ちとり、織田勢を城中へひきいれてしまった。

神吉氏の所領は一万石ほどであったが、その戦力は東播磨一帯に聞えていた。

神吉城を陥れた織田勢は、志方城に鉾先《ほこさき》をむけた。志方城は櫛橋左京亮《くしはしさきようのすけ》の居城である。彼の姉は黒田官兵衛孝高《よしたか》の妻であった。

志方城には、附近の地侍が寄り集まり、一千余人に達していた。

七月二十日、三万余人の織田勢は志方城を包囲し、攻撃をはじめた。照りわたる烈日のもと、陽蔭もない野面に陣小屋を建てつらね、城にむかい鉄砲を撃ちこみ、石垣にとりつき金挺《かなてこ》で掘り崩す。七千五百人の羽柴勢は、志方攻めでは先陣についた。

総大将は織田信忠、副将は長岡兵部大輔（細川幽斎）である。

志方城の将士は健闘して二十日間を持ちこたえたが、八月十日に落城した。

加藤清正は、城の濠《ほり》に埋草をして塀にとりつき、城中へ躍りこみ、槍をふるって敵勢を制圧する手柄をたてたが、内心では不満であった。

「三万の人数で、千や二千の敵がこもる城を落したとて、手柄にゃならねえだわ。もっと強え相手とやりたいものだがや」

羽柴勢は、端谷《はしたに》城をも攻めた。明石郡の小城であるが、城主衣笠範景《きぬがさのりかげ》は別所一族である。城内には、紀州から応援に駆けつけた雑賀《さいか》鉄砲衆がいて、百発百中の狙撃の腕前を見せる。

このため、羽柴勢は幾度か撃退され、侍大将浅井新八は、猛進して塀にとりつこうとしたとき、頭を撃ち抜かれ即死した。

秀吉は攻撃を中止した。

「こりゃ、我攻めをすりゃ、死人手負いの数をふやすばかりだわ。どうにもならねえぞ。水の手を断ち、兵糧攻めにするしかなかろうだで」

秀吉は端谷城攻略をいったん中止し、高砂城攻めにとりかかった。

高砂城は、三木城にとってもっとも重要な拠点であった。

高砂城主梶原景行《かげゆき》は、三木城の兵糧輸送路を掌握しており、別所長治《ながはる》の信頼があつい。毛利氏から送られてくる兵糧は、高砂の湊《みなと》から加古川を遡《さかのぼ》り、支流の三木川に入って三木城に搬《はこ》びこまれる。

「高砂城を取り抱えりゃ、三木城に兵糧、矢玉は届かねえだわ。まずあの城を落さにゃならぬだで」

秀吉は、高砂の沖に軍船を置いて、加古川河口を監視させ、七千余人の兵に高砂城を攻撃させた。

別所方は、援軍を送ろうとしたが、途中に羽柴勢が待ちかまえているので、どうにも動きがとれない。

梶原景行は、備前岡山に着陣している毛利輝元に急使を送り、増援を請うた。

秀吉は敵の情勢を探知し、ただちに城攻めにとりかかった。

「ぐずついていりゃあ、毛利が出てくるだわ。一日も早《はよ》う攻め落せ」

羽柴勢は猛攻をかさねるが、梶原景行は善戦した。

三百余人の精兵《せいびょう》に円陣を組ませ、大手門から出撃してくると、羽柴勢のなかへ突き入れ、荒れまわって引き揚げてゆく。

清正は景行と一騎討ちの機を狙うが、傍に近寄れない。

「あやつはなかなかの古狸だわ。夜討ちを仕懸けるしかねえだわ」

清正は十月十七日の夜、部下に薪《たきぎ》と油壺を担がせ、城の塀際に忍び寄る。闇夜で西風が吹きつのっていたので、敵に気づかれることもない。

清正は、三の丸の塀にとりつきよじ登り、曲輪《くるわ》うちへ入った。老松が枝を鳴らしているばかりで、辺りに人の気配はない。

しめた、と彼は部下に手を貸し、塀を乗り越えさせた。清正たちは闇をすかしつつ、建物の蔭へ忍び寄る。

「ここは、米蔵か。誰もこぬうちに火をかけよ」

清正たちは、担いできた薪を板戸にもたせかけ、油をかけ火をつける。

足軽のひとりが竹箒《たけぼうき》を油壺へ押しこみ、充分に油をつけておいて軒下を丹念に撫《な》でまわす。

「さあ、これでよかろうでや」

清正は、肩にかけてきた輪火縄《わびなわ》の火をつけた。

火は風に煽《あお》られ、たちまち燃えひろがった。清正は部下たちとうなずきあい、しばらく様子を見る。

そのうち、二の丸のほうから人影が駆け寄ってきた。

「あっ、火じゃ。お蔵が燃えておるぞ」

城兵が四、五人、駆け寄ってくる。

清正はそのまえに立ちふさがった。

「こりゃ、火を消してはならぬ。おのれどもは、殺されたいかや」

長槍を手にした清正を見た敵の雑兵《ぞうひょう》たちは、胆《きも》をつぶした。

見あげるような大男が立ちふさがっている。彼らはおどろいてわれがちに逃げ走る。

「化物じゃ。あげな者の相手はできんわい」

清正は、敵が引きかえしてくるまえに、塀を乗り越えて城外へ出た。

西風に煽られた火は天を焦がし、三の丸は二刻《とき》（四時間）ほども燃えつづけた。

城兵たちは嘆いた。

「この城の守護神の牛頭《ごず》天王のお社《やしろ》も焼けてしもうた。三の丸が無《の》うなったら、後詰の守りができぬぞ。これは危ないことになったものや」

秀吉は、清正の手柄を褒めたたえた。

「お虎は、よくぞやったでや。これで城は落したも同然だわ。一気に三の丸から押しこめば、城はあと一日も保《も》たぬだで」

羽柴勢は火光を頼りに、十八日の夜明けまえから総攻めに出た。

城将梶原景行は、最期のときがきたと覚悟した。

「敵は多勢なれば、焼け落ちた三の丸から押してくりゃあ、打つ手はないのう。いよいよ覚悟をきめるときがきたようや。皆揃うて打って出て、斬りまくって死人の山を築けや」

城兵たちは、火焔《かえん》をくぐり、突撃をはじめようと、隊伍をととのえる。

十八日の朝は、眼もあけられないほどの疾風が吹き荒れ、豪雨が叩きつけてくる。

梶原景行が城外へ繰り出そうとしたとき、物見の兵が、櫓から転がるように駆け下りてきて、注進した。

「ただいま毛利殿の兵船が、伊保《いほ》の湊に着到つかまつった」

「なに、それはまことか」

景行は、思いがけない吉報に耳を疑う。

「数も知れぬほどの大船が、旌旗《せいき》を押したて、沖よりあらわれて参りまする」

「われらが武運は、いまだ尽きざりしか。よし、曲輪うちにていましばらく敵を支えよ」

城兵たちが、押し寄せてくる羽柴勢に懸命に矢玉を射かけているうち、湊のほうで銃砲声が湧きおこった。

羽柴勢は、密集隊形を崩し動揺の様子を見せた。毛利輝元の援軍が到着したのを知ったのである。

輝元は風雨をついて、二百余艘《そう》の軍船を率い、岡山を発して二刻余の短時間で、飾磨《しかま》の浦に着き、さらに高砂の伊保の湊に押し寄せたのである。

輝元が率いる軍兵は、三千五百人であった。人馬が上陸すると、軍船は湊に舳《へさき》をつらね、陸上の羽柴勢にむかい鉄砲を放った。

輝元と呼応し、陸路をとった吉川元春、小早川隆景らは、二千余人を二手にわけ、間道《かんどう》を伝い城の南方へ出て、羽柴勢に襲いかかった。

風雨のなか、三方からあらわれた敵勢に、秀吉はとっさに対応の手段も思いつかず、茫然とした。

「毛利の奴輩《やつばら》が、出てうせおったか。いたしかたもなし。まんまるになって引き揚げよ」

梶原景行は、褐《かちん》の直垂《ひたたれ》に萌黄《もえぎ》縅の鎧を着て、鹿毛の馬に金覆輪《きんぷくりん》の鞍《くら》を置き、五百余人を率い城門をひらき突撃した。

「引け、引け。陣形を崩すな。崩せば皆殺しにされるぞ」

清正は諸兵を励まし、追いすがる敵兵に長槍をふるい戦う。

羽柴勢の本陣、後詰の人数は、損害もすくなく退陣《のきじん》したが、一の先手、二の先手は四方から取り囲まれ、ついに隊形を崩した。

一の先手にいた清正は、部下を身近に集め、長槍を振りまわし血路をひらこうとした。彼は死の危険が目前に迫っているのをものともせず、部下たちに笑みを見せる余裕があった。

「これだけ、敵の人数が多けりゃ、無駄な太刀はつかわずともええだわ。手あたりしだいに打ち倒せ」

清正は、部下をひとりも傷つけることなく、後退させた。

秀吉の放った間者《かんじや》は、その夜のうちに敵状を注進した。

「吉川、小早川らは、いま三木城の別所勢と合力《ごうりき》いたし、われらを追いしりぞけ、京都へ攻めのぼるべしと申しおりまするが、毛利輝元はさようの儀はまかりならずと制止してござりまする」

輝元は軍評定《いくさひようじよう》の座で、つぎのようにいった。

「いかさま、これよりただちに京へ押しのぼるは、もっともなる軍略ではあるが、信長は右大臣となり、綸旨《りんじ》を奉じて天下平定をはかる者なれば、攻むることはならぬ。また、秀吉を侮りては、思いもかけぬ痛手をこうむるやも知れぬ。三木の城は要害にて、たやすく落ちぬとあれば、われらはひとまず帰国いたし、三木へ送る兵糧をととのえようではないか」

毛利勢は、数日後に海路退陣していった。秀吉は、作戦の失敗をつぐなうため、網干《あぼし》、飾磨へ討伐の軍勢をつかわすことにした。

「お虎は、飾磨へゆくがよい。五百ほどの人数をつけてやるほどにのん」

清正は、鉄砲衆、弓衆二百人ずつと、足軽百人を引き連れ、飾磨湊へむかった。

飾磨を見おろす峠に着くと、清正は湊口の町並みを眺める。

「あそこに、毛利の番所があるだわ。今夜、敵の奴輩が寝静まった時分に、夜討ちをかけるといたそうよ」

清正は、部下たちに仮眠をとらせる。

瀬戸内の海にのぞむ丘陵に、秋陽が照りわたり、部下たちは木蔭で熟睡する。

日が暮れてのち、清正は部下の全員に干魚を配り、酒を与えた。戦うまえに、士気を鼓舞しなければならない。

「あと一刻（二時間）ほどのちに、足軽衆は町へ忍び入り、付け火をせよ。町の者が騒ぎたつときを狙い、斬りこむだわ」

清正は、町並みへ忍び寄ってゆく。

西風の唸《うな》りと潮騒ばかりが耳につく夜となった。

「それ、いまじゃ」

清正の指図に従い、足軽たちが闇にまぎれこむ。

小半刻（三十分）ほど待つと、町並みの諸方に火光がにじむ。

「付け火をいたしおったぞ」

清正は火勢のつよまるのを待つ。

足軽たちが戻ってきたときは、町は火焔に包まれていた。

清正は、先頭に立ち、山を駆け下っていった。

毛利家船手番所に、火の手が及ぼうとしていた。柵門をかためていた哨兵《しょうへい》たちが、うろたえ右往左往している。

清正たちは、刃渡り三尺の太刀をふりかざし、喊声《かんせい》をあげ斬りこんでゆく。清正の五体には力が満ちていた。

「狼藉者《ろうぜきもの》じゃ、出合え」

番所の玄関へ走り出てきた役人が叫びつつ、刀を抜きあわせようとするのを、清正は一撃に打ち伏せた。

「ひとりもあまさず討ってとれ」

清正が喚《わめ》くと、番所の庭に大勢の敵が湧くようにあらわれてきた。鉄砲衆が、つるべ打ちに銃撃を加え、毛利勢は薙《な》ぎ倒される。

「容赦すな、突き抜いてゆけ」

血刀をふるう清正に従う足軽衆は、人影を見ると手あたりしだいに斬り伏せ、突き倒す。

「まあ、この辺りが引きどきか」

清正は部下を呼び集める。

「深追いしてはならぬだわ。敵の人数は多いゆえ、取り囲まれてはならぬ。引け、引け」

清正たちは、炎上する飾磨の町をあとに、引き揚げていった。

秀吉は、高砂城への攻撃を再開した。

「三木への糧道を断つには、高砂を攻むることだで。毛利には、このうえ後巻《うしろま》きいたす余力はない。高砂を攻むれば、三木は落るにちがいなし。気長にいためつけてやろうだで」

数ヵ月後、高砂城は落城した。

城主梶原景行は剃髪《ていはつ》して仏門に入り、城兵たちは落ちのびて三木城に入った。

平井山《ひらいやま》の攻防

天正六年（一五七八）十一月、秀吉を扶《たす》け中国経略の副将として活躍していた、摂津《せっつ》伊丹《いたみ》有岡城主荒木村重《むらしげ》が、神吉《かんき》城攻めののち突然兵を引き、伊丹に帰還した。摂津を一職《いっしき》支配する有力大名である村重は、神吉城の城主神吉長則の伯父藤太夫と旧知の間柄であった。

そのため藤太夫が降伏してくると殺すに忍びず、放逐した。藤太夫は手兵を率い三木城へ籠城した。この事件が丹羽長秀、滝川一益《かずます》らの疑惑を買い、村重は弁明することなく三木城攻めの陣をにわかに引き、有岡城へ引き揚げたのである。

村重は、本願寺に内通したという疑いをかけられていたようである。村重の従弟《いとこ》中川清秀の家来が、石山本願寺へひそかに米を売ったという事実も、信長のもとへ報告され、詰問をうけていたが、釈明におもむかなかった。

有岡城は四方に岸、鵯塚《ひよどりづか》、野々宮、女郎塚、昆陽口《こやぐち》の五つの支城をひかえている。息子の荒木村次は尼崎《あまがさき》城、従兄弟《いとこ》の荒木村正は花熊城（神戸市）、荒木重堅は三田《さんだ》城（兵庫県三田市）、中川清秀は茨木《いばらき》城、村重属将の高山右近大夫は高槻《たかつき》城に在城していた。

強大な実力をそなえている荒木一族が織田に背き、毛利、石山本願寺に就《つ》けば、畿内における織田勢力は、たちまち弱体となる。

毛利輝元は、天正四年（一五七六）に大坂木津川《きづがわ》河口の交通を封鎖していた織田水軍四百艘《そう》を、九百艘の兵船で攻撃、全滅させたのち、大坂湾の制海権を握っていた。

信長は木津川河口敗戦ののち、天正六年夏、伊勢の海賊大名九鬼《くき》嘉隆に命じ六艘の鉄船をつくらせ、木津川河口に配置し、かろうじて石山本山への海上からの補給を遮断していた。

同年十一月六日、毛利の兵船六百艘が石山本願寺へ米をいれるため木津川河口に達し、織田方の六艘の鉄船と一艘の大安宅船《あたけぶね》、数十艘の小早船《こばやぶね》を攻撃した。

六艘の鉄船は奮戦して敵船をつぎつぎと撃破し、毛利の軍船は大船を幾艘も撃破され、正午過ぎに沖合いへ避退していった。

この、海上での長篠《ながしの》合戦といわれる大海戦に勝利を得た信長は、一気に生色をとりもどし、大軍を率い十一月九日に摂津山崎へ出陣し、荒木攻撃にむかった。

信長は高山右近の高槻城を開城させ、十一月二十四日には茨木城を包囲し、守将中川清秀を降伏させた。

高山右近、中川清秀を降伏帰参させた信長は、勅諚《ちょくじょう》により本願寺、毛利と和談に持ちこむつもりでいたが中止し、二十八日には三万の兵を率い、有岡城を攻撃する。

まず、滝川一益、惟住《これずみ》長秀らを山手から兵庫へ乱入させ、須磨《すま》、一ノ谷へかけての百姓、僧侶を虐殺させ、ゲリラを一掃し、有岡城包囲の態勢をかためる。

秀吉は信長の麾下《きか》に加わっていたが、十二月、信長が有岡城長期包囲の陣をかため、安土《あづち》へ帰還してのち、三木城攻めの平井山本陣へ戻った。

村重の離叛《りはん》は織田政権を動揺させたが、ようやく鎮圧のめどがついた。

三木城の別所長治《べっしょながはる》は、ひたすら毛利の来援を待っていた。備後《びんご》の鞆《とも》にいる足利義昭は、しきりに毛利輝元に出兵を促すが、輝元は容易に立たなかった。別所長治は怒った。

「なにをしておるんじゃ。宇喜多《うきた》は黒田官兵衛の甘言に乗せられ、織田に寝返りよるし、ろくなことがおこらねえぞ。この頃では飾磨《しかま》からの兵糧も、ろくに届かぬようになったでねえか」

天正七年（一五七九）二月十日、三木城中で軍評定《いくさひょうじょう》がひらかれた。

上座に城主長治が着き、一族、譜代、客将が列座する。長治がまず発言した。

「野口、神吉の城は織田の人数に取り抱えられ、落城いたしした。それは、われらが後巻《うしろまき》きの拙《つた》なかりしゆえにてもあろう。いま城外に羽柴以下の軍勢を引きうけ、いたずらに日を過ごし、いきおい衰えゆくを座視するも、うたてきことじゃろうが。皆のここらでひとつ、敵の鼻をあかすような取りあいをして見せにゃ、いけまあ。皆の衆は、それぞれ勘考いたすところを、いうてつかあさいや」

末席に控えていた荒武者たちは、声高に告げた。

「われらは、御大将の下知《げち》によりて、いつなりとも一命を捨つる覚悟をいたしておりまする。まず、歴々の衆より戦術を仰せられたきものじゃ」

別所長治の叔父吉親《よしちか》が発言した。

「わしの所存を申してみようかや。まず明日の寅《とら》の刻（午前四時）にゃ、足軽大将に五、六百人の足軽をつけ、川を渡って敵をおびきだすのじゃ。秀吉は攻め寄せてくるじゃろうから、川のこなたへ退き、追い討ちを仕懸けてくるのを、伏勢で取り巻き、皆殺しにするのがよき方策と思うがのう。どうじゃ」

荒武者の久米五郎は、嘲笑した。

「山城守（吉親）殿は執権《しっけん》なれば、お言葉を返すは不遜《ふそん》かも知れぬが、あえて申しあげる。昔から川を渡ったほうは勝ち、渡られたほうは負けるのが例となってござろうがや」

吉親は五郎の言葉を一蹴した。

「さように一概にゃいえるものでなあぞ。時のいきおいによって、川を渡って勝つものでもなし、渡られて負けるときまったものでもなかろうが」

五郎は、語気するどく反撥《はんぱつ》する。

「赤松の末裔《まつえい》なる別所の一党が、敵に術をつくして駆け引きをいたし、勝ったとて人に誇れるものでもなかろうと存ずる。明日の合戦は二手にわかれ、先手は山城守殿が大将となって秀吉の陣前へ押し寄せ、中軍はわれらが左近将監《さこんのしょうげん》さま（吉親の弟宗治）を大将として、東の山手より平井山の秀吉本陣へ乱入いたさば、勝負は半刻（一時間）ほどのうちに決するではござるまいか。万一、味方が敗れ引き退くときは、われらは死狂いにはたらきて秀吉本陣へ討ち入り、秀吉と取り組んで討ち果し申す」

軍評定は、別所勢の総力をあげ、秀吉の平井山本陣を強攻することに決した。

神吉、志方《しかた》、端谷《はしたに》、高砂《たかさご》など支城をつぎつぎと奪われた別所長治は、一挙に、状況を挽回《ばんかい》しようと思いたった。

秀吉を討ちとれば、織田勢は三木城攻略を断念し、引き揚げてゆくであろう。

軍議が決した翌日の二月十一日、夜明けまえに城中の兵力が二隊にわかれ、平井山へ攻めかける支度をととのえた。

先手の大将は別所吉親、麾下の侍大将は弟の別所宗治、小野権左衛門、櫛橋《くしはし》弥五三である。総勢二千五百人余りが吉親の統率のもとに行動する。

後陣の大将は、城主長治の弟治定である。従う兵は七百余人であった。先陣の将兵が三木川を渡って左右に陣を張るのを、羽柴の哨兵《しょうへい》が発見し、秀吉に注進する。

秀吉は矢倉に昇り、朝の薄明りのなかに刀槍をひらめかす別所勢を見渡し、麾下諸隊に命じた。

「別所は間なしに仕懸け参ろうでや。こなたよりも打って出よ」

まもなく別所勢は喊声《かんせい》をあげ、平井山の麓《ふもと》で二手にわかれた。

一隊の二千余人は、待ちかまえる秀吉の軍勢にむかい、喚《わめ》き叫んで正面から襲いかかった。敵味方入り乱れて白兵戦がくりひろげられ、一進一退をかさねるうち、後続の一隊が動きはじめ、先手と入れかわるように見えたが、突然東方へ向きを変えた。

「あの崖《がけ》を登ってきおったぞ。道はなきはずなるに、いかがいたすのじゃ」

羽柴勢がどよめき騒ぐが、地形にくわしい別所勢は羽柴の備えのない険阻《けんそ》な崖を、飛ぶように登り、山頂の秀吉本陣へ乱入した。

秀吉本陣を守る羽柴小一郎、加藤清正らが槍をとって、急襲する別所勢の前に立ちふさがった。

「おのれ、小癪《こしゃく》な奴輩《やつばら》が間道をとってうせおったか」

清正は十文字槍をふるい、味方の先頭に立ち、槍をつけてくる敵兵を突き倒し、殴《なぐ》り飛ばし、獅子《しし》奮迅《ふんじん》のいきおいで荒れ狂う。

秀吉の旌旗《せいき》のまわりに敵兵が幾度も接近する乱戦である。不意をつかれた秀吉は、自ら槍をとり、突っ込んでくる敵にそなえた。

必死に突撃してくる別所勢は、清正の阿修羅《あしゅら》のようなすさまじいはたらきを避け、ひたすら秀吉本陣を衝《つ》こうとし、清正は敵中に孤立した。

「こりゃ、戻らにゃならぬだわ。御大将が危なかろうで」

清正は力をふりしぼり、前途をふさぐ敵兵を突き伏せ、蹴倒し、ようやく本陣へ戻る。秀吉の陣小屋は踏みつぶされ、陣幕は裂けやぶれ、敵味方の屍骸《しがい》が累々《るいるい》と折りかさなっている。

「殿はどこにおりやあすか。清正が戻って参っただわ」

返り血にまみれた顔をあおむけ、清正が喚くと、本陣裏の松林から秀吉の声が聞えた。

「お虎、ここじゃ。早く参れ。わしゃ殺されようぞ」

清正が十文字槍をとりなおし、ひしめく敵のなかへ躍りこみ、数人を槍先に倒して駆けつけると、秀吉は四、五人の近習《きんじゅ》に守られ、顔色を失っていた。

「殿、わしがくりゃ、敵は寄せつけねえずら。これを見て下されい」

清正は秀吉を包囲している数十人の敵兵を、槍で殴りつけ、薙《な》ぎ倒す。

やがて小一郎の手勢が駆けつけてきて、秀吉はようやく危地を脱した。

清正は、敵中に十文字槍をふるい奮闘している若武者がいるのに気づいた。

「あれは何者じゃ」

傍の足軽が答えた。

「敵の大将別所長治の弟、治定でござります」

「あれが治定か。まだ十九の若武者と聞いたが是非もないだわ。わしが打ちとってやらあず」

清正は味方をかきわけ、治定のまえに仁王立ちとなった。

「これなるは、羽柴の郎党加藤清正だわ。御辺《ごへん》は別所治定殿か」

緋縅《ひおどし》の具足をつけた若武者は、汗と返り血にまみれた顔をむけ、うなずく。

「いかにも小八郎治定じゃ。一騎討ちを所望じゃ」

清正は言葉もなく、槍先をあわせる。

治定は気合するどく突きかけてくる。清正は二、三度凌《しの》いだのち、槍先をからみ捲《ま》きおとす。

槍を拾おうとする治定のうえに、秀吉の近習たちが折りかさなり、首級をあげる。清正は眼をそむけ、つぎの敵に立ちむかっていった。

別所勢の久米五郎ら豪の者は、羽柴勢を討ちとり、首級を捧げ敵中へ駆けいり、秀吉に首実検を願うように見せかけ、近寄ろうとする。

秀吉の身辺を守るのは、清正と十四、五人の近習たちである。清正は陣太刀を抜き、雲霞《うんか》のように襲いかかってくる敵を斬り伏せた。

別所治定が討死を遂げ、久米五郎ら高名な侍たちも倒れる。治定の郎党中島民部ら主だった家来十数人は、主人の遺骸のまえで腹を切り、残兵は平井山から逃げ下った。

先手の別所吉親は、治定勢が平井山頂から退却してくると彼らを収容し、態勢をたてなおそうとした。

羽柴勢は吉親の一隊も蹂躙《じゅうりん》しようと攻め寄せてきたが、別所勢は反撃して百余人を討ちとり、敵を追い散らして三木城に退いた。

三月になって、毛利輝元が明石魚住浜《あかしうおずみはま》に軍船を乗りいれ、上陸した。彼は三木城へ兵糧、弾薬を運搬する士卒の監督をする。

秀吉は三木城の南方、君ヶ峰の一帯に三十余ヵ所の砦《とりで》をつくり、明石からの糧道を断とうとした。

秀吉はある朝、清正と福島市松を呼んだ。

「毎日いい日和《ひより》だわ。桜も咲いてのどかだで。今日は空が晴れわたって南風《まぜ》が吹いておるだがや。明日の朝にゃ霧が湧こう。おのしは、霧が出たなら百人ほどの足軽鉄砲放《はなち》を連れ、三木の城へ米を運ぶ毛利の人数を探しにゆけ。見つけしだい撃ちはらうがよからあず」

「あい分ってござりまする」

二人はひきさがると、さっそく鉄砲足軽を呼び集め、戦支度《いくさじたく》をととのえる。

市松は清正に不平をいった。

「うちの旦那は、わしに刀槍を遣《つこ》うてはならぬというのかや。鉄砲放ばかりを連れていってどうするんじゃ。斬りあわにゃあ、戦をした気にならんがや」

清正は市松をたしなめる。

「殿は何事も読んどられるげな。この辺りは山坂ばっかりで、槍合わせができるような平地《ひらち》はすくねえだで。敵も逃げやすかろうがや。それで、鉄砲を撃ちかけ、追っ払えとの仰せだわ」

市松は不満の顔つきであった。

「そげなことは、聞けねえだがや。わしはわが手で敵を殺してやらねば、気が治まらぬだでなん」

「それなら、勝手にすりゃええだで」

清正は夜を待つあいだ、陣小屋で充分に睡《ねむ》った。

めざめると酒をあおって、また熟睡する。

翌朝、一番鶏の啼《な》く頃まえに起きた清正は、鉄砲足軽衆を勢揃いさせた。

霧が出ていた。陣中の篝火《かがりび》の光りがにじんだように、霧のなかに浮かんでいる。

「これから夜明けにかけて、霧は深《ふこ》うなるばかりだで。さて、出かけるかや」

清正は槍仕《やりし》として名を知られているが、鉄砲の手練も衆にすぐれている。彼は愛用の十匁《もんめ》玉筒を小者《こもの》に持たせ、陣所を出た。

霧が濃いので、山影がまったく見分けられないが、松明《たいまつ》を燃やせば敵の眼に触れるため、道案内に先導させ、一列で道を辿《たど》ってゆく。

士卒は、前をゆく者の腰帯を片手でつかみ、足をはこぶ。坂道にさしかかると、闇がさらに濃くなった。

道案内がささやく。

「右手は崖で、谷が深うございますけえ、足を踏みはずさぬように、用心してつかあさいや」

峠へ登りつめ、下り坂をしばらく辿ると、また上り坂になる。

幾度か峠を越えたとき、道案内が立ちどまった。

「この道は裏道で、地元の者でなけりゃ知らん道でございますけえ、まあここらで網を張ってりゃ、獲物がかかりよりますらあ」

「そうか、ではここで待とう」

清正は、雑草、灌木に覆われた細道の片側の笹原に、鉄砲足軽を散開させる。

「折り敷いて待っておれ」

清正は道案内とともに一町ほど先までゆき、峠に出た。

「ここで待つばかりだわ」

夜明けまえになると、遠近《おちこち》で鶏鳴が聞え、冷えこみがきびしくなった。

一刻（二時間）ほど経ったが、何の物音もなく、たまに濃い霧の奥で鴉《からす》の巣を離れる羽音が聞えるばかりであった。

清正は地面にうつ伏せになり、耳を土に押しつけている。さらに半刻ほど過ぎたとき、かすかな響きが伝わってきた。

「足音にちがいないだがや。人の足音だわ」

道案内もささやく。

「たしかに大勢の足音でござりますらあ」

「よその道へそれることはないかのん」

「かならずこなたへきよりますらあ」

清正は道案内とともに引き返す。

霧の奥がしだいに明るくなり、五間（約九メートル）ほど先まで見通せる。

「これなら、ひとりも逃さず討ちとれるだで」

清正は鉄砲足軽衆の待っている笹原へ戻り、命じた。

「もうじき、敵がくるぞ。お前たちはこの奥の木蔭に隠れておれ。いったん敵の人数をやりすごして、後ろから鉄砲を撃ちかけよ。そうすりゃ、逃がしたとてわれらの陣所のほうへ走るしかねえだわ」

清正たちは林中に隠れ、待ちかまえる。やがて、霧の奥から人影が二つあらわれた。敵の物見である。彼らは辺りを眺めまわすと、巧みに鳥の啼き声をまねた合図を幾度かくりかえす。

やがて、重たげな荷を背負った人足の列があらわれてきた。人数は五、六十人で、槍、鉄砲を持つ足軽が十人ずつ、列の前後を警戒していた。

清正は、重荷を運ぶ男たちが眼前を通り過ぎてのち、下知した。

「それ撃て」

鉄砲衆は、霧の奥へ立ち去ってゆく後衛の人影にむかい、銃弾を浴びせた。

敵は不意をつかれ、立ちなおる余裕もなく撃ち倒され、逃げ走る。

清正は叫ぶ。

「ひとりも逃すな。撃ち殺せ」

足軽鉄砲衆は喊声をあげ、走っては鉄砲を撃つ。

荷を担いでいた人足たちは、地面にひれ伏し命乞《いのちご》いをする。

「助けておくんなはれ。わいらは明石の漁師や。脅されて米を運んできただけやさかい、殺さんといておくれ」

清正は足軽たちに命じる。

「こやつらは助けてやれ。手向う者は殺しつくせ」

彼は坂道を飛ぶように走った。

人足の先導をしていた足軽の群れが、十文字槍を構え肉迫してくる清正を見ると、槍、鉄砲を投げ捨て、地にひれ伏す。

「降参するけん、命だけは助けてくれ」

「よからあず。こやつらは引っくくって虜《とりこ》にせい」

清正は、毛利の足軽と人足を五十人ほど捕えた。

「命を助けてやったかわりに、なんぞみやげになるようなことを聞かせよ」

毛利の足軽たちは、顔を見あわせ首を傾《かし》げるばかりである。

「さあ、わしらは何にも知らんけえのう」

清正は大喝した。

「わしの眼力を知らぬか。おのれどもが何も知らぬと申すなら、生かせておく甲斐もなかろうで。叩っ斬ってやらあず」

彼は佩刀《はいとう》を引き抜き、ふりかぶった。

足軽のひとりが身震いしつつ叫ぶ。

「ひとつだけ知っとるけえ、申しあげますらあ。御着《ごちゃく》の小寺が背きますらあ」

兵糧攻《ひようろうぜ》め

三木城の別所《べっしょ》勢は、羽柴勢の包囲網を突破しようと、城外君ヶ峰に砦《とりで》をかまえる秀吉麾下《きか》の部将、吉田重則を討ちとり、必死の反撃をこころみた。

四月になって、秀吉の三木城攻めを援《たす》けるため、丹羽《にわ》長秀《ながひで》、筒井順慶《じゅんけい》らがそれぞれ数千の兵を率《ひき》い、播磨《はりま》に入った。さらに織田信忠が一万余人を率い、三木城外に到着した。

信忠は六ヵ所に付城《つけじろ》を築き、城攻めをおこなったが、別所勢は動揺をあらわさず、寄せ手が迫れば矢玉を雨のように放って、死傷者の山を築かせた。

信忠は城攻めが進展しないので、秀吉と相談した。

「別所のいきおいを削《そ》ぐには、まず足許をかためねばならぬだわ。わしは御着《ごちゃく》の小寺を取り抱えようと存ずるが、いかがでや」

飾東郡御着城《しきとうぐんごちやくじよう》には、小寺政職《まさもと》が二千の兵を率いたてこもっている。政職は東播《とうばん》八郡のなかでは有力な土豪で、はじめは織田方に就く様子を見せていたが、いまでは別所に協力の姿勢をあらわしていた。

織田信忠勢一万の猛攻をうけた小寺勢は、果敢に戦ったが、数日間支えたのち力尽き、落城した。

八千人に近い軍兵と、おびただしい領民を抱え、籠城《ろうじよう》している三木城の兵糧は、底をつきかけていた。

毛利氏は三木城を見捨てるわけにはゆかない。別所長治《ながはる》が滅亡すれば、織田勢は備前へ乱入してくる。

五月になって、毛利水軍の将、児玉就英《なりひで》は、兵船二百余艘《そう》に兵糧を満載して、明石魚住浜《あかしうおずみはま》に到着し、三木城との連絡をはかった。

秀吉は三木城と明石をつなぐ道路の至るところに番所を置き、警戒をきびしくした。

毛利勢は、方途に窮していったん兵船を兵庫湊に回航し、兵糧を荒木村重《むらしげ》の軍勢が守る花熊城《はなくま》（神戸市）に入れた。

花熊城から三木城への急使が間道伝いに走った。別所長治の属将、高橋平左衛門が花熊城へ駆けつけてきた。

平左衛門はいった。

「織田の奴輩《やつばら》は、山深い辺りの杣道《そまみち》は存じませぬゆえ、山中を通れば三木まで抜けることは、難事なれどもなし得ようと存ずる」

児玉就英と花熊城主の荒木村正、平左衛門らが絵図面を前に相談した。

平左衛門は絵図を指さす。

「兵庫より摩耶山《まやさん》の西の麓《ふもと》を北へ抜ける間道がござりまする。この道をとっていったん摂津《せっつ》と播磨の境にある丹生山《にふさん》に至れば、そこからは山の尾根を伝《つと》うて、三木まで行けまするに」

児玉就英がたずねる。

「荷を運ぶ人数は、別所殿にて集めて下されるかのう」

「いかにも、兵糧、矢玉に窮しておるわれらなれば、荷を担ぐ苦労はいといませぬ」

「積荷の目方は、二千石を超えておるんぞ。山の尾根を伝うて、それだけの荷が運べようかのう」

「二千人の雑兵《ぞうひょう》、百姓が蟻《あり》のごとくに往来すれば、ひと月のうちには運べましょう」

「三木までは淡河《おうご》より回れば、どれほどの道程《みちのり》かのう」

「およそ八里（約三十二キロ）ほどでござりましょう」

「中途に中継ぎの砦を置かねばなるまいが」

「丹生山下に砦を置き、それがしが守りまする。丹生山の北、淡河の城には、淡河弾正《だんじょう》がたてこもり、万一敵勢が寄せて参らば、険路を扼《やく》して防ぎまする」

丹生山には明要寺、高山寺、近江寺など寺院が多く、山頂につらなる伽藍《がらん》はそのまま砦となる。

霊山が兵火をうけるおそれがあったが、三木城陥落の危急が迫っているとき、犠牲は覚悟しなければならなかった。

淡河城には、土豪淡河弾正定範が一族郎党三百余人を集め、籠城していた。

五月なかばから、兵糧、弾薬の輸送がはじまった。別所の士卒、領民たちが三木城から闇にまぎれ忍び出て、険しい山なみの尾根を伝い、兵庫湊に到着した。

輸送の人数のなかには、丹生山の僧侶、稚児《ちご》もまじっている。

毛利水軍の軍兵たちは、肩にくいこむ重荷を担ぎ、摩耶山麓の険しい山道へむかう幼童たちをあわれんだ。

「山道に気をつけにゃ、いけんぞ。谷へ滑り落ちんように、足もとに用心せえ。途中の腹ごしらえに、これを持っていきんさい」

軍兵たちは餅、煎《い》り米《ごめ》などを納めた藁《わら》づとを、童《わらべ》たちに与えた。

蟻の行列のように延々とつらなり、尾根伝いに摂津から播磨へむかう三木城勢の動きを、羽柴方は探知できなかった。

高橋、淡河らは相談する。

「淡河までは、羽柴の奴輩も気がつくまいが、お城を取り囲むあやつらの陣中を抜けるのが難事じゃ。平井山《ひらいやま》のまわりへとても近づけぬさかい、いったん西手の法界寺山までまわりこんで、夜のうちにお城へ入るよりしかたなかろう」

「そうじゃなあ。摂津からいっち離れた法界寺山の麓なら、敵の見張りも緩《ゆる》かろう。それしかないのう」

三木城の西に聳《そび》える法界寺山には、宮部善祥坊、出口五郎左衛門、石川清助らが布陣している。傍には三木川が流れており、夜の闇にまぎれ、城中へ忍び入る隙《すき》があった。

兵庫湊から輸送してくる兵糧、弾薬は、丹生山から淡河城へ達し、山積みされてゆく。淡河から三木城へ、武装した足軽たちによって、深夜に荷が運びこまれた。

別所長治以下、城方の将兵は狂喜した。

「ありがたや。これこそ神仏の加護であろうかえ。淡河に着いた荷が、なんとか無事に城内へ持ちこめられりゃ、ええがのう」

荷物は毎日夜更けに、五人、十人と足軽たちが闇中を手さぐりで運んでくる。

平井山本陣の秀吉は、十日ほど経つうちに城兵の反撃の変化に気づいた。

「なんとなく怪しき気配だでなん。つい先日までは、こなたより攻めかけ、外濠《そとぼり》の際《きわ》まで押し寄せしとて、まったく鉄砲を撃ちかけてこなんだが、昨日あたりからは、にぎやかに筒音を立てるではないか。弾丸硝薬に窮しておりしと思うたが、存外に手持ちがあると見えるだわ。それともどこぞから、柵のあいだをくぐり抜け、城へ矢玉を送りとどける奴輩がおるやも知れぬ」

秀吉は手を打って呼んだ。

「清正、市松はおるかや」

二人は、秀吉の前に出て膝《ひざ》をついた。

「おのしどもは、今宵より陣中を夜廻りいたせ。家来はほんの四、五人を連れ、馬を用いず、物音を忍んで歩きまわれ。城に兵糧、弾薬を運びいれておる者が、見つかるや知れぬだわ」

「かしこまってござりまする」

清正と市松は、退いて陣所へ戻る。

市松は家来たちに告げた。

「今日よりは、昼と夜がさかさまになろうぞ。いまのうちに酒をくろうて寝ておかねばならぬだわ」

彼は家来に酒肴《しゅこう》を支度させ、酒盛りをはじめる。

したたかに酩酊《めいてい》すると、陣中に連れこんだ遊女を抱いて寝てしまった。

清正は、さっそく味方の陣所を巡《めぐ》り歩いた。

「昼間のうちに地形《ちぎょう》をたしかめておかねば、くらがりになると動けぬだがや。およそ見廻っておけば、守りの薄き辺りは見当がつこうだで」

彼は数人の家来をともない、陣所を出た。

平井山本陣の南方、与呂木《よろぎ》には羽柴秀長、志津中村には竹中半兵衛、安福田《あぶた》山上には丹羽権兵衛、北方の久留美《くるみ》には堀尾茂助、慈眼寺《じげんじ》山には有馬法印、加藤光泰、中村孫平次らが、柵、乱杭《らんぐい》、逆茂木《さかもぎ》をつらね、厳重に警戒している。

「この辺りは、いかに地の利にくわしい者でも入りこめぬだわ。三木川の北側は山が離れ、平地が多いゆえ、胡乱者《うろんもの》が出入りすりゃ、目につきやすい。城の南手は高尾寺山、君ケ峰、二位谷、箕谷、八幡谷、羽場山、法界寺山と、山やら谷やらが迫っておるゆえ、敵は入りこみやすいが、それにそなえて味方も砦、井楼《せいろう》をつらねておる。いささか備えが薄いのは、宮部善祥坊らが陣を置く、法界寺山の北側だわ」

清正は長槍を手に、味方の陣所を巡り歩いた。

梅雨の最中で、夕方になると霧が出やすい。日没後は、松明《たいまつ》を燃やしても一間先を見分けにくくなる。

清正は音もなく降る糠雨《ぬかあめ》に具足を濡らし、泥はねを背中まであげて陣所へ戻り、腹ごしらえをした。

暮れ六つ（午後六時）に身支度をととのえた清正は、五十余人の軍兵を連れ、陣中見廻りに出ようとした。福島市松が、陣所の外で待っていた。

「おのしは、いまから出かけるかや。わしもちょうど出るところだわ。道連れのいるほうが、退屈せずにすむ。同道いたそうではないか」

清正は拒んだ。

「見廻りをいたすに、大勢が連れ立って参れば、敵に気づかれやすかろう。おのしは、わしとは離れてゆけ」

「ほう、そうか。それならわしは城の南手を西のほうへ参るだわ」

「好きにいたせ」

清正は軍兵を率い、三木川を渡り、北側の陣所を検《あらた》めてまわることにした。

敵が兵糧弾薬を運び入れるとすれば、平地の多い北側よりも、山なみの迫っている南側の谷間を通ってくるだろう。

福島市松は、清正に先んじて手柄をあげようと考え、南側の陣所を巡回するのである。清正は、心中で彼の狡猾《こうかつ》な考えをあざ笑った。

「昼間に酒をくろうて寝ておりし者が、日が暮れ、霧が出てのちに探索をいたせしとて、道に迷うばかりであろうがや。あやつがわしと同道いたさんと望みしは、わしに道の案内《あない》をさせんとの了簡なりしゆえだわ」

清正は、北方の味方の陣所を通り抜け、山際を西へ辿《たど》ってゆく。

彼に従う軍兵たちは、前をゆく者の力帯に手をかけ、霧のなかをゆるやかに進んだ。

「気をつけろい。道に穴などあれば、落ちて足を折るぞ。小川を渡るとき、深みに踏み入れりゃ流されるぞ」

清正は、ときどき足をとめ、辺りの物音を聞く。

味方の陣所を離れると、聞えるのは川の瀬音と、野犬の啼《な》き声ばかりである。清正は部下に物音を立てさせず、怪しい気配がおこるのをしばらく待つ。

「この辺りには、胡乱者はこぬはずだで。柵が三重にも張られておるゆえにのん。先へ急ぐがよからあず」

彼は烏町《からすまち》河原という、森閑と樹木の密生した三木川の河畔に出て、音を忍ばせ浅瀬を渡った。

彼は部下にいう。

「わしはさきほど浅場をたしかめしゆえ、このように川を渡るに難儀をいたさぬが、市松はいかにいたすかや。深みにはまれば、押し流されてしまうだわ」

対岸へ渡れば、眼のまえに法界寺山が黒く聳《そび》えているはずであるが、霧に隠れ、なにも見えない。

「河原から宮部殿の陣所までは、鳴子《なるこ》縄《なわ》を張り、柵も二重につらねておるが、見張りの人数がいかにもすくないでなん。しかも、篝火《かがりび》を焚《た》いておるだわ。あれを見よ」

清正は、霧のなかににじむおぼろな火光を指さす。

「あれでは、見張りの者の居場所を、敵に知らせるようなものだわなん。敵が城中へ物を運び入れるなら、この辺りを通るにちがいなかろう。鳴子縄には、さわらにゃいいのだで」

清正は、五十余人の部下とともに、河原から一町ほど離れた谷間にひそんだ。

糠雨が降ってはやむ、うっとうしい空もようである。

「いつ斬りあいがはじまるか分らぬゆえ、いまのうちに腹ごしらえをいたしておけ。鉄砲に早合《はやごう》を入れりゃ湿るゆえ、輪火縄《わびなわ》にだけ火をつけておけ、火は外に見えぬよう、てのひらのうちに覆いかくしておくがよからあず」

清正は半刻《はんとき》（一時間）ほど、闇中に坐《すわ》っていた。部下とともに、物音を立てず霧に溶けこんでいる。

三木城へ兵糧、弾薬を搬入するのは、雑兵、百姓たちであろうが、彼らの道案内にあたるのは忍びの者である。

忍者の視覚、聴覚、嗅覚は、常人のそれとはちがい、野獣のように鋭敏であった。清正は火縄の焦げるにおいを嗅《か》ぎあてられるかも知れないと思い、火を消させた。

――わしらがここへきたのは宵のうちだで、城方には気づかれておらぬはずだわ。見廻りに出て、いきなり敵に出会えることもなかろうが、今夜はここで夜明かしをいたすでさ――

清正は塗笠《ぬりがさ》をかぶり、簑《みの》をつけてあぐらを組む。彼は、福島市松が河原へあらわれるのを、怖れていた。市松はこまかい配慮をする男ではない。

彼が部下とともに騒がしく物音を立て、通りかかれば、清正たちが闇中で敵を待っていても、何の収穫もなくなってしまう。敵は警戒して動きをひそめるであろう。

だが、市松はあらわれなかった。静寂のうちに、さらに半刻が過ぎた。

――市松めは、霧のなかで難渋して平井山へ戻ったかや――清正は、三木城へ兵糧、弾薬を運ぶ敵がいるか否かをたしかめるまで、毎夜、張り番をするつもりでいる。

だが、清正の推測は早くも的中した。河原のほうで、ひそやかな物音が聞える。

清正は地面に耳をつけた。

大勢の足音が、河原の砂地を踏んでゆく。清正は槍をとりなおし、起きあがると部下に下知した。

「それ、敵がきたぞ。わしについて参れ。手向う者は殺せ。降《くだ》る者は捕えよ」

彼は宙を飛んで走った。軍兵たちは、槍、長巻、棍棒《こんぼう》などをひっさげ、あとに続いた。

「こりゃ、待て。そのほうどもは羽柴方か。城方ならば通さぬぞ」

清正が叫ぶと、矢が飛んできた。

「おのれ、城方か。手向いいたさば打ち殺すぞ。降参すれば命は助けてやるだわ」

霧のなかを、逃げ去る足音が聞える。

「あやつらを逃がすな。引っ捕えよ」

清正は長槍をふるい、逃げる人影の足を払った。

倒れた敵のうえにまたがると、意外なほど小柄であった。

「なんじゃ、おのしは小童《こわつぱ》か」

清正は助けおこし、松明をつけ顔をあらためる。

捕えたのは、十二、三歳ほどに見える稚《おさ》ない僧であった。

「おのしのような者には用はなし。去《い》ね」

清正が手を放すと、僧は栗鼠《りす》のように駆け去った。

清正の部下たちは、五人の男を捕えた。ひとりが別所の足軽で、四人が百姓である。松明を点じて付近を探索してみると、米俵、煙硝箱、鉛、塩、干物などを入れた木箱が散乱していた。

「おのしどもは、やはり城へかような物を運びおりしかや。敵ながら天晴《あつぱれ》じゃと褒《ほ》めてやりたいが、そうは参らぬだわ。この荷は明石より運びしものであろうが。われらの眼をくぐり、いかにして持ち運びしか、白状いたせ」

五人の捕虜は、沈黙したままであった。

「返答はいたさぬか。もっともなることだわ。わしがおのしどもがようなることをいたし、敵に捕えられしとて、殺されても白状はいたさぬだでなん。殊勝な者どもだが、このままでは見逃せぬ。これより平井山本陣へ引きたて、問いただすゆえ覚悟いたせ。体に問われることのあるやも知れぬ。痛き目に遭いとうなくば、ここにて白状せい」

捕虜たちは、恐怖におののきつつも口をひらかなかった。

清正は、軍兵十余人をその場に残して見張らせ、平井へ引き揚げた。

秀吉は寝所に入っていたが、起き出てきて清正に会った。清正は縁先に蹲踞《そんきょ》して、報告した。

「さきほど、法界寺山の北側、三木川の畔にて、城中へ荷を運ぶ者大勢を見つけ、五人を捕えてござりまする。いずれより参りしものか、荷運びの道筋を聞きださねばなりませぬか」

「清正は、よくやりしぞ。市松めは、霧のなかではなにも見分けがつかぬと申し、さきほど戻りおって、いま頃は寝ておるげな。そこなる者どもは、体を責めて口をひらかせよ」

「かしこまってござりまする」

五人の捕虜は、陣中目付のもとへ引きたてられていった。

清正はわが陣小屋へ戻り、具足をぬぐ。

井戸端で水を浴びたあと、下着、帷子《かたびら》を着替える。

「さて、酒など飲んで寝るか」

清正は、燈台のゆらめく炎のもとで、酒樽の蓋《ふた》をあけた。

彼が引きたててきた捕虜たちは、拷問をうけ、口をひらかねばならない。捕虜たちは、黙って死のうとするであろうが、目付はそうはさせない。

口に枚《ばい》をふくませ、舌を噛《か》ませないようにしておいて、痛め吟味をする。人は苦痛にいつまでも堪えられない。ひと思いに殺してもらうため、胸中の秘事をすべてうちあけるのである。

清正は、拷問を嫌った。彼は酒に酔い、掻巻《かいま》き布団《ふとん》をかぶり、陣小屋の床に身を横たえる。やがていびきをたてはじめた。

翌朝、秀吉は明石魚住の浜から丹生山を経て、三木城に物資の運送されるルートを知った。

彼は弟の秀長を呼び、命じた。

「丹生山の砦を取り抱え、敵の人数を皆殺しといたし、焼き払うべし」

秀長は五月二十二日の夜更けに、三百人の精兵を率い丹生山へむかった。

西風の吹きすさぶ夜であった。夜討ちに慣れた羽柴勢は、油樽を背に間道伝いに丹生山を襲い、火をかけた。

山上の寺院はすべて炎上し、逃げまどう別所勢は、矢玉を浴びて倒れた。

淡河城主の淡河弾正は、善戦して秀長勢を撃退したが、再度の攻撃をうければ落城は避けられないと見て、三百余人の郎党とともに三木城に入った。

毛利の襲来

秀吉は三木城への兵糧搬入の拠点であった、淡河城《おうごおとしい》を陥れたのち、三木城包囲線を絞って城外に迫り、兵糧攻めを徹底させようとした。

別所方は羽柴勢の重囲のなか、しだいに兵糧、弾薬に窮してきた。毛利方に救援を懇請する密使は、連日敵中を突破して安芸《あき》へおもむき、窮状を訴えた。

城中七千人の飢餓は、しだいに深刻な情況となってきた。牛馬を殺して食いつくし、野鼠、蛇を眼にすると打ち殺して骨までむさぼりつくす。

毛利家は児玉蔵人《くらんど》、浦兵部らの指揮する船団で、明石魚住《あかしうおずみ》の浜に兵糧を運ばせ山のように積みあげさせた。

吉川元春《きっかわもとはる》、小早川隆景《こばやかわたかかげ》も魚住浜に着陣して、兵糧弾薬を三木城へ搬入する手段を講じたが、道路はすべて羽柴勢によって封鎖されている。

元春兄弟は相談する。

「別所をこのまま見捨てるわけにゃあ、いくまあが。三木の城が落ちりゃあ、織田の軍勢は備前から美作《みまさか》、備中《びっちゅう》へなだれこんでこようぞ」

「うむ、なんとかせにゃいけんわい」

毛利の忍者らは、杣人《そまびと》に案内させ、三木城へ通じる間道を辿《たど》るが、途中で羽柴の哨兵線に前途をさえぎられる。

羽柴勢は、三木城の周囲の山中に三十余ヵ所の砦《とりで》を設け、乱杭《らんぐい》、逆茂木《さかもぎ》をつらね、昼夜の別なく見張っている。人が通れないような切り立った崖にまで、鳴子縄《なるこなわ》を張りめぐらしたので、忍者でさえ兵糧を担いで三木城へ潜入するのは、不可能であった。

織田信忠は、御着《ごちゃく》城を陥れたのち、一万余の兵を率い、三木城攻めに加わろうとしたが、険しい山の頂上にある城郭を見ると、宿陣を短期間で切りあげ、畿内《きない》へ帰ってしまった。無理に我攻《がぜ》めを強行しても、陥落させる見込みがないと判断したためである。

秀吉はいよいよ兵糧攻めよりほかに方途がないと見て、長期攻囲の態勢をかためた。

「こりゃ、慌てたところでどうにもならぬだわ。陣所を修築して、長陣を張るに不自由のなきようにしなけりゃいけんぞ」

秀吉は本陣を置いた平井山《ひらいやま》の全山に掻《か》きあげの濠《ほり》をつらね、居館を新築する。それまで雨露を凌《しの》ぐだけで、立居もなりかねるほどの手狭な陣小屋にいた将兵も、板屋根ながら、厨《くりや》、厠《かわや》、風呂場、厩《うまや》をそなえた長屋に住むようになった。

秀吉は、二月に別所吉親《よしちか》以下の城兵の急襲をうけ、本陣をつかれ窮地に陥ったので、再度襲われることのないよう、周囲に幾つかの支城を置き、そのあいだに二重の柵をつらね、陣所のあいだには、敵の矢玉を避けて通行できる交通路を設ける。

本陣の下には幾段もの帯曲輪《おびぐるわ》を設け、押し寄せてくる敵勢に、横あいから矢玉を浴びせられる狭間《はざま》を、至るところに置いた。

秀吉は本陣館の広間から、西に見渡せる三木城、志染《しじみ》の野山を眺めつつ、幕僚たちにいう。

「これで別所の奴輩《やつばら》が飢え死にいたすまで、高見の見物ができるだで。慌てることはなあぞ。一年でも二年でも待てば、あやつらは降参するか、飢え死にするか、いずれかを選ばにゃいけんようになるだでなん」

平井山本陣の周辺には竹中半兵衛、羽柴秀長が陣をかため、二万数千に及ぶ麾下《きか》諸隊は、三木城の東西南北を四里（約十六キロ）にわたり取り巻いた。

竹中半兵衛は軍略家として知られた人物である。彼が秀吉の軍師となったのは、信長の依頼によるものであるといわれる。

秀吉は弟の秀長や蜂須賀小六とともに、ゲリラ戦法をもっぱらおこない頭角をあらわしてきたが、大軍を動かす作戦行動をおこなうには、軍学を知悉《ちしつ》した軍師が必要である。

竹中半兵衛は弟の久作とともに、秀吉の要望に充分に応えるはたらきをあらわしてきた。三木城を兵糧攻めにする方策を立てたのも、半兵衛であった。

肺をわずらい、病身の半兵衛は秀吉に温泉に出向き療養するようすすめられていたが、陣所を離れなかった。彼は六月十三日、病臥していた平井山本陣の一室で死んだ。三十六歳の男盛りであった。

「惜しい者を死なせたものだで。仕方がなかろう。これでわしの智恵袋は無《の》うなっただわ」

秀吉は落胆《らくたん》した。

半兵衛とともに、秀吉の播州《ばんしゅう》攻めに協力した謀将黒田官兵衛は、荒木村重《むらしげ》の謀叛《むほん》に際し、彼を説得するため、伊丹《いたみ》有岡城へ出向いたまま帰らなかった。

秀吉は本営を守る加藤清正にいう。

「お虎よ、これからはわしを守ってくれえよ。半兵衛もおらぬようになりゃ、心細さもひとしおだわ。明石にゃ吉川、小早川らが出張ってきおって、紀伊雑賀《さいか》の鉄砲衆も大勢やってきたということだで。これからは、いかなる難儀がふりかかってくるか分らぬげなでさ」

清正は答えた。

「私が命のあるかぎりは、殿のまわりに敵を寄せつけませせぬゆえ、お気を安んじて下されませい」

「おのしに、そういわれりゃ、心丈夫だわ」

主従は顔を見あわせ笑みを交した。

毛利家の動静は、安芸へ派遣した忍者たちが探索し、逐一《ちくいち》注進してくる。夏の暑熱が過ぎ、薄《すすき》の穂が山野につらなる八月なかば、足利義昭は備後鞆《とも》城から安芸吉田へおもむき、吉田城で吉川元春、小早川隆景らと会談した。

秀吉は忍者から注進を受けた。

「公方《くぼう》は、毛利の者どもと織田征伐の計策を相談しおうてござりまする」

秀吉は九月四日、安土城へ参向し、信長に謁した。荒木村重は九月二日に伊丹有岡城を脱出して、尼崎《あまがさき》城へ移っていた。

信長は荒木の叛乱がまもなく終熄《しゅうそく》すると見て、機嫌がよかった。秀吉は言上した。

「かねてより毛利にそむき、われらに合力《ごうりき》いたしおりまする、備前の住人宇喜多直《うきたなお》家《いえ》降参御赦免の筋目を、申しあわせおきましたるゆえ、なにとぞご朱印遊ばされて下されませ」

秀吉は、わが誘降策を、信長が褒《ほ》めてくれるであろうと思っていた。

「近頃、前将軍義昭、安芸吉田にて吉川、小早川とあいはかり、播州出勢の計策を練ると聞えておりますれば、宇喜多を手なずけるは、こなたの大利となりまするに」

だが案に相違して、信長は激怒し秀吉の策をしりぞけた。あらかじめ信長の意向を聞きいれなかったことが、出過ぎたふるまいと見られたのである。

秀吉の留守中、毛利方は三木城応援の作戦を急速に進めていた。

九月はじめの深夜、毛利家から忍びの名人桂兵助が、厳重な羽柴勢の防備の隙《すき》をつき、三木城に潜入した。

兵助は手島市助、土橋平允、渡辺藤左衛門ら、安芸、紀州の加勢百余人をともなってきていた。

彼は別所長治《ながはる》、吉親らとともに、兵糧搬入の経路について相談する。

「お城の西北、大村山の麓《ふもと》は、羽柴方の谷大膳、三田新兵衛、前野将右衛門の陣所がござりますが、備えがもっとも薄きゆえ、兵糧を入れることができようと存じまする」

別所長治はよろこび、奮いたった。

「毛利殿が兵糧を入れてくだされば、わしらはこの城を守り抜けるじゃろう。秀吉はそのうちに尻尾《しっぽ》を捲いて引き揚げることになろうというものじゃ」

桂兵助は百人の兵をともない、九日の深夜に三木城を出て、羽柴勢の陣所を誰何《すいか》されることなく通過し、間道伝いに魚住浜に着いた。魚住浜には、毛利の大軍が到着していた。小早川隆景は、部将の生石中務少輔《おいしなかつかさしょうゆう》に命じ、兵糧搬送をおこなわせることにした。

毛利勢と、紀伊雑賀鉄砲衆およそ千人が、いったん海路をとり、高砂の浜に兵糧を揚げた。

そこで八千人の人足に兵糧を担がせ、加古川本流と美嚢《みのう》川の合流点の辺りから間道に入り、丑《うし》の刻（午前二時）頃に谷大膳の護る大村山の陣所附近に達した。

毛利勢は、一挙に三木城へ兵糧を入れようとして、鬨《とき》の声をあげ、谷大膳の陣所へ突撃した。

大膳は熟睡していたが、はね起きて八人の兵とともに薙刀《なぎなた》をふるい、毛利勢を斬りたてる。

だが、不意をつかれたため、大膳の陣所は蹂躙《じゅうりん》され士卒は死傷した。大膳は五十歳であったが、大力無双といわれた勇者にふさわしい、獅子奮迅のはたらきを見せたのち、力尽きて討たれた。

大膳が倒れると、毛利の侍、室小兵衛が首級を取ろうとした。大膳の子息衛友《もりとも》はそれを見て、小兵衛を討ち、父の首級を奪い返した。

毛利勢は兵糧を担いだ八千人の人足を三木城へ入れようと、懸命に誘導するが、物音を聞いた羽柴の諸隊が、怒濤《どとう》のように襲いかかってきた。

平井山本陣に帰っていた秀吉は、使番を走らせ、諸将の陣所に急を知らせる。

「お虎、市松。手柄をたてるのはいまだぎゃ。大村山へ駆けつけよ」

秀吉の下知《げち》に奮いたった加藤清正、福島市松は、手兵を率い、矢たけび、銃声のとどろく方角へ馬を走らせた。

三木城中から別所吉親が三千余人の兵を指揮してあらわれ、兵糧を城中へ入れようと、羽柴勢に立ちむかう。

秀吉本陣勢が戦闘に加わると、すさまじい白兵戦がはじまった。

清正は片鎌槍をふるい、前途に立ちふさがる城兵を突き伏せ、打ち倒し、馬蹄にかけて縦横に荒れ狂った。

敵味方が入り乱れ、太刀先に青火を降らし、気合と絶叫が耳をうつ。汗と血のにおいがみなぎる深夜の山麓で、両軍は一歩も退かず死闘をつづけた。

清正は、死を怖《おそ》れない城兵の執拗な攻撃により、馬を倒されたが、徒歩で長槍を振りまわし、疲れを知らない奮闘をつづける。

合戦は明けがたまでつづき、清正は槍を握りしめたまま、こわばった指をひらけなくなるほど、力を使いはたした。

羽柴勢、別所勢はともに甚大な損害をうけた。戦ううちに兵力の相違があらわれてきて、別所勢はついに城内へ引き揚げた。

八千人の人足が運んできた兵糧の大半は奪われ、損害はおびただしい。侍大将格の戦死者は、別所甚太夫、同三太夫、同左近、後藤又左衛門、光枝小太郎ら七十三人、士卒は八百余人が屍《しかばね》を野にさらした。

淡河城主であった淡河弾正定範《だんじょうさだのり》は、武辺の名に恥じないはたらきをして、手疵《てきず》を負い、城へ引き揚げる途中、二十騎ほどの敵に追撃された。

定範は疲れきっていたが、一計を案じ、彼に従っていた五人の家来に命じた。

「たがいに刺し違えて、死んだふりをするのじゃ。敵を近づけておいて、斬りまくれ」

定範たちは、よろめく足をとめ、太刀を抜き、刺し違えたふりをして地に倒れ伏し、動かなくなった。

羽柴勢は十四、五人が馬から飛び下り、われがちに駆け寄り、定範らの首を取ろうとする。

「それ、いまじゃ」

定範の声とともに五人の家来ははね起き、おどろく羽柴勢の膝を薙《な》ぎ、四方へ追い散らした。

「さあ、これほどでよかろう」

定範たちは、敵の首級を膝に抱き、割腹して果てた。

別所勢は、兵糧をわずかに得たのみで、多数の将兵を失い、戦力を大きく減殺された。

秀吉は毛利勢をしりぞけ、いよいよ別所長治を窮地に追いつめた。

「城を取り巻く陣所を、もっと進めばええだがや。そうすりゃ、蟻の這《は》いこむ隙間もなくなろうだわ」

羽柴勢の包囲線はさらに縮められ、三木城の真下まで寄せ手の旗差物《はたさしもの》がひるがえる。

秀吉は城の周囲に、高さ四間（約七・三メートル）の塀を二重に築き、そのあいだに石を入れ、塀の前に逆茂木をつらね、柵をつくり、川には大綱を張り、乱杭を打ちこむ。

橋上には見張りの兵が昼夜川面を睨《にら》み、辻々には木戸を設ける。日没後は篝火《かがりび》を焚き、数十人の小姓衆が槍鉄砲をたずさえ、夜廻りをする。

城中の兵は、冬にむかおうとする頃には飢えにさいなまれ、痩《や》せ衰えて、刀槍をふるう体力も尽きはてた。

秀吉は、平井山本陣から三木城を眺め、清正にいった。

「虫の音も、夜寒のきつくなるにつれ、まばらとなってきたが、城中の灯明《ほあか》りもすくなくなりしだわ。灯《とも》し油さえ、口に入れて飢えを凌ぎおるのだわ」

「仰せのごとく、森閑といたしおりまするが、いよいよ最期が近づいておるのでござりましょう」

清正は、城内の士卒を哀れに思った。

侍であれば、戦場で力のかぎり奮闘して死ぬのが本望であろう。鼠まで食いつくし、草の根を齧《かじ》ってわずかに命をつないでいる城兵たちの死は、犬死にである。

伊丹有岡城は、十一月に陥落した。毛利の反撃も途絶えた。足利義昭、毛利輝元は三木城を見限ったのである。

天正八年（一五八〇）正月六日朝、秀吉は三木城の支城である、大宮八幡社裏山の宮の上砦を攻めた。守兵は体力が衰えていたので、抵抗は微弱であった。

宮の上砦を乗っ取った羽柴勢は、十一日に別所友之が守る鷹の尾城に押し寄せた。城兵は必死の抵抗をしたが、力尽きた者は人の輪をつくり自害する。

生き残った兵は、三木城へ入った。

羽柴勢は攻撃の手をゆるめなかった。鷹の尾城に充満した彼らは、峯続きの新城へ押し寄せた。

別所勢の篠山伊織、峰平蔵、魚住重三郎、藤田宗六ら名のある勇者は、城門をひらき槍先をつらね突撃する。

新城の城主別所吉親の妻が、このとき櫓《やぐら》に姿をあらわし、羽柴勢に告げた。

「われは当城の大将、別所山城守吉親の妻なり。女性《にょしょう》の身にてはいらざることなれども、落城の日も迫りしなれば、一家の者どもは残らず滅びるであろう。それゆえ、最期の暇乞《いとまご》いに一矢を参らすべし」

吉親の妻の弓勢《ゆんぜい》は、すさまじいものであった。

彼女はたちまち二十余人の騎馬武者を射落し、櫓から下りて馬に乗り、城門から寄せ手に駆けむかう。

羽柴勢のうちから、篠原源八郎という猛者《もさ》が打ちかかった。吉親の妻は馬を駆けちがわせる瞬間、源八郎の左腕を打ちおとす。

落馬した源八郎の首は、小姓が駆け寄って取る。堀久太郎の供武者が、吉親の妻と組み打ちしようとしたが、刀で胸板を貫かれて死んだ。

さらに六尺ゆたかな巨漢が、彼女を馬から引きずりおろそうとしたが、冑《かぶと》をつかみ、鞍の前輪《まえわ》に押しつけ、首を掻き切って捨てた。

吉親の妻は、高声に呼ばわった。

「われを女と思い侮《あなど》るな。畠山総州が娘なるぞ。われと思わん者は、組んでみよ」

吉親の妻は太刀をふるい、さえぎる敵を薙ぎたてたのち、城中へ戻った。三木城本城と新城にたてこもった将兵は、おおかたが飢えて、櫓の下、塀のかげに倒れているばかりであった。

吉親の妻は、男を寄せつけない非凡の膂力《りよりよく》をそなえていたが、彼女は食に飢えていなかったのであろう。

城中の兵は、十余日間を水を飲むばかりで過ごし、羽柴勢が寄せてくるのを見て、わずかに残った軍馬を殺して食ったが、体力は回復せず、地に伏すばかりである。

わずかに力の残っている若侍たちが鉄砲を撃ち、矢を射て応戦する。

正月十一日、秀吉は南の構えに兵を出し、山下《さんげ》の町なみを焼き払わせ、さらに堅固な新城をふたたび攻めた。

先手は浅野長政隊であった。鬨の声をあげ、大筒で城門の扉を砕き、城内へなだれこむ。

新城はついに羽柴勢の手に落ちた。

「いまだきゃ、手をゆるめるでないぞ。一気に本城を落せ」

秀吉は叱咤《しった》し、将兵は三木城大手門へ殺到した。このとき城中から十二騎の騎馬武者があらわれた。

飢えやつれて、戦う気力もなかろうと予想していた寄せ手は、別所の荒武者のめざましいはたらきにおどろき騒ぐ。

彼らは別所長治の与力衆であった。強剛の名を知られた田沼伊賀守、櫛橋《くしはし》伝蔵、曾根藤四郎らである。

浅野長政は、家来たちに命じた。

「あやつらは、わずか十二騎ではないか。取り囲んで討ちとれ」

十二騎は、大敵を駆け悩まし、傍の高所へ退いたときは、六騎に減っていた。

彼らは大手門へ引き揚げる。

三木城大手門は、五寸（約十五センチ）余の楠板に、隙間もなく鉄板を打ちつけ、高さは一丈二尺五寸（約三百八十センチ）、棟木は銅の延べ棒、瓦はすべて銅であった。

寄せ手はこの堅牢な城門に阻まれ、数日のあいだ攻撃の動きがとまった。

三木城主別所長治は、落城を目前にして降伏を決意した。

「思えば一年と十月という長き月日を、この城にたてこもりし家来ども、百姓、女子供をこのうえ巻き添えにしとうはない。いまわれら一族兄弟が自害をして、かの者どもの助命を願ってやるのが、わしのつとめであろう」

長治は重臣たちを呼び集め、相談をまとめ、弟の友之に秀吉へ送るつぎの書状を記させた。

「ただいま申し入れ候意趣は、去々年以来敵対の事、真にその故なきにあらずといえども、いまさら素意を述ぶるにあたわず。

これしかし時節到来天運のきわまるところ、なんぞ臍《ほぞ》を嚙まんや。いま願うところは、長治、吉親、友之の三人、来る十七日申《さる》の刻（午後四時）切腹つかまつるべく候。

然るうえは、士卒雑兵等町人等は咎《とが》なき者ゆえ、何卒憐愍《れんびん》を加え、一命あい助けられ候。

然らばわれら今生の悦び、来世の楽しみ何物かこれに加えん。この旨をのべ披露致すものなり。恐々謹言。

天正八年正月十五日

従五位下　別所友之

従五位上　別所吉親

従四位下侍従　別所長治

浅野弥兵衛殿　参る

」

鳥取城

三木城が陥落したのは、天正八年（一五八〇）正月十七日であった。

加藤清正は、兵糧攻《ひょうろうぜ》めをうけた士卒の哀れなさまを眼にして、胸をうたれた。開城ののち、城中からよろめき出てくる者は、地獄の幽鬼のように蒼《あお》ざめ、痩《や》せさらばえている。

具足の袖がちぎれ、草摺りは破れはて、胴だけをつけ、杖をつき、三人、五人と連れだってあらわれた。

声をかけても、返事をする気力もない様子で、黙々とよろめき歩く。秀吉が清正に命じた。

「お虎よ。二の丸馬場のあたりに大釜を据え、粥《かゆ》を炊いてほどこしてやれい」

「あい分ってござりまする」

清正は足軽たちに命じ、粥の炊きだしをおこない、退散してゆく城兵たちを呼びとめる。

「御辺《ごへん》がたは、このままではひもじゅうて、足も進むまい。粥を進ぜるほどに、まずは腹ごしらえをなされよ」

城兵たちは釜のまわりに坐《すわ》りこみ、粥が煮えると、われ先にとあらそって椀《わん》を手にし、飢えをしのいだ。

城主別所長治《べっしょながはる》以下、主だった者は自害し、首級は首桶《くびおけ》に納められた。秀吉は十八日辰《たつ》の五つ半（午前九時）に三木城へ入城し、五日後に安土城へ戦勝報告に出向いた。三木城には前野将右衛門と杉原七郎左衛門が留守居として残った。

秀吉は安土へむかう途中、側に従う清正にいった。

「わしも二年半で、播州を平均《へいぎん》できるとは思わなんだ。これにて上さまに褒《ほ》められるほどのはたらきができたわい。おのしどもが命を惜しまずわしをたすけてくれたおかげだで」

「すべては殿がご才覚のたまものにござりまするだわ。これほどの大仕事を、武辺《ぶへん》者《しゃ》がどれほどかかりても、成し遂げられるものではなし。殿が神のごときお智恵によって、難儀なる山坂を越えられたのでござりまする」

秀吉は、笑顔を清正にむけた。

「おのしは、別所の者どもを飢《かつ》え攻めにいたせしを、武者道に違《たが》いし戦法と思うておるであろうがや」

清正は返答できず、頭を垂れた。

「戦は弓矢ばかりにておこなうものではないのだわ。味方の人数を損ぜず、敵をもなしうるかぎり殺さず降参させるためには、飢え攻めをいたさねばならぬだで。わしは上さまにさまざまな戦法を学んだが、人を斬り抜くのは性に合わぬでなん。殺さず降参させるには、調略、水攻め、飢え攻めの手を使わねばならぬのじゃ」

清正は低頭した。

「殿の深謀遠慮のほどは、われらの思い及ぶところにあらず。ただ犬馬の労をつくすばかりにござりまする」

秀吉はうなずき、晴れわたった冬空を眺めた。

彼は清正の表裏のない性格を愛している。素朴な同郷の若者にむける眼差《まなざ》しには、いつくしみの色がこもっていた。

安土城へ参向した秀吉は、信長に言上した。

「このたび三木城を取り抱え、城主別所長治以下降参、自害して開城いたしてござりまする。なにとぞ首級をご実検下されませ。これにて播州一円を平均いたし、こののちは因幡《いなば》へ打ちむかいたしと存じまするに」

信長は、秀吉の功績を褒めた。

「そのほうは、わずかの手勢をもって毛利を押え、播州平均のはたらき、武辺道の面目、他に比ぶべきものもなし。二年余のあいだに但馬《たじま》、播磨《はりま》を平らげしは、智謀とともに、幕下の武者ばらをよく用いし仁勇ありしゆえだわ」

信長は名馬三頭を褒美として秀吉に与え、播州十六郡、但州八郡を領地とすることを許した。

播州は十六郡をあわせ、五十一万石である。

但州は八郡十三万五千石。秀吉は播州を直轄領とし、但州を弟秀長に分与した。

秀吉は蜂須賀彦右衛門（小六）に龍野五万一千石、前野将右衛門に三木加古川三万五千石、浅野弥兵衛に二万石を与えた。

清正は加増をうけ、千石の身代となった。

「はたちにもならぬわしが、千石取りの身分になりしかや。まことに夢のようだわなん」

彼はわが身の幸運が信じられなかった。

織田軍団のなかで、秀吉がしだいに重きをなしてきていた。信長の麾下《きか》筆頭は、佐久間信盛《のぶもり》、柴田勝家であった。二人に次ぐ者は、惟住《これずみ》長秀、滝川一益《かずます》、惟任《これとう》光秀、羽柴秀吉らであった。

信盛は信長の父信秀の代から家老として仕えてきた。永禄十一年（一五六八）の足利義昭上洛の際の、近江《おうみ》六角義賢《ろっかくよしかた》攻め、叡山焼討ち、三方原《みかたがはら》、長篠《ながしの》、越前朝倉攻め、長島一向一揆、松永久秀《ひさひで》討滅など、数多い合戦に参加し戦功をたてた。

だが信長は天正八年八月二日、本願寺顕如《けんにょ》との和睦がととのい、本願寺をうけとったのち、十二日に大坂天満《てんま》の陣所へ到着すると、突然佐久間信盛父子に対する折檻状を発した。

十九ヵ条の覚書の第一条は、つぎの通りであった。

「父子五ヵ年在城のうちに、善悪のはたらきこれなき段、世間の不審余儀なき子細どもに候。

われらも思いあたり、言葉にも述べがたきのこと」

信盛父子への弾劾《だんがい》の内容は、彼らの無能をつくものである。

「石山本山は大敵であったが、武力を発揮せず調略を用いず、便々と幾年かをついやしたのみである。

このように何のはたらきをも見せなかったのは、信長に本願寺退治をさせようとの配慮であったのかも知れないが、付城《つけじろ》を構えただけであったのは、武者道に外れている。

光秀は丹波を平定して、天下の面目をほどこした。秀吉は播磨、但馬で比類ないはたらきをあらわした。池田恒興《つねおき》は小身《しようしん》であったが、花熊城を陥落させた。

越前一国を領知する柴田勝家は、天下の評判をおもんぱかって、今春には加賀一国を平定した。

それに比べると、そのほうども父子は、合戦も調略もせず、いたずらに五年を過ごした。

そのほうは、三河、尾張、近江、河内《かわち》、和泉《いずみ》、紀伊の六ヵ国にわたる兵力を頼っている。それだけの兵力があれば、どのような相手と戦っても、勝つのがあたりまえである。

そのほうに、先年成敗した水野信元《のぶもと》の旧領を与えたが、貢米はすべて金銀に替え、水野の軍兵を放逐した。

このように吝《しわ》いたくわえばかりを心がけ、天下の面目を失ったものである。

朝倉義景《よしかげ》を攻めたときも、そのほうは決戦に加わらず、咎《とが》めるとわが力量を吹聴《ふいちょう》して主人に恥をかかせた。

そのほうは欲ふかく、気むずかしく、いい家来を召抱えず、油断が多い。三方原合戦では、わが配下の人数をひとりも損ずることなく、同僚の平手汎秀《ひろひで》を見殺しにした。このうえは、戦功をたて、恥をすすぐか討死するしかない。

ともかく、父子ともに剃髪《ていはつ》して高野山に入れ」

信盛が五年間、石山本山を包囲しながら何の手柄もたてなかったというのが、弾劾の主な理由であったが、力攻めにすれば莫大な損害をこうむり、作戦が失敗することを誰よりも知っていたのは信長であった。

だが信長は、そのような事情を忘れたかのように、ひたすら信盛父子を責め、すべての俸禄を召しあげ、財産を没収し、高野山へ追いやった。

信盛父子は高野山にとどまることもできず、追放された。父子は譜代の家来にも見捨てられ、紀州熊野へ徒歩で逐電する悲運に陥った。

信長は、八月十七日に京都へ戻ると、家老林通勝と重臣安東伊賀守《いがのかみ》父子の知行《ちぎょう》をすべて召しあげ、追放した。

林通勝の罪は、二十四年前の弘治二年（一五五六）に、柴田勝家とともに、信長を廃してその弟勘十郎信行《のぶゆき》を織田の後嗣としようとしたことである。

通勝はその後、信長に忠勤をつくしてきた。信長が旧悪を指弾するのであれば、通勝とともに柴田勝家を追放しなければならなかったが、勝家には何の咎めもなかった。

美濃《みの》三人衆随一の勢力を誇る安東伊賀守の罪科は、永禄十年（一五六七）に信長が北伊勢へ出陣したとき、武田勢をひきいれようとしたことにあった。これもまた、十三年前のことで、伊賀守はその後、信長と生死をともにして難局を乗りこえてきた。

清正は、信長が生死をともにしてきた重臣たちを、なにほどの理由もなく処断してゆくのを見ると、不安を覚えないわけにはいかなかった。

――上さまは、気がふれなされたのではないのかや。わしが殿も、いまは上さまに目をかけられておわしゃるが、この様子ではいつ見捨てられるか分らぬだわ。そのときは、たとえ上さまなりとも許せぬだがや。わしが身を捨て、刺し違えて死ぬのが、殿への恩義に酬《むく》いるただひとつの道でやあらあず――

若い清正の身内には、精気が満ちあふれ、死の恐怖を覚えることはなかった。

天正九年（一五八一）二月二十八日、京都御所東方の馬場で馬揃えがおこなわれた。馬揃えとは、観兵式である。

禁裏の東側に、南北八町の馬場を設け、諸国軍勢のうちから熟練した騎手と名馬をえらび、正親町《おおぎまち》天皇の御前を行進する。

豪華をきわめた馬揃えは、正親町天皇の叡感《えいかん》に適《かな》った。

「かほどおもしろき御遊興天子御叡覧、御歓喜なかめならず」

との綸言が、勅使によって信長に伝えられた。

秀吉は姫路城増強普請の監督をしていたため、馬揃えに参加できなかった。彼は、信長の命をうけ、因幡鳥取城攻めの支度をすすめていた。

秀吉は天正八年正月に三木城を陥れたのち、休む暇もなく、四月に岡山城の宇喜《うき》多直家《たなおいえ》攻撃にむかってきた小早川隆景《こばやかわたかかげ》の軍勢と戦い、撃退した。

六月には一万余の軍勢を率い、因幡、伯耆《ほうき》の国境付近の地侍たちを斬り従えた。

因幡鳥取城主山名豊国《やまなとよくに》は、因幡守護職山名家の当主であるが、意志が弱く、強力な敵があらわれると、たちまちなびく。

天正六年に羽柴勢が但馬攻略に成功したのち、豊国はみずから使者を但馬竹田城へつかわし、今後の合力《ごうりき》を誓った。

だが、天正七年以来、羽柴勢が三木城攻めに主力を傾けているうちに、因幡へ進出してきた毛利氏と通じた。

秀吉はこのため、山名豊国を軽んじた。

「鳥取城はいつにても取れるだわ。まずは鹿野城を攻めよ」

鹿野城（鳥取県鳥取市鹿野町）は、伯耆の吉川《きっかわ》氏の支援で、吉川勢七百人がたてこもっていた。

羽柴本隊一万余人のほかに、宮部善祥坊、前野将右衛門らの軍勢の猛攻をうけた鹿野城は、一日で陥落した。

鹿野城中には、鳥取城主山名豊国とその重臣たちが、吉川家へさしだした人質がいた。

「この人質どもを使えば、鳥取城は血を流さず落せるだわ」

秀吉は翌日、二万五千の全兵力を動員し、鳥取城を包囲した。秀吉は城内へ軍使を送り、豊国に申し入れさせた。

「山名殿が降参いたされなば、質をお返しいたし、因幡一国を宛てがうものといたす。降参なされぬときは、質はすべて磔《はたもの》にかけまする。山名殿の娘御をはじめ、家老《おとな》がたの質はみせしめとして、逆さはりつけといたしまする」

豊国は即座に降伏を承諾しようとしたが、家老の森下通与、中村春続《はるつぐ》らは反対した。

「いったん毛利殿と盟約いたせしうえは、たとえ人質の身を裂かれ、骨を粉にさるるとも、織田になびいてはなりませぬ」

だが豊国は、わが眼前で子女を刺殺されるのを見るに忍びず、降参した。

秀吉は因幡の支配を弟の小一郎秀長に任せ、鹿野城には、山中鹿之介の娘婿、亀井新十郎を置いた。

その後、秀吉は因幡国八郡のうち、邑美《おうみ》、高草の二郡を山名豊国に与え、八東《はっとう》、法美、智頭《ちず》、気多《けた》、八上《やかみ》、岩井の六郡を、秀長の支配下に置くことにした。

その措置は、山名豊国に提示した降伏条件に違反するものであった。豊国の重臣、森下、中村らは相談し、秀吉が因幡一国を山名氏のものとしないかぎり、毛利に通じ抵抗の姿勢をあらわすことに決した。

山名豊国は、この内状を羽柴家目代《もくだい》として鳥取城に在城している宮部善祥坊に訴えた。

善祥坊はただちにこの旨を秀吉に注進した。秀吉は秀長に命じた。

「但馬衆二千を引き連れ、鳥取城の諸口を押えよ」

秀長は鳥取へ出向き、城の南口、海手口を封鎖した。

九月になって、山名豊国は鳥取城から外へ出た。城内にいては、家来たちに弑殺《しいさつ》されかねない情勢となったためである。

九月二十一日、豊国の家老、森下、中村は、吉川元春に城を明け渡す旨を申し出た。

「羽柴の暴戻《ぼうれい》は言語道断にて、こののちは御一統より御大将をお迎えいたしとうござります」

吉川元春は、森下らの要請をうけいれ、部将の市川春俊、朝枝久種に命じ、数百の兵を与え入城させた。

秀吉はこのような毛利氏の動きを見て、秋の新米取り入れの時期に、鳥取城周辺の農民から米を買いあげることにした。

算勘に明るい杉原七郎左衛門、副田《そえだ》甚兵衛が秀吉に命ぜられた。

「おのしどもは、米商人に化け、若狭より船をまわして、因幡六郡の米をすべて買いあげよ。値は、なみの三層倍でもかまわぬだわ。一俵もあまさず買いあされ」

秀吉は清正に命じた。

「おのしがはたらきをあらわすには、ちと不足かも知れぬがのん。弥兵衛（浅野）、将右衛門（前野）らの手に従い、因幡浦々の警固に罷《まか》り出《い》でよ」

「かしこまってござりまする。毛利の奴輩《やつばら》は一歩たりとも因幡へ入れませぬ」

清正は、鳥取城へ毛利方から物資の供給ができないよう、海岸封鎖の任を受け因幡へ出向いた。

鳥取城下に着いてみると、米商人に化けた杉原七郎左衛門らの配下が、村々で米の買いしめにとりかかっていた。

百姓たちは、相場の二倍から三倍で米が売れるというので、眼の色を変えていた。

「京上方じゃ不作で、若狭の商人たちは一粒でも米を欲しいのじゃ。いまが売りどきじゃというが、まことに前代未聞の高値ゆえ、わしは種籾《たねもみ》と食いしろばかりを残し置いて、あとは売り払うぞ」

「わしもそうするわい。これほど銭がたやすく手に入ることは、こののちにゃなかろうよ」

米買い船の着く湊《みなと》には、牛車《ぎつしや》に新米の俵を積んだ百姓たちが、行列をつくった。

この好機を逃がすまいと、息をきらせてやってきた百姓が、重い銭袋を担いで在所へ帰ると、そのさまを見た男女が、誇大に噂をひろめる。

やがて、杉原らが予期しなかったことがおこった。

鳥取城の勘定方役人が、米を売りにきた。

「あれを見よ。牛車がつづいてきおるだわ」

「なんとおどろいたことじゃなあ。城付き米を売るとは、正気の沙汰か」

城付き米とは、籠城用の備蓄米であった。

秀吉は、城下の米を残らず買いあげたのち、数百艘の軍船を海上につらね、毛利からの物資補給を遮断した。

鳥取城の森下、中村たちは、羽柴勢の封鎖作戦をあざ笑った。

「海も山も広いんじゃけえ、二千や三千の人数で街道、湊の人の出入りを押えるのは無理というものじゃ。雪の降りようちは動けまいが、来年の夏頃には押しかけてくるじゃろう。それまでに吉川の合力を頼まにゃいけんわい」

彼らは吉川元春に、有力な武将の派遣を懇請した。

元春は、一族の石見《いわみ》福光《ふくみつ》城（島根県大田市）主、吉川経家《つねいえ》を鳥取城在番とした。

経家は三月下旬に鳥取城に入った。

鳥取城は浜坂砂丘の南方、標高二百六十三メートルの久松山の頂上にある。本丸には三層の天守が聳《そび》え、二の丸、三の丸の広大な曲輪《くるわ》は、袋川をとりいれた要害であった。

本丸には吉川経家が入り、二の丸は森下通与、三の丸は中村春続が守る。城兵は千四百人であった。

城内には二千余人の百姓の男女がいた。彼らは使役に用いるとともに、領民を羽柴方へ奔《はし》らせないための人質であった。

吉川経家は米蔵を検分して、おどろいた。

「これは何事じゃ。城付き米がすくなすぎるではないか」

米蔵奉行は面目なげに頭を垂れる。

「去年の秋に若狭の米買いがきおって、高値でなんぼでも買いよりましたゆえ、つい余分の米を売り払ってございまする」

「これだけの米で、千四百人の侍足軽と、二千人の百姓がいつまで食いつなげると思っとるんじゃ。いかに始末したとてまあふた月じゃろう。こがあことはしておれんぞ。すぐに兵糧をたくわえにゃ、秀吉がやってきたら、おえんぞ」

経家は、吉川元春に急使を送った。

「軍兵の人数もすくなく、兵糧もなきゆえ、一日も早く後巻《うしろま》きをお頼み申す」

毛利三家は、備中で宇喜多勢と戦い、長門で大内の残党の蜂起を鎮圧していたため、援軍の派遣が遅れた。

清正は二百余の兵を率い、浜坂砂丘から千代川《せんだいがわ》の畔《ほとり》を哨戒して、吉川方から送られてくる兵糧を押収した。

夜の闇にまぎれ、海岸につけた船から、人足たちが鳥取城へむかい米袋を背負って運ぶが、すべて羽柴勢に取りおさえられた。

ときどき小競りあいがあった。米を運ぶ船に乗って来た吉川の軍兵が、十八、二十人と集まって城内へ潜入しようとする。

清正は部下に命じた。

「吉川の人数は、見つけしだいに撫《な》で斬りにせい。まもなく戦がはじまりゃ、そやつらは城のうちからわしらに鉄砲を撃ちかけて参るだわ」

細雨が降ってはやむ、天正九年の五月雨《さみだれ》の季節が過ぎ、たまに夏陽が照りわたるようになった頃、突然羽柴の大軍が鳥取城下へ押し寄せてきた。

飢《かつ》え殺し

天正九年（一五八一）六月二十五日、秀吉は二万余人の兵を率い、姫路城を進発した。

備前宇喜多《うきた》の軍勢八千余人も、美作《みまさか》の国境から鳥取城へ押し寄せた。

「毛利三家の人数が後巻《うしろま》きに出て参らば面倒だで。いまのうちに取り囲んでしまえ」

一日十里（約四十キロ）の速度で移動する羽柴勢は、因幡《いなば》の山野に土煙をあげ、途中で抵抗する敵勢を蹴散《けち》らし、たちまち鳥取城下に達した。

鳥取城北方一里の岩井郡湯山に本陣を置き、ただちに城下を焼きはらわせ、鳥取城とその北方の海際にある支城の丸山城を取り囲み、四里にわたって柵《さく》をつらね濠《ほり》を掘る普請をはじめた。

播磨《はりま》三木城を陥落させた秀吉は、自信に満ちている。

「城の内にゃ、兵糧米《ひょうろうまい》がわずかしかなきゆえ、秋になれば、城の人数は残らず餓鬼道に落ちるに違いなかろうだわ。いまのうちにまわりをかためよ」

七月十二日、秀吉は本陣を鳥取城東北七、八町の高山に進め、土木作業の監督を自らおこなう。

丸山城は海にのぞみ、水軍の根拠地である。要害であるうえに、奈佐日本之助、佐々木三郎左衛門、山県九郎左衛門ら船手の勇将がたてこもっている。

彼らは兵糧の乏しい鳥取城を、海上からの補給によって援《たす》けようとしていたが、織田勢の船手がおびただしい囲い船を繰りだし、海上を封鎖しているので活動できず、自らの兵糧にも窮してきていた。

加藤清正は、千代川《せんだいがわ》の支流袋川に軍船を浮かべ、丸山城から海へ漕ぎだす敵船があらわれるのを、昼夜のわかちなく見張っていた。

秀吉は土木工事督励のため浜坂砂丘に馬を出し、清正の馬標《うまじるし》を丘上から見つけた。

「あれはお虎ではないか。暑気にもめげず、艫矢倉《ともやぐら》のうえでなにやらおらびおるげなでさ。ここへ呼んで参れ」

使い番が砂丘を駆け下り、清正を呼びにゆく。

秀吉が、丸山城からの狙撃《そげき》を避けるため微行していたので、清正は気づかなかったが、水際から使い番に呼びかけられ、おどろく。

「殿がかような城の間近まで出張っておられるかや。敵に気取られては危うかろうがや。いつに変らず、思いきったるおふるまいをなされるだわ」

清正は鉄砲足軽十数人を連れ、枝船で川岸へあがると、砂丘へ駆けあがる。

秀吉は笑って手を振る。

「お虎が、長き臑《すね》にて砂を蹴たて、馬のように走ってくるだがや。この炎天に、疲れを知らぬ奴だで」

清正は、秀吉の前に駆け寄り、ひざまずいた。

「殿には月のはじめより湯山にご着陣と聞き及んでござりましたが、ただいまお姿を拝み、祝着《しゅうちゃく》このうえもなしと存じまする」

秀吉は機嫌よく答える。

「わしも、おのしが髯面《ひげづら》を見れば、嬉《うれ》しきだでや。怪我《けが》もなく、なによりだわ」

「それがしは、矢玉を寄せつけませぬほどに、お気遣いはなされますな。それよりも、御大将が敵の陣所に近寄られて、もしも狙《ねら》い撃ちなどされては、われらは途方に迷いまする。軽はずみなご進退はなりませぬだわ」

「こやつが、さかしらなる口をききおるぞ。わしが見てまわらば、三日かかる普請が一日にて出来あがるのだわ。手薄《てうす》なところに眼をつけ、あれこれと指図《さしず》してやらねば、普請奉行どもは智恵がまわらぬだでなん。あれを見よ。柵、塀をつらねるうえに、五、六町置きに矢倉を建てておるだわ。毛利の奴輩《やつばら》が参りしとて、手も足も出ぬほどにのん」

秀吉は、鳥取城と丸山城を包囲する柵、塀を幾重《いくえ》にもつけ、濠を掘った。

陣所の後方にも濠、塀をつらね、毛利の援軍にそなえる。塀の高さは、陣中を駿《しゅん》馬《め》で通行しても、城中から狙撃を受けないほどにするのである。徹底した封鎖作戦の効果は、播州三木城攻めで経験していた。

「お虎、費《つい》えは惜しまぬほどに、夜中に油薪を使い、真昼のごとく辺りを照らし、敵船の寄りつけぬようにいたせ。水中には縄、網を張り、逆茂木《さかもぎ》を立て、ひとりたりとも城より落ちのびられぬようにいたせ」

「かしこまってござりまするだわ」

清正は片手に持ちかねるほどの砂金一袋を秀吉から与えられ、警固船に戻った。

彼は部下に命じ、篝火《かがりび》の数をふやさせる。

「今宵《こよい》よりは、川のうえに筏篝《いかだかがり》をつらねよ。費えは惜しむな」

清正は本陣のほうへ去ってゆく秀吉の後姿を眺めつつ、感慨にうたれた。

「なんと申しても、うちの旦那は五十一万石の身代ゆえ、昔とはうって変った威光だわ。わしもよき主についたものだで」

秀吉は、蜂須賀彦右衛門、黒田官兵衛ら部将たちを鳥取城攻めにあたらせ、丸山城攻めには弟の羽柴秀長をむかわせる。

宮部善祥坊は鳥取城と丸山城のあいだにある雁金《かりがね》山に布陣し、両城の連絡を断った。

千代川の河口には、杉原七郎左衛門が砦《とりで》を築き、舟橋を数ヵ所にかけ、海上から毛利水軍が押し寄せる事態に備えている。

「川舟と水夫《かこ》は浜手より召し集め、木挽《こびき》どもは山方より呼ぶがよからあず。鳥目《ちょうもく》は、三層倍ほどもつかわせ」

架橋工事は迅速に進んだ。

千代川はじめ、大小の河川五ヵ所には、人馬が渋滞なく渡れるほどの舟橋をかけ、織田水軍の安宅船《あたけぶね》、小早船《こばやぶね》六十余艘《そう》が、舳《へさき》をつらね河口を防衛する。

船上には大筒、鉄砲、火矢筒をならべ、厳重な警戒をつづけた。

毛利の軍船は数十艘、あるいは百艘を超える船団を組み、沖合いにあらわれるが、旗、幟《のぼり》、纏《まとい》をひるがえす羽柴の軍船を遠望すると、なすこともなく姿を消した。

加藤清正は、味方の包囲網に五、六町置きに備えられた矢倉と、太鼓、法螺貝《ほらがい》、鉦《かね》で連絡をとりあい、昼夜の警備をつづけた。

秀吉は麾下《きか》の軍兵たちに充分な手当を与え、夜には非番の者に酒を与える。陣中には商人たちに店屋をひらかせ、娼家《しょうか》をいとなませたので、士気はさかんであった。

軍兵たちは、滞陣の日数を重ねても、退屈することがなかった。

「城の人数が出てくりゃ、叩《たた》きつぶしてやろうが、出て参らずとも構わぬわい。かような極楽浄土におるような暮らしむきならば、一年つづいたとて、結構なることよ」

七月二十日、遠雷の鳴りわたる雨催《あまもよ》いの日暮れがたであった。

加藤清正は袋川水上の軍船で、侍たちと酒をくみかわしていた。

とんぼが群れ飛ぶ季節になって、山陰の海辺は暑気がうすらいできていた。

侍たちがいう。

「かように静かな明け暮れを送っておれば、扶持《ふち》を頂戴《ちょうだい》するのが心苦しゅうなってくるのう」

「うむ、その通りじゃ。敵の人数と素肌をあわせ、斬りあう戦に慣れたるわれらには、眠ったように静かな景色は、物足らぬわい」

清正は、酒盃《しゅはい》を傾けるうちに、なにやら胸騒ぎがした。

「待てよ、いま何ぞ物音がいたさなんだか」

「何も聞えませぬが」

「うむ、わしの空耳《そらみみ》か」

清正は盃《さかずき》を干し、肴《さかな》をつまむ。

侍のひとりがひとりごとのようにいった。

「あれは雷か、遠方でしきりにドロドロと鳴っておるが」

「いや、そうではないぞ。人馬の足音じゃ」

清正は立ちあがった。

「狼煙《のろし》をあげよ。敵じゃ、敵が押し寄せてきたぞ」

船上からつづけさまに流星花火が打ちあげられた。

羽柴勢の陣所からは、敵襲を伝えあう太鼓、法螺貝の音が湧きおこった。

清正は船頭に命じた。

「杉原殿の陣所へ漕ぎ寄せよ。あの地響きはただごとではなし。敵の人数は多かろうだわ。ここにいてはやられるだで」

清正の船は、千代川河口の杉原七郎左衛門の砦下に集まる、味方の船団に合流した。

清正は船上で、鉄砲を手に待ちかまえる。地響きは、しだいに近づいてきた。

秀吉本陣から、使い番が馬を飛ばしてきて指図を伝えた。

「取りあいをしかけて参りしは、吉川元春《きっかわもとはる》が人数なり。万に及ぶほどなれば、いったんは丸山城へ通すべし。されども本城には通すな。吉川勢とは駆けあわすことなく、柵の内に入りて鉄砲を撃ちかけるばかりとせよ。囲い船も、敵をさえぎってはならぬ。放っておけ」

秀吉は、鳥取城に敵を近寄せずにおれば、作戦に支障はないと見ていた。

敵が丸山城に入っても、鳥取城との連絡をとることはできず、包囲攻撃をしかければ、いずれは潰滅《かいめつ》する。

いま、吉川勢と衝突して損害を出せば、包囲網がやぶれるおそれがある。

清正は、傍の部下にいった。

「うちの旦那も、戦上手《いくさじようず》になりしものだがや。敵の人数をわざと誘いこみしうえにて、死に石とさせるだわ。ここは気をはやらせて手を出してはならぬだで」

川の向うの闇中で、鬨《とき》の声があがった。

「吉川の奴輩がうせおったぞ。ちと鉄砲を撃ちかけたばかりにて、通してやれ」

清正は、筏篝の火光の届く辺りにあらわれた人馬を見ると、轟然《ごうぜん》と鉄砲を放ち、先手の騎馬武者を水中へ撃ち落した。

舷に鉄砲の筒口をそろえる配下の士卒たちも、いっせいに発砲した。羽柴勢の諸隊は、矢倉、塀のうえから矢玉を敵勢に浴びせかけ、水面に硝煙がたちこめる。

吉川勢は弾雨をついてしぶきをあげ渡河をはじめた。竹把《ちくは》をかざす雑兵《ぞうひよう》たちは浅瀬を進み、騎馬武者は鉄楯で上体をかばいつつ馬を泳がせてくる。

清正は、一発の無駄玉もなく敵を狙撃するが、なだれのように押し寄せてくる吉川勢は、いきおいをゆるめず、塀にとりつき、岩石梯子《がんぜきばしご》、継梯子《つぎ》を用いて羽柴の陣所へなだれこむ。

足軽隊につづき、小荷駄の人馬が続々とあらわれた。彼らは味方の鉄砲隊が羽柴勢と銃撃を交えるなか、塀を引き倒し、丸山城へむかう。二刻《とき》（四時間）ほどのあいだに、吉川勢は兵糧と軍兵数百人を丸山城に入れ、退いていった。

秀吉は吉川勢の攻撃を、本陣から眺めていたが、彼らが退却すると、ただちに法螺貝を吹き鳴らさせた。

千代川には杉原七郎左衛門、前野将右衛門らの指揮する軍船が舳をつらね、打ちこわされた塀、柵の修築をおこなう。

夜明けまでに、吉川勢の乱入した形跡はなくなった。

秀吉は、あざ笑った。

「丸山城に兵糧をせっかく入れたが、三百人ほどの後巻きの人数がふえたゆえ、食い扶持もふえて、仕方もなきことでやあらあず。智恵の足りぬ奴輩だがや」

吉川元春は、自ら伯耆《ほうき》八橋《やばせ》へ出陣してきた。羽柴勢に決戦を挑み、鳥取城を救う態勢をとるうち、七月二十八日には、毛利輝元が安芸《あき》吉田を進発して鳥取にむかう。

小早川隆景《こばやかわたかかげ》も美作に兵を進めた。

三家の繰りだした兵数は、羽柴勢のそれをはるかにうわ回った。秀吉は、毛利の三将が出陣したとの急報を、安土城へもたらす。

信長は、ただちに麾下諸大名に軍令を発し、出陣支度を命じる。惟任《これとう》光秀、細川藤孝、池田恒興《つねおき》、中川清秀ら諸将は、鳥取に急行することとなった。

光秀と藤孝は、兵船五十余艘を指揮して小浜から出陣し、鳥取千代川の河口に達した。

細川藤孝の水軍は、大筒、鉄砲、火矢を多数装備していた。彼は杉原、浅野の船手と協力し、海上を警戒する。光秀はまもなく小浜へ帰陣した。

八月なかばの雨催いの日暮れまえ、千代川口の沖に、毛利の船団があらわれた。その数は三百艘を超える。

毛利勢は伯耆羽衣石《うえし》（鳥取県東伯郡湯梨浜町羽衣石）にたてこもる南条元続《もとつぐ》と、因幡鹿野城に拠る秀吉麾下の侍大将亀井茲矩《これのり》の善戦を制圧できず、後方を脅やかされるので、全力を傾けて鳥取城救援におもむくことができない。

このため、海上からの攻撃により、鳥取城への補給路をひらこうとしたのである。

海上はおだやかで、風が落ちていた。細川藤孝、杉原七郎左衛門、前野将右衛門は相談した。船戦《ふないくさ》の経験をかさねている藤孝がいう。

「物見船の注進によれば、毛利の兵船は大小三百余艘にて、船手の大将は石見《いわみ》水軍の大将鹿足元忠《かのあしもとただ》ということじゃ。われら百三十艘なれば、大敵を受けての合戦とあいなろう。しからばいかなる戦法にて立ちむかうべきや。御辺《ごへん》がたのご思案はいかがでござろう」

藤孝は、七郎左衛門と将右衛門にたずねたが、二人はいった。

「われらは、陸《おか》のうえにての取りあいなれば慣れておりまするが、船戦は不案内なれば、細川殿に采配《さいはい》をお頼み申す」

藤孝はうなずく。

「あい分ってござりまする。さればわれらの思案を申さば、敵は船数多きゆえ、鶴《かく》翼《よく》の陣形によりて、こなたを押し包もうとして参るのでござりましょう。敵が鶴翼にとるならば、われらは潮の流れに従い、左、右、中の三段構えにてあたるがよしと存じまする。まずは千代川口にて待ちうけ、潮の流れに従い、伏船の術を使わねばなりませぬ」

伏船とは敵を待ち伏せることである。

陸上での待ち伏せは、山蔭、林中に伏兵を置くことであるが、海上では潮の流れに乗り従い、順風に乗って奇襲をしかけることをいう。

海戦では、兵船の数が多い側が勝つとはかぎらない。一艘が五艘と戦うとき、潮の流れを利用して攻撃すれば、すべての敵船を沈めることも不可能ではなかった。

細川藤孝は、地元の漁師たちを水夫に募《つの》り、潮流の干満につれての変化を、戦いに利用しようとした。

彼はいう。

「毛利の船は、大船が多うござりまする。石見水軍は、冬場の荒海にも漕ぎ出すゆえ、八十挺櫓よりうえの大船を用いまする。しかし船戦に大船は不利にござりまする。何となれば、動きが鈍くなりまする。われらは四十挺立ての船にて、鉄砲足軽十人、侍十人を乗せ、すみやかに漕ぎまわらせ、常に風上に立って攻めかけまする。さすれば、三層倍の敵にも負けることはありませぬ」

海上の戦闘では、大船は鈍重な動きの隙を小船につかれるのである。

陽が波上に沈み、秋空が暗いまなざしに変ってゆく刻限、毛利の船団は法螺貝を吹き鳴らし、太鼓を打ちながら千代川口へ迫ってきた。

羽柴の船団は左、右、中の三手にわかれ、待ち構えていた。中の手の大将船に乗る細川藤孝は、旗本船に前後を取り巻かせ、戦機をうかがう。

加藤清正の乗る兵船は、中の手の前備え十五艘の右端についていた。彼は船戦に用いる二間柄の頑丈な十文字槍を舷に横たえていた。柄の端の穴に紐《ひも》を通し、右腕にかけているのは、海へ落さないための用心である。

石見水軍は、羽柴水軍を見くびっていた。伯耆、因幡の荒海で戦う才覚がないので、千代川口に寄り集まり、防備するばかりであろうと察したのである。

鶴翼の陣形中央の大将船の矢倉に立つ鹿足元忠は、そのまま強引に川口へ突入し、羽柴船団を撃破して一挙に袋川へ押しのぼろうとした。

だが、川口で石見の大船団にむかい、なすすべもなくすくんでいるかに見えた羽柴船団の大将船で、けたたましく銅鑼《どら》が打ち鳴らされると、左手、右手の兵船が櫓声をあわせ急速に沖へ出てきた。

石見水軍の巨船は、急いで羽柴勢の動きに対応するため、舳の向きを変えようとしたが、動きが鈍かった。

鹿足元忠の顔つきがきびしくなった。

「あやつらは脇潮に乗ってるぞ。早く陣をひらかねば、横手から乗りかけられるわい」

毛利勢は、迅速な羽柴勢の攻撃に対応が遅れた。

鶴翼の陣形に乱れが見えたとき、銅鑼の音とともに中の手の兵船が、毛利勢の本陣にむかい、押し寄せてきた。

加藤清正の船は、鉄砲を放ちつつ大将船に漕ぎ寄せた。船頭は巧みに潮に乗り、めざす船に接近すると、いったんすれちがうような態勢となり、船尾を大将船の胴の間の辺りに激突させた。

震動するたがいの船上から、軍兵たちが槍をふるって突きあう。

清正は十文字槍をふるい、阿修羅のように戦い、たちまちひとりを突き伏せたが、敵兵に柄をつかまれた。

「小癪《こしやく》な奴が、何といたす」

清正は舷に柄をもたせ、上にはねあげる。こらえきれず手をはなした敵は、清正の槍が頭上から降ってくると、冑《かぶと》のうえから猛烈な一撃をうけ、気を失い海中に転落した。

清正は十文字槍をひっさげ、敵船に飛び移り、縦横に振りまわす。敵兵は、見あげるような巨漢が、唸《うな》りをたててふる槍先を防ぎかね、海へ飛びこんで逃れた。

艫屋形《ともやかた》に駆け寄ると、数人の侍が槍先をそろえ突きかけてきた。

「いかさま、この屋形には大将がおわすだわ」

清正は腰の佩刀《はいとう》を抜きはなち、前途をはばむ敵のひとりを斬り伏せる。

味方の侍たちがあとを追ってきて、清正に叫ぶ。

「こやつらは、われらが相手いたすなれば、大将を討ちとめられい」

清正はうなずき、艫屋形のなかへ入ろうとした。

屋形のうちには、甲冑《かっちゅう》武者がひとりで床几《しょうぎ》に坐っていた。清正が声をかける。

「御辺は御大将か」

「いかにも、鹿足民部少輔《しょうゆう》よ。このたびは羽柴が船手を見くびりしぞ。もはやいたしかたもなし。首を取れ」

鹿足元忠は瞑目《めいもく》した。

「御免こうむりまする」

清正は太刀を取りなおし、一閃《いっせん》させた。
毛利水軍は、羽柴水軍の迅速な攻撃に四分五裂となり、沖合いに退いていった。

まきわら船

加藤清正は細川藤孝、杉原七郎左衛門らと協議し、海上制圧の積極攻勢に出ることにした。清正がまず進言した。

「先日の一戦にて、毛利船手の大将鹿足《かのあし》民部を討ちとりたれば、あやつどもの気勢は衰えておるにちがいなし。されば、こなたより押し出し、伯耆泊《ほうきとまり》の湊《みなと》に集まる毛利の船に夜討ちをかけるが上策と存ずるが」

藤孝、七郎左衛門は同意した。海戦に慣れた藤孝はいう。

「沈洲《しずみず》、暗礁《そあい》の様子を探りつつ攻むるならば、不意討ちをしてもおもしろかろう。敵はわれらが船の数もすくなきゆえ、まさか泊の湊まで押し出して参るまいと、油断いたしおるであろう。そこを突けば、望外の獲物が手に入るやも知れぬ」

伯耆泊の湊には、毛利麾下《きか》石見《いわみ》水軍の主力が集結している。彼らは千代《せんだい》川口の戦いで主将鹿足民部少輔《しょうゆう》を失ったが、三百余艘《そう》の戦力を温存している。

彼らがふたたび出撃してくれば、羽柴水軍が再度の勝利を得られるか否かは、分らない。敵が油断しているときに夜討ちを仕懸ければ、大戦果をあげることができる。

夜討ちを仕懸けることは、頃あいをはからねばならない。敵が湊に戻り、守備態勢をととのえるまでは、沖を警戒し、用心する。

三艘一組で戦闘準備をととのえ、昼夜を問わず交替で見張りをしているあいだは、襲撃をしかけても反対にやられる。

船中を裸で往来する者は、侍であれば刀脇差を奪いとり、下僕であれば斬りすてるのが陣法である。忍びの者も昼夜交替で矢倉に詰めている。

そのようなときに押し寄せれば、敵船は迅速に反撃してくる。だが鳥取の西方に六里はなれた泊湊には城郭もあり、附近の海流にくわしくない羽柴水軍が、秋の荒れる海を渡って急襲を仕懸けてくるとは、思っていないにちがいなかった。

海戦に慣れた細川藤孝はいう。

「敵が湊に戻り、しばらくは用心しておるであろうが、守りをかためてしまえば油断をいたす。このときにのがよかろう。このときに攻めたてるのがよかろう。まずは枝舟で近づき、犬を入れてみる攻めたてるのがよかろう」

敵船に犬を入れてみて、騒ぐ声が聞えないようであれば、敵は寝静まっているのである。藤孝はいう。

「夜討ちには風雨の順逆、潮の干満を考えねばならぬ。洲、瀬、灘《なだ》で船を巧みに操ることも肝要じゃ。潮の大小を見るのも大切じゃ。わしが夜討ちをよしとするのは、清正が申す通り、敵が油断しておるであろうと思うゆえじゃ。油断しておるとき、小勢で押し入っても、船を早速に動かせぬゆえにのう」

清正がいう。

「敵の船に犬を入れる役目は、それがしがいたしとうござります」

藤孝はとめた。

「いや、それは危うかろう。忍びにやらすがよい」

清正は笑って答える。

「危うきことをいたすのが、生得《しょうとく》好きでござるゆえ、お頼みいたす」

清正はわが船へ戻ると、さっそく投げ焙烙玉《ほうろくだま》を足軽たちにつくらせる。

「三貫匁玉を五十個ほどととのえよ。一個投げこめば、敵の船中は火の海となるだわ」

焙烙玉をつくるには、糠《ぬか》を糊《のり》で丸く固めた球をつくり、そのうえに厚紙を餅糊《もちのり》や渋によって貼ってゆくのである。

厚紙を十枚ほど貼ったところで穴をあけ、なかの糠をすべて掻き出し、かわりに煙硝を入れる。

大玉は小型の玉を三、四個つくり、それをひとつに包みこむ。敵船に接近し、口火をつけて数人がかりで投げこむと、すさまじいいきおいで火を噴き、船内に火災をおこす。

羽柴の兵船は、夜中に千代川口に勢揃いをした。総勢八十艘である。清正の船は先頭に出て海へ漕ぎだす。

「いまは差し潮じゃ。ちょうどええぐあいよのう。山見をしながら、ゆっくりと漕いでゆけ。追い風が強うなったら帆をあげてやらあず」

八十艘の兵船は、海岸に沿い西へむかった。途中で風がつよまり、帆をあげる。船足は弦をはなれた矢のようないきおいとなり、たちまち泊湊に近づいた。

見張りの忍者が清正に告げた。

「この先の端《はな》を、むこうがわへ廻りこめば、泊の湊でござります。岬には城がありまするゆえ、火光をつつしまにゃなりませぬ」

清正は闇をすかしてみる。忍びのいうように、砦《とりで》が夜空に聳《そび》えていた。

後続の船が追いついてきた。清正は藤孝にいう。

「この辺りにて、しばらくお待ち下され。それがしが犬を連れて物見に参りまするだわ」

「用心して参られい」

清正は水夫《かこ》二人と犬を連れ、枝舟に乗りこむ。忍者が飼いならした犬は温和で、啼《な》き声《ごえ》を立てなかった。

岬を廻りこむと、一面の岩礁がしぶきをあげている。

「大廻りして参れ。岩に当てりゃ、枝舟はひとたまりもないぞ」

枝舟は揺れながら湊に入ってゆく。敵船は舳《へさき》をならべ、海面に揺れている。

「えらい数だがや。やっぱり三百はあるだわ。ところどころに灯が見えるが、おおかたはまっくらだで。わしらがここまでくるとは、思うとらんのやろう」

清正は、犬の頭を撫《な》でつつ、火光の見えない敵船に近づいてゆく。

「この船がよかろう。梯子《はしご》が下っとるぞ」

舷梯《げんてい》の下に、小舟をもやっている船を見つけた清正は、水夫たちに命じた。

彼は犬を脇にかかえ、舷梯に飛び移り、身軽に登ってゆく。

「それ、いけ」

舷側から犬を胴《どう》の間《ま》へ放し、すばやく枝舟へ戻った。

「早く漕いで離れよ。上から撃たれりゃおしまいだがや」

水夫たちは櫓拍子《ろびょうし》をあわせ、懸命に漕ぎたてて、敵船から離れてゆく。犬を入れた船からは、何の物音もおこらなかった。

「あやつらは気を許して、寝ておるにちがいないようだがや。早《はよ》う討ちいらにゃならぬでなん」

清正は味方の船団のもとへ戻ると、藤孝に告げた。

「犬を投げ入れしに、何の物音もおこりませぬ。物見船五、六艘に篝火《かがりび》が見えまするが、おおかたは寝静まっておるなれば、いまが焼討ちの好機にござるだわ」

「よし、参ろうず」

八十艘の羽柴の兵船は、三艘一組となり、櫓を漕ぎたて湊へ殺到していった。敵の船団は、羽柴勢が漕ぎ入ってもまったく気づかなかった。

「焙烙玉を投げよ」

清正は二人の兵卒に手を貸し、三貫匁玉に口火をつけ、敵船に投げこみ舷側から離れる。

腹にひびく爆発音とともに、闇に火柱があがった。驚愕《きょうがく》した敵兵の叫喚が聞える。

「つぎはあの船だで」

清正の船は、あらたな目標にむかい漕ぎ寄せてゆく。ふたたび焙烙玉を投げ、火《か》焔《えん》が天に冲《ちゅう》するのを見て避退する。

羽柴の兵船から投げる焙烙玉が、遠近《おちこち》で大音響とともに燃えあがり、数個を投げこまれた敵船の舷側から、炎を逃れ海へ飛びこむ軍兵の姿が見える。

清正は怒号した。

「半刻《はんとき》（一時間）の勝負だわ。ぐずついておりゃあ、敵が立ちなおるだで」

燃えあがる敵船の火光で、波上が真昼のように明るくなってきた。ようやく立ちなおった石見水軍は、羽柴勢に鉄砲を乱射してきた。

細川藤孝が、夜空に白い流星花火を打ちあげる。退却の合図である。

「深入りするな。敵は多勢じゃ、引き退《の》かねば、押し包まれようぞ」

細川藤孝が、付近の味方に呼びかけ、舳を沖へむけた。

短いあいだの戦いで、毛利の軍船は百数十艘が炎上した。羽柴勢は意気さかんに引き揚げていった。

毛利の援軍は、陸海の通路を阻《はば》まれ、冬の前ぶれの長雨が降りしきるなか、鳥取城の米は尽きた。

飢えに迫られた城兵は、五日に一度、三日に一度と合図の鉦《かね》をついて、百姓、雑兵が城の外曲輪《そとくるわ》柵際まで出て、草木の葉をむしって食う。

稲株は味がいいので、組み打ちをして奪いあう。城外にも青いものが目につかなくなると、城兵たちは牛馬の畜舎へ乱入し、肉をむさぼり食った。

その分け前にもあずかることのできない百姓たちは、身動きもできなくなり、息絶えてゆく。

『信長公記』には、その惨状をつぎのように記している。

「餓鬼のごとく痩《や》せ衰えたる男女、柵際へ寄り、もだえこがれ、引き出し扶《たす》け候えと叫び、叫喚の悲しみ、哀れなる有様、目もあてられず。鉄砲をもって撃ち倒し候えば、片息《かたいき》したるその者を、人集まり、刃物を手に持って続節《つぎふし》を放ち、実《み》取り候いき。身の内にても、とりわけ頭《こうべ》よき味わいありとあい見えて、頸《くび》をこなたかなたへ奪いとり、逃げ候いき」

死者の肉をあいくらう、餓鬼道の有様が出現していた。

羽柴勢の諸将は、敵の窮状を見て、大勢は決したと判断し、軍評定《いくさひょうじょう》をひらいた。

羽柴秀長が、意見を述べた。

「われらは海手西口の丸山城を幾度となく取り抱えたが、いまだに落せぬだわ。なにかよき手だてはないものかのん」

鳥取城には丸山・尾崎・雁尾・吉岡の四つの支城がある。この支城と鳥取城を連絡する繋《つな》ぎ城《じろ》が神谷城であった。

神谷城を奪えば、鳥取城は孤立してしまう。前野将右衛門が、秀長にいった。

「五つの城をすべて取るのはむずかしいゆえ、敵の眼をあざむき、ひとところに人数を集めさせ、その隙をついて神谷城を陥れるが上策だで。それにつき、わしが工夫いたせし戦法があるでなん」

秀長が身をのりだす。

「いかなる戦法かや。開陳いたしてくれい」

将右衛門が説明した。

「まず川船三、四十艘にまきわらと干し草を積み、夜蔭にまぎれて加留川を漕ぎのぼり、船もろともに油を注ぎ火を放つのだがや。さすれば敵の人数は、羽柴勢が押し寄せしと思いこみ、その口へ寄り集ろうだで。われらは手薄になりし神谷城に乱入して、乗っ取ればよからあず。味方の各所の陣中に篝火、松明《たいまつ》を焚《た》き、敵をひきつけておくはもちろんのことだわなん」

陽動作戦で敵の注意をひきつけているうちに、神谷城攻撃の人数を木戸口まで接近させておくというのである。

神谷城への討ち入りの刻限は、戌《いぬ》の五つ半（午後九時）とさだめた。その時刻をはかって、加留川上流に遡った川船三十余艘を、炎上させるのである。

宮部善祥坊が、将右衛門の作戦に賛成した。

「そりゃ、このうえもなき策略だわ。わしが人数を引き連れて、神谷城を乗っ取るぞ。将右衛門は、まきわら船を出せ」

清正は、宮部の三千人の軍勢に加わり、神谷城乗っ取りに出向くことになった。

「馬には枚《ばい》をふくませ、声を立てさせぬようにせよ。金具にはぼろを巻き、足音を忍んでゆくのだわ」

日没ののち、前野隊の軍兵たちが川船三十余艘にまきわら、枯草を満載し、陣中から漕ぎだした。彼らはかつて木曾川の中洲に隠し砦を構えていた。川並衆《かわなみしゅう》であるので、ゲリラ作戦に長じていた。

彼らは加留川を漕ぎのぼり、ほどよい辺りで船をとめ、時を待つ。

「戌の五つ半になったでや。火をつけよ」

三十余艘の川船は、満載したまきわらに油をそそぎ、火を放った。まきわらは燃えあがって中空に舞いあがり、西風に煽《あお》られ川面に落ち、火の粉をまき散らす。

鳥取城と支城の軍兵は、羽柴の大軍が押し寄せてきたと見て、火焔をめざし集まってきた。その隙をつき、宮部善祥坊、加藤清正らが二手にわかれ神谷城へ乱入し、城兵を殺戮《さつりく》した。

夜があけると、鳥取城の軍兵たちは動転した。神谷城に羽柴の旌旗《せいき》がひるがえっていたためである。

秀吉は鳥取城の兵糧《ひょうろう》が尽き、もはや抗戦の余力もなくなったと知ると、軍使をつかわし、降伏を勧告した。

堀尾茂助、一柳市介が使者となり、最初は寛大な条件を提示したが、状況が変るにつれ、しだいにきびしくなってきた。

秀吉は鳥取城中の森下通与、中村春続《はるつぐ》と、支城である丸山城の守将塩冶《えんや》高清、佐々木三郎左衛門、奈佐日本之助の切腹を求めた。森下、中村は、主君の山名豊国にそむいた廉《かど》で罪科ありとされた。塩冶らは山陰一帯での海賊の罪科浅からぬためとの理由で死を求められた。

鳥取城中からは、講和条件をうけいれるかのような態度を見せつつ、開城をうけいれないとの返答があった。吉川《きっかわ》の援兵四百人がなおさかんな戦意をあらわし、他の将兵を奮いたたせているのであった。

秀吉は、吉川経家《つねいえ》と四百余人の将兵を罰することなく、ことごとく城を出て帰国するよう命じた。籠城勢の分裂をはかる策略である。

だが、吉川経家は要求に応じなかった。

「森下、中村両人が主君にそむきしは、道にはずれし行いである。しかし、彼らは人質を捨てても毛利に義理をつくした烈士である。丸山城の三人はやむをえないが、両人は助命してもらいたい」

　経家は、両人の助命が聞きとどけられないときは、自分もともに死ぬという。だが秀吉は、降伏条件をゆるめようとはしなかった。

　ついに十月二十四日、森下、中村は切腹、塩冶、佐々木、奈佐も同日丸山城中で自害、吉川経家は二十五日、彼らのあとを追って自刃した。

　籠城者はすべて解放された。羽柴陣所では粥《かゆ》を炊き、ふるまったが、飢えた男女は粥に満腹すると、大半が頓死《とんし》した。

　翌二十六日、織田方の羽衣《うえし》石城主南条元続《もとつぐ》が、秀吉に急使をもたらした。

「吉川元春が、鳥取城の吉川経家の後巻《うしろま》きのため、七千余人の石見衆を率い、伯耆八橋《やばせ》の八橋城へ入ってござりまする。明日にもこの羽衣石城を取り抱え、鳥取城に入る様子なれば、味方も人数を出さねばなりませぬ」

　秀吉は麾下諸隊に命令した。

「南条を見捨てるわけには参らぬだぎゃ。羽衣石に後巻きせずにおられぬだわ」

　彼は十月二十八日、播州勢二万五千と備前勢若干を率い、出陣した。因幡《いなば》、伯耆の境い目の岩屋出道から進撃して、馬の山(鳥取県東伯郡湯梨浜町橋津)に本陣を置く、吉川元春の部隊と対峙《たいじ》した。

元春の軍勢は、八幡《やわた》と泊の壮丁《そうてい》三千五百がふえたので、総勢一万余となっていたが、羽柴勢の多数の戦力とは比較にならない。

秀吉は南条元続と、その弟で伯耆岩倉城主であった南条元清に鉄砲、弾薬を与えた。吉川勢は合戦を仕懸けてこない。

秀吉は蜂須賀小六と相談した。

「あやつらは、戦を仕懸けてこぬが、退陣《のきじん》もいたさぬところを見れば、おおかた鳥取落城を知らぬげなでさ。城が落ちたとの噂を流してやれ」

秀吉の推測が的中し、吉川勢は対陣七日のうちに馬の山の陣所をひきはらい、退陣していった。

十一月八日、秀吉は播州姫路城に凱陣《がいじん》したが、信長からの指令が届いていた。淡路出兵を促してきたのである。

淡路島は毛利の勢力圏内で、北端の岩屋城は、天正四年(一五七六)本願寺救援の根拠地となって以来、毛利水軍が常駐していた。

淡路の豪族安宅貴康は、本城である由良《ゆら》城と、洲本《すもと》、岩屋の二城を擁していた。

秀吉は十一月十五日、池田恒興の子元助とともに、淡路へ渡海した。加藤清正は、秀吉の旗本として、まず由良城を攻めた。安宅貴康は城中にたてこもり抵抗したが、毛利水軍が淡路をはなれ、羽柴勢との衝突を避けたことを知って、降伏した。

羽柴勢は、十七日に岩屋城を攻める。守将菅重勝も戦意がなく、即日城を明け渡し降伏した。

秀吉はわずか五日間で淡路全島を平定して、十一月二十日に姫路城へ帰還した。この結果、山陰では因幡、山陽では備前から東方が、織田政権の版図《はんと》に入った。

歳末に秀吉は清正を従え、おびただしい歳暮祝儀をたずさえ、安土城へ伺候した。

『信長公記』に、つぎの記載がある。

「歳暮の御祝儀として、羽柴筑前守秀吉、播州よりまかり上り、御小袖数弐百進上。そのほか、女房衆がたそれぞれへ参らせられ、かようの結構おびただしき様躰《ようだい》。古今承り及ばず。上下とも耳目をおどろかし候いおわんぬ。

今度、因幡国鳥取、名城といい、大敵といい、一身の覚悟をもって一国平均《へいぎん》に申しつけらるること、武勇の名誉、前代未聞の旨、御感状頂戴なされ、面目の至り、申すばかりなし。

信長公御満足なされ、御褒美として御茶湯道十二種御名物、十二月二十二日御拝領候いて、播州へ帰国候いしなり」

秀吉のあとを追うように、安土城から使者長谷川秀一が姫路城に着き、信長の下命を伝えた。

「明年正月朔日《ついたち》には、諸国大名、小名、御連枝のわかちなく、新年賀礼に参向なされよとの、上さま御諚《ごじょう》にござる。このたびの因幡、伯耆の儀、大儀に候しだい、御用談の筋もこれあるゆえ、家老どもを引き連れ、参られよ。随従の者どもは、なるべく多数従え、派手やかなるいでたちを心得らるべし」

秀吉は近習《きんじゅ》、播州衆の頭《かしら》たち五十余人を引きつれ、歳末に安土へむかった。他の侍たちより首からうえがぬきんでた清正も、行列のうちにいた。

高松城水攻め

天正十年（一五八二）六月三日の夜六つ半（午後七時）頃、加藤清正は羽柴秀吉が三万の大軍を率い、包囲している備中高松城（岡山市）の陣中にいた。

本陣は、高松城を見下ろす石井山西麓にあった。清正は秀吉に従い、水攻めにしている前線の検分に、蛙ケ鼻という場所へ出向き、帰って夕食を終えたのち、昼間の合戦で銃弾をうけ、折れひしゃげた母衣《ほろ》の竹を組みかえている。

秀吉は暗がりを嫌い、至るところに灯台をたてつらねているので、本陣としている寺院のなかは、外部の闇に慣れた目には、けっこう明るく見える。

台所では、小姓、使番の若侍たちが、握り飯を食い、干魚で酒をあおっている。

秀吉はにぎやかな場所が好きで、小座敷に床几を置かせて腰をかけ、小姓に冷水をしぼった大手拭いで体を拭かせながら、台所のざわめきを眺めている。

「お虎よ、背に負う母衣に、さほどの弾丸をうけたかや。その傷みぐあいでは、弾丸は多く右より飛んできて、左へ抜けしかや」

「さよう、仰せの通りにござるだわ」

「まず、五発は当りしようだでなん。その一発が三寸ほど脇へそれておりゃ、おのしの身は引き裂かれておりしだわ」

身長六尺五寸（約百九十七センチ）、太刀打ち、槍さばきでは無敵の清正が、白い歯なみを見せて笑った。

「仰せのごとく、臓腑をちぎり飛ばされ、この世にはおりませぬだわ」

高松城は水攻めにされ、城外二百町歩は濁水を満々とたたえた湖水のようになっている。

だが毛利の属将である城主清水宗治《むねはる》は、歴戦の勇者で戦意衰えることなく、反撃をくりかえす。

このところ、すさまじい雷鳴とともに天の底が抜けたかと思うような豪雨が降りつづいたので、足守川《あしもり》から城外に流れこむ水量はふえるいっぽうである。

だが秀吉が前線の検分にいると、闇のなかからかならず鉄砲を撃ちかけてきた。

秀吉は狙撃されると馬から飛び下り、泥土に腹這《ば》いになる。

「うちの親玉は、まこと猿のようなすばしこさだがや」

近習《きんじゅ》たちが感心するほど身ごなしが速い。清正も同様である。

弾丸が飛んでくると、誰よりも先に地面にへばりつく。地面に突き刺さる弾丸は、平地ではめったになかった。

さっき、水上から撃たれたのは、狙撃兵を乗せた城方の小舟が闇中に待機していたためであった。

清水宗治は城下のすべての紺屋から集めた紺板数百枚で、三艘の小舟をつくり、それで羽柴勢銃撃をおこなっていた。

秀吉が備中高松城と七つの支城への攻撃をはじめたのは、四月初旬であった。城主の清水宗治は毛利家譜代の臣ではなく、備中南部の数郡を領地としていた国人《こくじん》衆（土豪）石川久孝の女婿で、久孝の没後、高松城主となった。

このため、毛利氏の属将といっても、織田の大軍に包囲されたときは、たやすく降伏して織田方に就くと、信長は推測していた。

秀吉は戦うまえに、清水宗治に信長朱印状を見せ、降伏をすすめた。

「この朱印状にある通り、ご貴殿が毛利との縁を断ち、天下の大勢に従われ、信長公にお味方をなされば、備中、備後両国を与えようと仰せ下されてござるでなん。色よきご返報を下されい」

宗治が毛利と結んでいるのは、備中地方の豪族らの圧迫に対抗するためであり、そのほかには何の義理もない。

おそらく簡単に誘いに乗るだろうと秀吉は思っていたが、清水宗治は不惑を過ぎた歴戦の武者で、誘いに乗らなかった。支城の城主たちへの投降勧告も、ほぼ失敗した。

秀吉はたやすく結着がつくと思っていた調略の手段に失敗して、高松城の北方にある支城、冠山《かんむりやま》城（岡山市北区下足守）を攻めた。

「こんな小城じゃ。なんということもなかろうだで」

秀吉は守兵の総勢三百人という冠山城の戦力を軽視していたが、攻めてみると、怒濤のように押し寄せる羽柴勢に、猛烈な火力を集中して、とても近寄れない。四月十四日の攻撃で、寄せ手は戦死者が数百人となり、屍体の山を築いた。

「こりゃ我《がぜ》攻めをすりゃ、深手を負うばかりだぎゃ。調略せねばならず」

秀吉は軍使をつかわし、城主林重真《しげざね》に備中国の半分を与えることを条件に、降伏を誘った。だが重真は応じなかった。

「降参する気はなあぞ。腹切ってもええんじゃ」

秀吉は四月二十五日、総攻めを命じた。

卯《う》の刻（午前六時）から攻撃をはじめた羽柴勢に、城兵は猛烈な銃火を浴びせ、寄せ手は一時退却した。

だが城内で、煙硝箱が燃え、火が鹿柴《ろくさい》に燃えひろがり、火焔《かえん》がうずまきはじめた。このとき秀吉側近の部将、加藤清正が、美濃部十郎、山下九蔵らの甲賀忍者とともに塀を乗りこえて、押し入った。

敵兵が二十人ほど、槍先をそろえ突いて出たが、清正は十文字槍をふるって、武士ひとりを突き伏せた。十郎たちも敵を倒したところへ、味方の大軍が乱入してきた。

「皆殺しにせざぁ。容赦すな」

織田勢は荒れ狂った。

城主林重真は、城の南大手の矢倉で切腹して死んだ。三百人の守兵のうち、城から逃れ出たのは二人であったといわれる。清正はこのときの戦功で、秀吉から感状を与えられた。

高松城攻めをはじめたのは、四月二十七日であった。高松城は四方に深田、池沼がつらなっており、城郭の地盤も二間（約三・六メートル）ほどの高さにすぎない。

南手に武者二人がすれちがえるほどの細道があり、城下との唯一の通路であった。城主清水宗治は外濠をさらにひろげ、そこに長さ三十五間（約六十三メートル）の舟橋をこしらえていた。

織田勢が攻めてきたとき、宗治は舟橋を撤収して鉄砲を撃ちかけたので、寄せ手に三百を超える戦死者が出て、城方は損害がないという結果となった。

力攻めにすれば死傷者をふやすばかりであると見た秀吉は、水攻めの策をとることにした。まもなく梅雨の季節になる。高松城の周囲は、放っておいても湖水のようになる。

城の西方を流れる足守川をせきとめ、石井山の麓、蛙ケ鼻に堤を築けば、高松城は満々と水をたたえた湖のなかに沈みこみ、清水宗治は城を捨て、退却するしかないと読んだのである。黒田官兵衛は進言した。

「足守川は幅十間（約十八メートル）の川なれども、五月雨《さみだれ》の時候には暴れ川となり、住民に災いをもたらすと聞きますれば、その水をせきとめなば、清水は退散するほかはござりませぬ。一時も早う土手普請をなされませ」

秀吉は住民たちを呼び集め、土俵一俵に銭百文、米一升という高い代金を与えた。百姓たちは雲のように集まって、われ先にとはたらく。

延長一里（約四キロ）、高さ四間（約七・三メートル）、基底部十二間（約二十一・八メートル）、上部六間（約十・九メートル）の長大な堤が、わずか十二日間で完成した。

梅雨になると、連日の豪雨のなか、高松城は二百町歩の湖水のなかに沈んだ。本丸の上部、矢倉がわずかに水面にあらわれているばかりである。

秀吉は五月中旬になると、海から三艘の大船を運んできて解体し、大筏をつくり、矢倉を据えて、大筒を積み高松城に近づき、砲撃した。城壁が砕けても、城兵は矢玉をさかんに放ち、頑強に抵抗した。

高松城救援のため出陣した毛利勢は、約一万余であった。吉川元春《きっかわもとはる》が、蛙ケ鼻の西方十八町（約二キロ）の岩崎山、小早川隆景がそのうしろの日差山（岡山県倉敷市）に布陣していた。総大将毛利輝元は、岩崎山の西方約四里（約十六キロ）の猿掛城に入った。

毛利勢が一万余の兵しか動員できなかったのは、九州の大友氏という強敵に対し、大兵力をそなえておかねばならなかったためである。

さらに秀吉が毛利勢の兵数を五万であるとの誤報をうけ、主君信長に戦場への出陣を願い出たとの情報が、毛利側に聞えていた。

信長が、大兵を率いて戦場に駆けつけるのである。その時期は遅くとも六月なかばであろう。

輝元、元春、隆景は協議して、信長が来陣するまでに、秀吉と和睦の交渉をすすめさせておきたいと望み、五月二十七日に使僧安国寺恵瓊《えけい》を羽柴本陣に派遣していた。

恵瓊は秀吉が木下藤吉郎と名乗っていた頃に、会ったことがある。第十五代将軍足利義昭が、天正元年（一五七三）七月、信長追討のため、槇島城（京都府宇治市）で挙兵したが、たちまち降伏し、河内へ追放された。

義昭は足利幕府再興のため、毛利輝元を頼りたいと、吉川元春、小早川隆景のもとへ使者を送ってきた。

毛利氏では、将軍義昭が安芸にくれば、信長と対決する事態を招きかねないと危惧して、堺（大阪府堺市）で織田側の木下藤吉郎秀吉と恵瓊を会わせ、将軍義昭を京都へ帰還するよう説得させようとした。

この交渉は成立しなかったが、恵瓊と秀吉のあいだには、親密な交情が流れている。

この縁によって、恵瓊が高松城攻めの和議交渉に出向いたが、秀吉は会わず、家来の黒田官兵衛を恵瓊と会わせた。恵瓊は、毛利方の条件を述べた。

「毛利領のうち、備中、備後、美作《みまさか》、因幡《いなば》、伯耆《ほうき》の五ヵ国を、織田氏に割譲する。織田方は、高松城の将士五千余人すべてを助命する」

秀吉は、毛利側が信長来陣の情報を得て、あわてて和議を求めてきたので、かえって戦意を沸きたたせた。

「因幡は、わしがはや平均《へいぎん》いたしおるだわ。いまさらにおのが領分といえるざまか」

秀吉は、さらに苛酷な要求で答えた。

「織田氏は、備中、美作、備後、伯耆、出雲の割譲をうけ、高松城主清水宗治は切腹させる」

備後は小早川隆景、出雲、伯耆は吉川元春の所領である。

毛利一族のうち、隆景は天下の形勢を読める、理性のすぐれた人物であった。

「いまでも秀吉に押えられとるんじゃ。このうえ織田信長がきようたら、われらは手のうちの卵を潰すようになるんぞ。いかな難題でも、いったんは聞き届けにゃ、たちまち破滅じゃが」

吉川元春が反論した。

「領地は差し出しても、まあええが。しかし清水は死なされんぞ。外様《とざま》なるに大勢の家来を死なせようて、力戦また力戦してくれた男に腹を切らせたら、毛利の武名はすたるぞ。それだけはならんのじゃ」

隆景、輝元も、清水宗治を死なせたくはなかった。彼らは恵瓊に命じた。

「清水を死なせりゃ、和談はなりたたぬけえ、清水は捨てられんというてきてくれい」

輝元、隆景は連名の書状を、清水宗治のもとへ送った。

「敵のいきおいは強いうえに、信長はまた近日出陣してくるようだ。こちらは小勢で、このうえ援兵を出すこともできない。

戦うまでもなく、当方の大敗はあきらかであると判断するので、いったんは秀吉に降参して、時節を待て」

いまのうちに秀吉に降参して、無駄に命を捨てるなとすすめる内容であった。

宗治は、毛利一族の温情を知ると、降伏するよりも、健闘して死ぬつもりになった。毛利方としては、宗治が秀吉に降伏してほしいのだが、かえって宗治の闘志をかきたて、火に油をそそぐ結果となったのである。

だが六月三日の夜六つ半、秀吉本陣に思いがけないことがおこった。

清正が母衣竹を組みなおしていたとき、湿気に満ちた外部の闇中から、若侍が駆けこんできて、土間に片膝をつき注進した。

「ただいま庭瀬表《おもて》にて、福島市松殿が御陣中に、胡乱《うろん》なる旅の者が迷いこみ、懐中をあらためしところ、容易ならぬ物を隠し持ちおりしとのことにござりまする」

秀吉が足をとめ、するどい眼光でたずねる。

「何事でや。市松はいずれじゃ」

まもなく市松が、馬の背に乗せてきた百姓姿の男をひきずり下ろした。

したたかにいためつけられたのであろう男は、足も立たなかった。

「こやつは、何者とも白状いたさねども、着物の襟に糸鋸《いとのこ》をくけこみ、袴の腰板に小刀を隠し、小脇の鞘に密書らしきものをいれておるなれば、敵の忍びと思い、引っ捕えてきたでやな」

充分にいためつけられて、意識もさだかではない忍者らしい男は、雨のなかでたずみ、羽柴勢の陣所をうかがっていたのである。

秀吉は、毛利側が放った忍者で、こちらの様子を探りにきたのであろうと思っていたが、小脇差の鞘からとりだした密書を小姓に渡し、読ませた。

「値高い杉原紙に書いておるだわ。何が書いとるかのん」

皺だらけの書状に書きつらねた細字の内容は、仰天するばかりのものであった。

「急いで書状を送り、申しあげます。こんど羽柴筑前守秀吉が備中国で乱暴をはたらき、将軍の命令により毛利御三家が対陣されているとのこと、忠烈きわまりなく、ながく世に伝えられることでしょう。

さて私は、かねて信長に対し憤りを抱き、怨恨が深まるばかりで、今月二日、本能寺において信長父子を誅殺し、本懐を遂げました。将軍もまた信長追討のご本意をお遂げなされることになり、私にとってもこのうえのしあわせはありません。このことをどうか将軍家に申しあげて下さい。

六月二日

惟任《これとう》日向守（光秀）

小早川左衛門佐《さえもんのすけ》（隆景）殿」


秀吉は小姓の手から書状をつかみとり、眼をむきだして文面を睨《にら》みつける。

福島市松の陣所に迷いこんだのは、明智光秀の密使で、小早川の本陣へゆくところを、折りあしく降りだした豪雨のなかで行手をまちがえたのであった。

信長の死を知った秀吉は、身をもんで号泣したが、悲嘆からたちまち醒めた。秀吉は自分が危うい瀬戸際で、武運から見離されなかった稀有《けう》の幸運をよろこんだ。

もし密使が毛利の陣営に到着していたならば、毛利勢は翌日から雌雄を決する戦を挑んできたにちがいない。秀吉はただちに毛利と和議をととのえ、京都へ迅速に攻めのぼって光秀を倒さねばならなかった。

もし、翌朝に信長の死が戦場へ伝えられたときは、味方は気力を失い、敵はいきおいをとりもどす。その結果は織田勢が四分五裂となって潰走することになる。

光秀を討ち、主君信長の復讐をなしとげられる実力者は、織田政権のなかに五人いた。柴田勝家、丹羽長秀、滝川一益、秀吉、徳川家康である。

柴田は越中魚津城（富山県魚津市）を攻め、上杉勢と戦っていた。丹羽は四国攻めの副将として、信長の三男信孝と、堺から阿波へ渡海している頃であった。滝川は上野国《こうずけのくに》廐橋《まやはし》城（群馬県前橋市）にいた。

徳川家康は百余人の供を連れ、堺遊覧にむかい、その後の消息はわからない。

軍師黒田官兵衛は、秀吉に告げた。

「いまは一刻も早う和談をととのえ、上洛して惟任を討ち滅ぼさねばなりませぬ。それが御大将の道にほかなりませぬ。万人が望んで得られぬ、大開運のときがめぐってきておりまするぞ」

光秀を攻め亡ぼした者が、織田政権のなかで強い発言権を持てる。最高の実力者として、先輩を追い抜くことができるのだ。

「今日、明日のうちに和談をととのえたなら、わしの手で光秀を討ちとれるでや」

中国大返し

秀吉は奇蹟としか思えない速さで、毛利との講和にとりかかった。秀吉は一刻《いっとき》（二時間）のちに、安国寺恵瓊を本陣へ呼び寄せ、黒田官兵衛に和談交渉をさせた。

信長は七万余の大兵を率い、今夜播州三木城（兵庫県三木市）に到着する。高松の陣営には二日後に着く。と、官兵衛はいった。信長がくれば、毛利勢は撃滅されるにちがいない。

秀吉は城攻めが延引《えんいん》したことを責められるので、今日、明日のうちに清水宗治の首級をもらいうけ、全軍に勝利を知らせたい。

毛利側には清水を死なせてはならぬ義理があるだろうが、そうしてくれたら、これまで割譲を望んでいた毛利領地のうちから、備後、出雲の二国と、備中、伯耆《ほうき》のそれぞれ半国を外すという、好条件をもちだした。

恵瓊は好餌にくいついた。

彼はただちに座を立ち、高松城の清水に会うために、暗い水上を小舟で去っていった。

恵瓊といれちがいに播磨三木城から、秀吉の部将前野将右衛門の家来が、さらに丹波の細川藤孝の使者が異変を知らせる書状を持ってきた。

藤孝は嫡子忠興の妻に、明智光秀の娘玉子（のちのガラシャ）をむかえ、姻戚であったが、信長の死を悼み、髻《もとどり》を切って弔意をあらわし、忠興とともに光秀に協力しないとしるしていた。

さらに半刻（一時間）遅れ、信長近習の長谷川宗仁の使者が、濡れ鼠になって到着した。

秀吉は清正、市松ら側近の部将にふるえる声で命じる。

「われらが陣所の辺りを過ぎ、西へむかう者は、ひとりもあまさず足留めさせよ。上方より風聞をもたらす者が、あいついで参るゆえ、すべて通してはならぬ」

さらに半刻遅れて、安国寺恵瓊が、清水宗治自筆の書状を持ってあらわれた。恵瓊は秀吉と会い、事情を告げた。

「清水長左衛門は、明朝巳《み》の刻（午前十時）に、こなたが御本陣の前へ舟を漕ぎいで、切腹いたすことに決してござる」

恵瓊は、独断で清水宗治を切腹させることにした。

清正は事態の急変を、夢を見ているような気持ちで眺めていた。

秀吉は六月四日のうちに、毛利輝元と和議成立を証する文書をとりかわし、羽柴、毛利の西軍が五日の朝に陣所から撤退するとの約束をかため、さっそく引き揚げの支度にとりかかった。

彼は諸隊の指揮官を集め、本能寺の変を知らせ、家来にはしばらく事実を隠しておくよう命じた。

「敵は摂津にあり、急げや急げと走らせりゃよい」

羽柴勢は、なみの軍勢が日に五里（約二十キロ）を移動するのにくらべ、十五里（約六十キロ）を踏破する能力があった。携行する武器を極端に減らし、重荷は船、駄馬の背で運ぶのである。

四日の日没をむかえる頃、羽柴勢の宇喜多《うきた》秀家隊一万余人が岡山へむけ、撤退していった。秀吉は高松城の守備を妻おねの親族である杉原七郎左衛門に任せ、三千の兵を預けた。

七郎左衛門は、もし毛利方が信長横死を知り、秀吉にだまされて和睦したことに気づき、撤退してゆく羽柴勢を追撃しようとしたときは、堤を切り、濁水を氾濫させるつもりである。

そうすれば、山手の細道を通るしかないので、大軍の移動を迅速におこなうことは無理であった。

本隊一万七千人が秀吉の居城姫路城へむかったのは、六月五日の丑《うし》の刻（午前二時）であった。加藤清正は山袴に鹿皮のむかばきをつけ、上体は麻の袖無しをつけただけの、裸体に近いいでたちであった。具足は足軽に運ばせる。十文字槍は家来に持たせず、背中に担いでいた。

毛利勢は羽柴勢の追撃をあきらめていた。高松城に杉原勢三千、岡山城に宇喜多勢一万余がたてこもっているので、無理に攻めると落し穴に陥る結果になる。

清正は秀吉の身辺を護衛し、急行軍の途中早船に乗り、姫路城に帰った。後年、「備中大返し」といわれる羽柴勢の撤収作戦は成功した。

二十一歳の清正は、強行軍では体力を消耗することがない。一日に十五里を歩くぐらいでは物足りなかった。

姫路城に全軍が到着したのは六月八日の朝であった。連日強行軍をつづけた羽柴勢の士卒は疲れきっていたので、秀吉はその日は城の内外で休息させた。

彼は士気をふるいたたせるため、姫路城にたくわえていた米八万五千石、金八百枚（八千両）、銀七百五十貫文を、すべて将士にわけ与えた。半年分の給金に相当する金穀を与えられた将士は、疲労を忘れた。

羽柴勢は九日に「大返し」を再開し、十一日の朝、摂津尼崎城に到着した。秀吉は二万の兵を率いていた。明智光秀の兵力が一万三千前後であるとの情報が入っていたので、たしかな勝機をつかむためには、さらに増援の人数が必要であった。

平地の合戦で、両軍の武器性能が同等であったとき、勝利を得るためにもっとも必要な条件は、兵数が敵よりも多いことであると、秀吉は戦の数をかさね、知り抜いていた。

率いる兵が、父祖の代から仕えてきた譜代衆で、主君の力量に絶対の信頼を置いている場合、鉄の団結をあらわす場合がある。このようなとき、家来は主君の個性のなかに自らの個性を流れこませ、一体となって巨大な生命体と化し、自分が単独ではなしとげられない偉大な行動のうちに生を燃焼させようとする。それは主君が彼らの魂をすべて包容しうるカリスマであるからだ。

だが、秀吉はカリスマではない。凡器ではあるが、彼が数えきれないほどの破滅の淵に落ちこもうとして、あやうく逃れ、ついに織田政権の主導権を握る立場に上りつめてきたのは、凡器に徹した彼の理性的な判断が、常に成功の端緒を探りあてきたからである。「中国大返し」も、凡人が平凡なものの考えかたに徹したあげく、電光石火の非凡な結果を招き寄せたものであった。

秀吉は尼崎城に着くなり、まだ四国へ渡海せず大坂にいた信長三男の三七信孝と丹羽長秀に協力を求めた。

このとき信孝の兵は約四千、長秀の兵は三千ほどであった。信孝は突然の変動に混乱し、光秀討伐の態勢をととのえていなかったので、秀吉は信孝を光秀追討軍の総大将に仰がねばならなかったのだが、当面の実力者として総指揮の権限を信孝に譲らなかった。

秀吉は、摂津伊丹城にいた池田恒興、元助にも参陣を求め、池田父子は五千の兵を率い加わった。

さらに摂津高槻城主高山右近、摂津茨木城主中川清秀が、それぞれ二千、二千五百の兵を率い、参陣した。

池田、高山、中川ら摂津の大名は、明智光秀の与力《よりき》（軍団構成員）となっていたので、秀吉はあらかじめ中国路から、信長、信忠父子は本能寺から逃れ、生きのびているという虚報を中川に送っていた。

虚報をもらった者は、嘘と分っていても、万一事実であればと去就の判断に迷い、行動に出るのをためらう。そこへ秀吉が常識では考えられない速さで毛利氏と和睦し、通常の軍団移動の三倍の速さで、畿内へ戻ってきたのである。

六月十二日、秀吉全軍の兵力は四万に近い。明智光秀は一万余の軍勢で、淀川と天王山に挟まれた西国街道の隘路《あいろ》で、秀吉勢と対戦した。先鋒は高山右近、中川清秀、池田恒興であったが、高山が山崎の町筋の南はずれにある関所の門をしめ、あとにつづく中川、池田勢の通行をさえぎり、緒戦の手柄をひとりじめにしようとしたので、騒ぎがおこった。

秀吉は清正に命じた。

「虎之助、宝寺あたりが騒がしいだわ。様子を見て参れ」

清正は数人の足軽を連れ、戦況を見るために走った。

山崎の南麓にある宝積寺《ほうしゃくじ》の川前を過ぎると、銃声が樹間に鳴りはためき、刀を打ちあわせる冴えた響き、必死の喊声《かんせい》、悲鳴、馬のいななきが湧きたつ。硝煙が濃く流れるなか、旗差物が揺れ動くのを見た清正は、大木の幹に身を寄せ、流弾を防ぎつつ眼をこらす。

高山右近の軍勢と入り乱れて戦う明智の先手、伊勢与三郎配下の士卒のなかで、鉄砲足軽隊を指揮して馬を乗りまわし、高山勢が近づくと、大太刀をふりまわし、傍に近寄らせない大柄な侍が目についた。

「あやつはなかなかにはたらきおるでや」

清正が見守るうち、馬上の侍は喧騒音のなかでもよく通る大音声《おんじょう》で名乗りをあげた。

「わしは伊勢が与力、進藤半助じゃ。腕に覚えの者は、寄って参れ。一騎討ちをしてやろうぞ」

清正は供の足軽たちにいった。

「あの大口を叩く半助を討ちとってやらあず。脇をかためよ」

清正は刃渡り二尺九寸の大太刀を抜きはなち、右肩に担いで走り出た。ためらう様子もなく敵中に駆けこみ、まえをさえぎる敵を薙《な》ぎ倒し蹴飛ばし、まっすぐ進藤の傍へ駆け寄った。

敵は清正の鬼のような巨体を見ると、後退《あとじさ》りをする。

馬上で忙しく部下に下知している進藤の馬丁を蹴倒した清正は声をかけた。

「半助、見参《けんざん》でや」

いうなり刀を構えた清正は、半助の鞍の前輪《まえわ》の辺りをめがけ、突き通した。彼が豪力をふるえば、豆腐を刺すようなものである。半助はひと太刀もあわせることもなく、馬から転げ落ちる。

清正はそのうえにまたがり、半助の首級をとり、腰に提げた首袋にいれた。半助の家来たちは気を呑《の》まれ、茫然と主人が首をとられるのを見ていたが、気をとりなおし斬りかかってきた。

清正は応戦を足軽たちに任せ、韋駄天《いだてん》のように秀吉のもとへ駆け戻った。身のたけ六尺五寸の清正が、長烏帽子兜《えぼしかぶと》をつけてあらわれると、巨大な容姿に敵は気を呑まれてしまうのであった。

清正は秀吉に報告する。

「先手の衆は取りあいに勝っておりまするに、惟任の人数は討ち滅ぼされておるなれば、何の気遣いもござりませぬだわ。この首ひとつあげ申した。伊勢の家来、進藤半助と申す者にござりまする」

「おう、そやつは聞えし豪の者だがや。おのしが武辺《ぶへん》は、いつにかわらず見事だぎや。褒《ほ》めてつかわす」

秀吉は脇差を腰からはずし、清正に与えた。

秀吉の前途は、昇竜のいきおいでひらけた。清正は秀吉の股肱《ここう》として武功を重ねる好機に恵まれてゆく。戦場ではたらくとき、清正がどれほど体力に恵まれ、小人国にあらわれた巨人のようないきおいをあらわしても、矢玉に貫かれ傷つき、命を落す危険は、余人と同様である。

死ねばそれまでだと清正は思っていた。

そう思えるのは、清正がきわめて強い生命力の持主であったためであろう。自らの死を想像できないので、命を終える瞬間まで恐怖を感じないのである。

彼は弱者をいためつけることなく情深いが、戦場に出ると一個の殺人機械と化した。武士として、敵と闘って殺害し、その首級を取るのは、主君秀吉に対する義務と思っているので、ためらうことがなかった。

明智光秀の軍勢は、六月十三日の申《さる》の刻（午後四時）頃に羽柴勢と激突し、一時は北上する秀吉の諸隊を追い退けたが、羽柴勢はあいついで新手《あらて》をくりだす人海戦術で、敵の出血を強いた。

二刻半（五時間）の白兵戦のなかで、明智勢の伊勢与三郎、諏訪飛驒守、御牧《みまき》三左衛門尉《じょう》らの諸将が倒れ、殺到してくる津波のような羽柴勢を、支えきれなくなった将士は四散した。

光秀は子《ね》の刻（午前零時）頃に戦場を脱出し、大津をめざし落ちのびていったが、十四日の夜明けまえに、路傍にひそんでいた百姓一揆に竹槍で脇腹を突かれ、落馬して、痛みに堪えかね自害した。

明智光秀を討った秀吉は、織田政権のなかでの位置を大きく浮上させた。

清洲会議

　天王山の決戦から、わずか十二日を経た六月二十五日、織田政権の長老である柴田勝家の命令で、信長の跡目相続人をきめることになった。さらに織田のすべての領国の配置替えを命じるため、分国の大名、小名を清洲城へ集合させることになった。

　協議に出座するのは、柴田勝家、羽柴秀吉、丹羽長秀、池田恒興の四人であった。信長の遺子信雄、信孝と諸分国大小名は、秀吉の意向によって出座しないことになった。

　協議の席で、信長の跡目相続人は、京都で討死した長男信忠の長男である、三歳の三法師《さんぼうし》にきめようと、秀吉が主張した。

　信雄、信孝のいずれかが相続すれば、秀吉は家臣として仕えねばならないが、幼い三法師を立てると、その後の画策がどのようにもできる。

柴田勝家は秀吉の意図を読みとっていたので眼に殺気をみなぎらせ、畳を叩いて反対したが、丹羽長秀と池田恒興が秀吉に懐柔されていたので、三法師を岐阜城から安土城へ移し、秀吉が後見する意見がとられた。

織田政権の分国をあらたにさだめる協議も、秀吉の主張がおおむね支持された。秀吉は播磨《はりま》と山城、河内の三国と丹波の一部を所領とし、丹羽長秀には若狭国と近江国の高島郡、滋賀郡を与えた。池田恒興には摂津国の池田、有岡と大坂、尼崎、兵庫を与える。

秀吉は京都にいて、周囲を味方の領地で囲わせたのである。柴田勝家は本領の越前に、秀吉の領地であった近江長浜六万石を加えられ、百十二万石になったが、秀吉は京都にいて、九十三万石を領することになった。その実益は柴田をはるかにうわまわる。

秀吉は織田信雄に南伊勢と尾張《おわり》を加え、八十五万石を配分した。信孝は美濃五十八万石を所領とした。三七信孝は秀吉が三法師に跡目相続をさせたのを憤り、柴田勝家に接近して、叔母のお市御料人を彼と結婚させ、たがいの関係をつよめようとした。

天下一の美人といわれるお市は三十五歳、夫の浅井長政が滅亡ののち、十歳の子息万福丸を、信長の命令をうけた秀吉によって、串刺しの刑に処された。

そののち、彼女は三人の娘とともに清洲城でわび住いの日を送っていた。柴田勝家の室飯尾《いいお》殿は亡くなって久しい。お市は信孝の願いをうけいれた。

清洲会議のあと、秀吉は早くも勝家、信孝から命を狙われ、蒼惶《そうこう》としてただ一騎、洲俣《すのまた》から間道伝いに長浜へ帰城した。

秀吉が上洛し、京都六条の本圀寺《ほんこくじ》に入ったのは、七月十日の夕方であった。秀吉は迅速に政務をとり、安土城、坂本城、山崎城の築城を急がせた。

秀吉は九月十一日、信長の四男である、養子の羽柴秀勝を喪主として、信長の百カ日法要を大徳寺でおこなった。

さらに十月十一日から十七日まで、京都紫野大徳寺で、信長の一七日《いちしちにち》の法事をとりおこなう。十五日の葬礼は荘厳きわまりないものであった。

信長の棺には、沈香《じんこう》でこしらえた彫像が納められ、彩色、金銀まばゆい輿《こし》には、桐引両筋御紋がえがかれていた。

蓮台野《れんだいの》の火屋《ひや》の周囲は、方百二十間の白幔幕で囲い、警固の大将羽柴秀長が、大徳寺から蓮台野までの間を、三万の兵に弓、槍、鉄砲を持たせて、道の左右に並ばせた。

法事には柴田勝家、織田信孝、滝川一益ら秀吉と対立する大名は、出席していなかった。無防備の状態で出向くと、暗殺されかねない危険な状況であった。

秀吉はこの頃越後上杉氏と誼《よしみ》を通じ、柴田を首魁《しゅかい》とする反対派と対戦するとき、協力してくれるよう、はたらきかけていた。

勝家は、秀吉と開戦の際、毛利氏に呼応して決起してくれるよう、呼びかけていた。

秀吉は信長の次男信雄を、味方にひきいれていた。信雄は信孝と仲がわるく、信孝が柴田側にとりこまれたので、誘われるとたやすく羽柴方についた。

彼は考えの甘い人物で、秀吉が自分を織田政権の頭領に押したてようと尽力してくれていると、思いこんでいた。秀吉は今後、柴田の勢力を打倒する際、信孝を討滅せねばならない。そのとき、信雄を主人としておくことで、その命令によって信孝を討ったといえば、主殺しの汚名をかぶらずにすむ。

秀吉と勝家は、いつ開戦するかも知れない緊迫した情勢のもとで、支度をととのえていた。戦いを間近にひかえ、勝家は作戦上の重大な誤ちを犯したことに気づいていた。

北国街道に雪がつもりはじめていた。冬期には馬が通行できないような大雪が、春の雪解けをむかえるときまで交通を遮断し、越前の勝家、加賀、能登にいる彼の組下、佐久間盛政、前田利家らは近江へ出動できなかった。

勝家が近江長浜に在城し、数万の兵をたくわえておれば、秀吉は思うようには動けないが、強力な敵が雪中にとじこめられているあいだに、長浜城在番の勝家の甥勝豊、岐阜城の信孝、伊勢長島城の滝川一益を叩きつぶすのはたやすい。

十一月二日、勝家は山崎宝寺城にいる秀吉のもとへ、前田利家ほか二人を使者として送り、開戦を思いとどまり、織田政権の内実の恥を天下にさらすのはやめるべきだという、和睦交渉をもちかけた。

秀吉には勝家の内心が分っている。彼はかえって旧友利家を寝返りさせ、決戦のときは中立を守っておれば、敵とは見なさないという黙契を与えた。

十二月五日、秀吉は丹羽長秀、筒井順慶、細川藤孝、池田恒興、蜂屋頼隆ら五万

の兵を動員し、長浜城を包囲し、戦端をひらくまえに降伏をすすめた。

勝豊は勝家の甥で養子となったが、勝家は実子権六を得てのちは、勝豊をうとんじた。勝豊は肺をわずらい、武将としてのはたらきもめだたないうちに、家中での立場も孤立していた。

そのため、秀吉が勝豊と家来たちを厚遇するという条件を持ちだすと、たやすく降伏した。

秀吉はそのあと、近江一帯を制圧し、南下して十二月十六日、美濃大垣城（岐阜県大垣市）に攻め入った。城主、氏家直道は戦うことなく降伏する。秀吉は五万の兵を岐阜城にむけた。城主信孝は、かねてから秀吉がとめるのもきかず、戦備をかさねてきた。

彼は兄信雄より将器として見るべき俊敏の才があるといわれてきたが、なんといっても若殿として大勢の家来どもにかしずかれる生活に慣れ、野戦の辛酸を味わったことがないので、合戦をはじめるときに、何をどうすればいいのか、要領がさっぱり分らない。

何事においても柴田勝家を頼んできたが、勝家は豪雪の季節に越前北ノ庄城にいて、動きがとれない。そのうえ、おどろいたことに、信孝が稲葉山頂上の岐阜城本丸に入って、迎撃の支度を急ごうとした雪の降りしきっていた朝、城内が空虚になっているのに気づいた。

　秀吉があらかじめ信孝の老臣たちに手をまわし、意を通じていたのである。宿老たちは信孝の指揮下で羽柴勢と戦っても、到底勝ちめはないと知っているので、内応して姿をくらました。

　秀吉は自分が信孝を攻めると、家来が主君の子に刃をむけることになり、名分が立たないので、かねて考えていた通り伊勢、尾張の領主織田信雄を総大将に仰いだ。

　自分の意志ではなく、信雄の命令により、信孝を攻めるという口実をつくらねばならない。丹羽長秀が信孝に降伏を勧告し、信孝はやむなく十二月二十日、すすめに従った。

　イエズス会司祭ルイス・フロイスは、秀吉の美濃攻めの記録をのこした。

「羽柴は十二月に大軍を率い、五畿内を発して美濃にむかい、岐阜に着いて市を包囲した。城を攻め、焼きはらうこともできたが、信長の三子三七（信孝）殿は窮して屈服し、羽柴のあわれみを乞い、一切をその手にゆだねた。

羽柴は過去をゆるし、彼の母と一女及び家老たちの子息を人質とし、また同所にいた信長の孫（三法師）をともない、勝利を収め都に帰った」

秀吉は美濃全土をまたたくうちに平定し、十二月二十三日、三法師を奉じて安土城に戻り、二十六日に山崎宝寺城に帰った。翌二十七日、味方の諸将のもとへ出陣の廻状を送った。

「来年正月に、北伊勢から岐阜へ出兵するので、同月十五日から二十日のあいだに、江州草津附近に着陣してもらいたい」

天正十一年（一五八三）二月はじめ、秀吉は羽柴秀長以下、諸国大名の軍勢七万五千人といわれる大軍を、北伊勢の滝川一益攻撃にむかわせた。

全軍は三手にわかれた。

筒井順慶、稲葉一鉄らは、関ヶ原から桑名にむかう、土岐多良《ときたら》越え（岐阜県大垣市上石津町）を通過して、柴田方の滝川一益の居城桑名城へむかった。

三好秀次、中村一氏らは大君ヶ畑《おおきみがはた》越え（滋賀県犬上郡多賀町）から桑名へむかう。

秀吉は弟秀長のほか、七、八ヵ国の兵を率い、安楽越え（三重県亀山市関町）から峯城、亀山城、国府城、関城に攻めかけた。だが大兵力で一挙に敵を圧倒しようとする秀吉の戦法は、滝川勢には通じなかった。

滝川一益は甲賀忍者で、大強盗団の首領であったという説があるが、中年になって信長の家臣となり、戦場に出ると攻めてよし守ってよし、百戦不敗の采配ぶりを信長に認められた豪の者である。

秀長らは峯城を三万余の大軍で、損害をいとわず猛攻をくりかえす。三千の城兵は一益とともに戦場を馳駆《ちく》した精兵である。

城兵は寄せ手が苦戦するのをあざけって、狂歌を送ってきた。

「上野《こうずけ》のぬけ砥《と》は槍にあいもせず　醍醐《だいご》の寺の剃刀をとげ」

寄せ手のなかに、信長の弟、織田上野介信包《のぶかね》がいた。彼は京都の醍醐寺にいたことがあった。城方は信包の攻めかたが手ぬるいのをあざけったのである。峯城は容易に陥落しなかった。

秀吉勢は十六日に桑名長島に進出し、村々に放火して、亀山城を取り巻いた。亀山城は四方を険しい崖に取り囲まれた、小山のうえにあった。秀吉は数をたのんで攻めかけるだけでは、損害がふえるばかりであると見たので、将兵に命令した。

「まず、鉄砲、火矢、投げ松明《たいまつ》で城に火事をおこさせよ。玄翁《げんのう》、つるはしで石垣を突き崩し、櫓《やぐら》、楼門は、亀甲《きこう》（装甲車）にて近づき、金掘り人足を幾百人となく使い、掘り崩すがよからあず」

櫓、城門は、大木の秋の大風に吹き倒されるように、つぎつぎと倒壊していった。だが滝川家中で剛強の名をうたわれる城将佐治新介は、陣頭で兵を指揮して死闘をくりかえした。

秀吉近習の加藤清正は、秀吉に偵察を命ぜられ、二間半の片鎌槍を持って出てゆくと、味方の先手が城兵と揉みあい、激しく戦っていた。様子をうかがうと、佐治の家来で近江新七という豪の者が鉄砲隊の指揮をとり、威風すさまじく羽柴勢をよせつけなかった。

羽柴勢のうちから、木村隼人正の甥木村十三郎という侍が、近江新七に眼をつけ、十文字槍をふりまわしながら近づいてゆくのを見た清正は、筒口をそろえる鉄砲を、二間半（約四・五メートル）の槍ではらいのけ、飛びこんでゆき、新七の肩を突き抜いた。

新七は絶叫をあげ、よろめく。

清正に先を越された木村十三郎は「抜かれたぞ、無念だぎゃ」と罵りつつ、新七の背から腹へ、槍先を突き抜いた。

　清正はふりむいて十三郎に呼びかけた。

「一番に槍をつけしはわしでゃ。突き倒せしは御辺《ごへん》ゆえ、首級《しるし》を取られよ」

清正は二間半の槍をうならせ、むらがる敵兵を突き伏せ打ち倒し、荒れ狂った。

清正はわが手柄を秀吉に申し出ることもなかったが、彼のめざましいはたらきは、すぐにひろまった。

秀吉は清正の手柄に、感状と信国の刀を与えた。

亀山城はしだいに石垣、塀を掘り崩されてゆき、櫓に火を放たれて落城が間近に迫った。清正は敵の返り血を浴び、なまぐさい臓腑のにおいを嗅ぐことに慣れていた。

　人間が命を失わないことも、死ぬことも、運しだいであると清正は知りぬいている。運の尽きていない者は、数十挺《ちょう》の鉄砲に狙撃されても体に弾丸が命中せず、自在に駆けまわり、運の尽きた者は、どこから飛んできたとも知れない一発の弾丸に急所をつらぬかれ、命が尽きる。

　清正は戦場往来をくりかえすうちに、物欲に淡白になっていたが、彼のはたらきに秀吉が手厚く褒美をくれるのが、はげみになっていた。生きているあいだは、この主人のためにはたらいてやろうと覚悟をきめていた。

三月二日の夜更け、清正は亀山城の石垣の崩れた所に身をひそめ、敵の様子をうかがっていた。味方の夜廻りの兵が四、五十人、一団となって巡回してゆくだけで、陣中からはいびきが聞えてくるばかりである。将士は昼間の白兵戦に疲れきって、寝込んでいた。

清正は闇のなかで、誰かが静かに動いているのを察した。

「忍びだかや」

物影はひとつ、何の気配もないが、石垣のほうへ近づいてゆく。清正はこきざみに呼吸をした。かすかに炭のにおいがした。眼をこらすと、動くもののまわりの闇がひときわ濃い。忍者が炭の粉を身のまわりにすこしずつ投げ、姿をくらましているのである。

清正が木の幹に身を寄せ、息をひそめる。忍者の聴覚は常人には遠く及ばないほど鋭敏であるが、清正がいるのに気づかない様子で、しだいに近づいてきた。

清正は躍り出て、槍で左右へ薙《な》ぎはらった。人影は不意の一撃を避けきれず、地面に転がったが、敏捷な動作で立ちあがり逃げようとした。忍者が走れば常人では追いつけない。清正は飛びかかり、槍でなぐりつける。

　人影はふたたび地面に転がった。清正は押えつけ、当身をくわせ、動かなくなったので、刀の下緒《さげお》で縛りあげた。

　黒筒袖に黒のたっつけ袴、真綿を厚く入れた黒足袋に黒頭巾をかぶった、どこから見ても忍者と分るいでたちである。そうしたいでたちをするのは、密使として忍び入った先で、味方に敵兵とまちがえられ、殺される危険を避けるためであった。

　龕灯《がんどう》提灯の光で風態《ふうてい》をたしかめてのち、清正は活をいれた。忍者は呻《うめ》き声をあげ、身もだえをした。清正は声をかけた。

「こりゃ、わしは羽柴の家来、加藤虎之助清正だわ。名を耳にしたことがあるかのん」

　舌を噛みきらないよう、木の枝を噛まされている忍者はうなずいた。

「そうか、おまえは何をしに城へ入るのかや。何ぞ文《ふみ》のようなものを持っておるのかや」

　忍者はうなずいた。

「どこにあるかよ」

清正は手首のいましめをほどいてやる。忍者は上着の襟のあたりを探り、ちいさく畳んだ紙切れをつまみだした。

忍者は捕えられたとき、味方に不利な事実は絶対に白状せず、機をうかがって自殺する。そうするのは、もし裏切ったことが露顕すれば、彼とその家族は忍者の社会から追放されてしまうためであった。忍者の組織は大和から近江にかけての土地を郷里として、諸国にひろがり、各地の大小名に雇われていた。

彼らのうち、雇い主を裏切るおこないをする者は、忍者の信用をおとしめることになる。そのため、多額の報酬をうけて敵方の裏をかく隠密行動をとる彼らは、失敗したときにはわが命を絶ち、責任をとるのを当然とこころえていた。

——こやつはこの書きつけをわしに読まれてもかまわぬと思うておるのでやな——

清正は紙切れをひらき、龕灯の光りで照らした。下手な仮名文字が見えた。

「とりあいもこれまでだがや。このうえつっぱりゃ、あかんぜえも。みなごろしにあうぞ。いますぐ降参せい。

二日　　　　ひこえもん

しんすけ　」

彦右衛門は滝川一益の名であった。

清正は忍者に話しかけた。

「おのしはこのまま、城へ入れやい。彦右衛門の書付けを新介に見せて降参させよ。それがいっちよからあず。人はひとりでも死なさぬが上分別だがや」

翌三月三日、亀山城は開城し、佐治新介は秀吉の赦《ゆる》しを得て、長島へ戻っていった。

賤《しず》ヶ岳《たけ》の戦い

清正は秀吉に従い、天正十一年（一五八三）三月十一日に近江佐和山城に入り、翌日、近江長浜城に移った。

柴田勝家は二月二十八日から三万の軍勢を、逐次、北近江にむかわせた。勝家は三月九日に北ノ庄城を発し、十二日に近江に入った。

柴田勢は京街道（北国街道）に佐久間盛政、美濃街道（北国脇街道）に盛政の弟柴田勝政を布陣させた。総大将勝家は、北国街道柳ケ瀬に本陣を置いた。

勝家は、柳ケ瀬に近い内中尾山に陣を敷き、動きをまったく見せなかった。大軍を動かす大会戦の指揮をとるには、長い年月のあいだに経験をつみかさねていかねばならない。危険な戦場で血と硝煙のにおいを身につけた武将は、老いた獅子のように老巧な作戦をたてる。

清正は武勇にすぐれた勝家を敬愛していた。敵味方にわかれても、その気持は変らない。戦場では侍の運命に従い、命のやりとりをする。これまでうやまってきた勝家と出会えば、ためらうことなく刺し殺すだろう。

秀吉も武勇の価値を知っていた。織田信雄、信孝のような、生まれたときから大名になる幸運を背負っていながら、愚かであり、小心な気まま者を軽蔑した。

北伊勢の亀山城攻めでは、善戦した城将佐治新介を助命した。

亀山城と同日に、滝川一益のすすめにより降伏した峯城主滝川儀太夫は、矢玉が尽きてなお、城内の屎尿《しによう》を敵の頭上からふりまき、死闘をつづけた武勇を、秀吉に褒められた。

「おのしの采配は見事なりしよ。このちは五万石をやるゆえ、わしに仕えりゃよかろうでやないか」

五万石とは、清正もおどろかざるをえなかったが、儀太夫はそれをことわり、長島へ引き揚げていったのである。

柴田勝家は三月十二日に、柳ケ瀬北方の内中尾山に布陣し、旗差物をつらねた。率いる軍勢は三万足らずであった。秀吉は総勢七万五千と吹聴しているが、実数は五万余であろうと勝家は推測していた。

彼は当面、余呉湖《よごこ》を見下す高所に陣を置き、行動をおこさず、長期戦に持ちこむつもりであった。もし秀吉が襲ってくれば、山中へ引き寄せておいて、叩きつぶせばいい。

滝川一益は桑名城にたてこもり、まだ降伏していない。岐阜城の信孝は、勝家出陣を知って、ふたたび兵を動かす動きをあらわしていた。

さらに、高野山衆徒、根来《ねごろ》、雑賀《さいか》の鉄砲衆、四国の長宗我部元親、足利義昭と毛利輝元にも意を通じているので、羽柴勢は腹背に敵をうける窮地に陥りかねない。

勝家は慎重な用兵によって、秀吉を破綻に誘いこもうとしていた。

甥の佐久間盛政、柴田勝政は、武辺を誇る強剛な武将である。ともに勝家の作戦が気にいらず、一挙に雌雄を決する総力をあげての決戦を望んでいた。

「猿（秀吉）めは油断ならぬ相手でやないか。うかと仕懸けては、引きずりこまれるだわ。わしの許しなく兵を動かさば、きっと仕置きをいたすゆえ、さよう心得よ」

柳ケ瀬は、長浜から越前府中（福井県越前市）に通じる北国街道の要地で、敦賀にむかう敦賀街道の分岐点である。

柳ケ瀬から南々東二里半（約十キロ）の木之本までの、北国街道の南側に行市《ぎょういち》山、天神山、堂木《どうぎ》山、大岩山、賤ヶ岳など標高三百五十メートルから五百五、六十メートルの、険しい山岳がつらなっていた。

木之本の南西には琵琶湖がある。東には伊吹山（滋賀県米原市）が聳《そび》えていた。柴田勝家が本陣を置いた内中尾山は、柳ケ瀬の北々西半里（約二キロ）のところにある。

柴田勢の先手佐久間盛政の陣所は、勝家本陣の南一里（約四キロ）にある。羽柴勢先手の布陣する天神山とは、半里しか離れておらず、人馬の動きを肉眼でたしかめることができる。秀吉は、三月十八日に最前線に出むき、拙速を本領とすると思っていた勝家が、意外に陣所の防備をととのえているのを見て、合戦は急展開しないと判断した。

「これは長いとりあいになろうでやないか。支度を変えねばなるまいでや」

秀吉は、天神山の前線部隊を、十町（約一キロ）ほど後退させた。

余呉湖の東岸は大湿地帯であるが、大岩山、岩崎山の高所に、中川清秀、高山右近が布陣した。

大岩山の後方約十町の賤ヶ岳には、羽柴勢が布陣し、余呉湖の西方から迂回して押し寄せる敵に備えていた。

秀吉は木之本に本陣を置いた。木之本には数万の大軍を集結させている。

秀吉は三月下旬、細川忠興に命じ、越前海岸の漁村を焼討ちさせた。勝家は四月五日卯《う》の刻（午前六時）、本陣とむかいあう羽柴方の堀秀政の陣へ猛攻撃を加えた。だが堀の部隊は鉄砲を多数装備していたので、柴田勢は退却した。

対陣の日が長びいてくると、絶対優勢であると見られていた羽柴勢の陣中にも、動揺のきざしがあらわれてきた。いったん合戦をおこない、羽柴勢が後退するようなことがおこれば、柴田のほうへ寝返る大名が続出しないともかぎらない。

織田政権でもっとも武功をあらわしてきたのは、勝家であった。秀吉は険しい山中に布陣した柴田勢を誘いだすために、二万の兵を率い、南下して大垣城に入った。連日の豪雨で揖斐《いび》川が氾濫していたので、大垣で渡河の支度をととのえたのち、岐阜城の織田信孝を攻撃すると、敵側に聞えるように下命した。

岐阜攻撃の理由はあった。滝川一益が反撃をはじめたのである。織田信雄、蒲生氏郷ら羽柴方の大名たちの手におえる相手ではなかった。

滝川と柴田が呼応して戦いをおこせば、秀吉は惨敗するだろうと予測した三七信孝は、いったん降伏し助命されたことも忘れ、挙兵したのである。

秀吉は幕僚の清正らにいった。

「信孝殿は、備えの兵もすくないによってまずひねりつぶし、ついで一益を片づけようでやないか」

おもてむきはそういっているが、清正は秀吉が大垣に着陣したのは、勝家を誘いだすためであることを知っていた。

木之本から大垣までの距離は十三里（約五十二キロ）であった。秀吉は兵站《へいたん》をうけもつ石田三成に、柴田勢が攻撃を仕懸けてきたとき、いちはやく木之本へ戻るための支度を命じていた。

武装した兵団の移動距離は、一日に五里（約二十キロ）が通常である。だが秀吉は、中国大返しでも実行したように、一刻《とき》（二時間）に六里（約二十四キロ）を移動させることができた。

街道沿いの村々に炊出しを命じ、握り飯、餅、粥《かゆ》、傷薬、替え草鞋《わらじ》を道端に出し、夜中でも足もとが見えるよう、松明《たいまつ》を立てつらねさせる。

将士は下着だけで、武器、具足など、一切身につけず疾走する。戦場で使う一切の兵具は、あらかじめ現地へ搬送しておくのである。清正は、秀吉が二万の兵に十三里の街道を二刻半（五時間）で走破させるつもりでいると、推測していた。

秀吉が大垣へ着陣した隙に、柴田勢が行動をおこす可能性は、充分にあった。たぶん好餌にくいついてくるにちがいなかった。

予想は的中した。四月二十日の深夜に柴田勝家の甥佐久間盛政が率いる一万弱の精鋭が、余呉湖西岸から賤ヶ岳の下を東へ廻りこみ、大岩山、岩崎山の中川清秀、高山右近の陣を襲い、中川は戦死し、高山は敗走した。

佐久間盛政は夜明けから昼過ぎまでの戦闘で大勝したので、このまま二十町（約二キロ）南の木之本に陣を置く、羽柴秀長の本陣へ斬りこむべきだと考えていた。

盛政の勝利を知った羽柴方の諸将が、ひそかに内通の意を伝える使者を送ってきた。北近江の土豪たちも連絡をとってくる。戦の様子を見物に集まってきた近在の百姓たちが、その見聞を八方に伝えたのである。

勝家は兵力においてはるかにまさる羽柴勢と、長浜平野で戦うつもりはなかった。

山岳を利用して長期戦にもちこめば、毛利氏、四国の長宗我部氏、紀伊高野衆、根来、雑賀衆らを動かすことができる。勝家有利と見れば、まだ去就をあらわしていない家康が、味方につくかも知れなかった。

勝家は、盛政をいったん陣所へ引きとるよう命じたが、気をはやらせている盛政は、応じなかった。

「この近辺に陣を置く羽柴方は、こぞって内通いたしおるにさ。秀吉が大垣より戻るには三日ものちのことでやな。なにをいまさら弱気でもあらまいが」

篠つく豪雨のなか、中川清秀戦死の報を伝える木之本の羽柴秀長の急使が到着したのは、二十日の夕方であった。

秀吉は使者の注進をうけると、足を踏み鳴らし、大声でいった。

「いまこそ天の恵みだぎゃ。柴田一類をことごとく打ち滅ぼしてやらあず」

加藤清正は、いよいよ天下分け目の合戦がはじまると、全身に力をみなぎらせた。

折りあしく、秀吉から与えられた乗馬二頭の体調がすぐれない。いくらか動きの軽い馬に乗り、木之本へ急行する秀吉旗本として、出陣した。

しばらくゆくと、乗馬が足取りを乱しはじめた。その様子を見た近習の谷平太夫が嘲笑した。

「おぬしが馬は、とても木之本までは保《も》たぬでやな。支度の手抜かりではないか」

清正は声を荒らげて答えた。

「折りあしく、二頭とも病馬でや。馬が歩けぬとなれば、膝栗毛で百里でも走り抜いてやらあず。おのしが馬をどれほど走らせようとも、すこしも遅れず、いかまいか」

清正は馬から飛び下り、馬側についていた六人の足軽たちに槍を渡した。

朱で大蛇の目を描いた白地の陣羽織をつけた清正は、大声で命じた。

「者ども、わしに遅れずついて参れ。たんまり褒美をつかわすほどにのん」

北国脇街道沿いの百姓たちは、兵糧、松明などを、時価の十倍で買いいれてくれるので、よろこんで協力した。

秀吉本隊一万五千の将兵が、急速に動きはじめたのは、申《さる》の刻（午後四時）頃であった。万を超える軍団が移動するとき、先頭の部隊が進みはじめてのち、後尾の部隊が前進を開始するのは、一刻（二時間）も遅れてのちのことであった。

だが秀吉の軍団は歩くのではなかった。全力で走りつづけるのである。清正は秀吉に一歩も遅れず、ぬかるみを蹴散らし、大垣から垂井《たるい》までの坂道をものともせず走りつめ、関ヶ原に至った。

ようやく日が暮れて、闇中に松明の火光がつらなった。木之本の羽柴本陣に到着した秀吉は、暗中につらなる佐久間盛政勢の篝火《かがりび》を見渡した。

秀吉本陣勢一万五千が残らず木之本に到着したのは、戌《いぬ》の下刻《げこく》（午後九時）頃であった。侍たちは戦場へ出るとき、顔つきが一変していた。

清正は鬼のような外見で、内心もふだんとは一変していた。攻撃本能だけが火のように燃えさかっていて、死ぬかも知れないという心中の不安はまったくなかった。

死ねばそれまで、大怪我をして生き残れば長い苦痛に堪えねばならない。

大岩山に進出した佐久間盛政は、秀吉本隊が、大垣から揖斐川を渡り、岐阜攻撃におもむいていると思いこんでいたので、北国脇街道に延々とあらわれた松明の火光が、まさか大敵が戻ってきたとは思えなかった。

だが木之本からは、馬のいななく声、男たちの喚声、押し太鼓の音が、沸きたつように聞えてくる。

「やはり猿めは戻りおったにあらずか」

盛政は大岩山から余呉湖野呂浜の狭い砂地を西へと、後退をはじめた。

前夜の大岩山、岩崎山攻撃の際に、野呂浜を見下す賤ヶ岳に布陣する羽柴方の桑山重晴勢は、眼下を通過する佐久間勢に銃撃を加えなかった。柴田勝家に内応する計算があったためである。

柴田、羽柴両軍の将士は、前年まで織田政権に属する同僚であったので、たがいに親しみを抱いている。敵味方にわかれて戦うのは、生きてゆかねばならないためであった。

そのため、羽柴方についている者も、柴田の戦勢が有利と見ればたちまち寝返る。佐久間盛政が大岩山を攻め、中川清秀を討ちとったとき、羽柴方の諸部隊は動揺した。

だが、秀吉本隊が大垣から二十日のうちに木之本へ戻ってくると、動揺はたちまち鎮まった。二十日の深夜、佐久間勢が後退をはじめると、賤ヶ岳の桑山隊が猛烈な銃撃を浴びせてきた。

二百余の死傷を出した佐久間勢は、陣形を乱しつつ退却してゆく。行手から数千の羽柴足軽隊が襲いかかってきた。

夜明けまえ、佐久間勢は余呉湖西北の権現坂まで戻ってきた。

秀吉は数千の足軽勢に白兵戦を挑ませ、五、六百挺の鉄砲をつるべ打ちに放たせ、佐久間勢の退路を断とうとしたが、つけいる隙がない。

二十一日朝、辰《たつ》の刻（午前八時）頃、佐久間勢の退却を援護していた柴田勝政隊が、弾丸を撃ちつくしたのであろう、銃撃をやめた。

秀吉は自ら法螺《ほら》貝《がい》をとりあげ、攻撃を命じる「寄せ貝」を吹いた。五千余人の馬廻り衆が息をひそめ待ちかまえていたが、どっと喚いて敵中になだれこんだ。

加藤清正は秀吉が貝を吹くまで本陣にいたが、足軽四、五人を連れ、抜け駆けをしようとした。

だが、秀吉に呼びとめられた。

「一騎にていずれへ参るかや。軍法を守らまいか」

秀吉は少年の頃から育てあげてきた清正を、無駄に死なせたくはなかったので呼びとめた。清正はいったん馬に輪乗りをかけ、ためらう様子を見せたが、彼我《ひが》の喊《かん》声《せい》が高まってくるのを聞くと、

「ご免つかまつるでなも」

といい残し、飛んでくる矢玉をものともせず、馬を疾駆させて先頭に出た。

敵味方をあわせ、二万に及ぶ軍勢が、早朝の薄明のなかに浮かび出た谷あいで、奔騰する激流のように衝突するとき、一番槍をつけるためには、危険をあえて冒さねばならない。

清正は耳もとをかすめる銃弾の擦過音、背に負う母衣《ほろ》に矢の突き刺さる衝撃をものともせず、先頭に出た。

このとき清正に遅れず一番槍をつけたのは、加藤孫六（嘉明）、福島市松、脇坂甚内（安治）、糟屋《かすや》助右衛門尉（武則）、平野権平（長泰）、片桐助作（且元）、石河《いしこ》兵助（一光）、桜井佐吉（家一）の八人であった。

足の速い石河兵助が、清正を追い抜き、朱色の具足をつけた敵将の胸に槍先を突きこみ、相手の大太刀で兜のうえから眉間に突きこまれ、相討ちになった。

敵将の首級は、福島市松がとった。佐久間盛政の属将で、強剛の名を知られた拝郷五左衛門であった。

清正は山路将監という槍遣いで有名な豪傑と突きあう。槍先がつぶれるほど突きあっても勝負がつかず、槍を捨て組み打ちをするうち、三十間（約五十五メートル）ほど坂を転げ落ち、将監が清正のうえにまたがり、首をとろうとしたが、鎧通《よろいどお》しを落していたので清正にはねかえされ、絞め殺された。
清正はさらに敵の鉄砲頭《かしら》戸波隼人を倒し、首をとった。

このときの手柄によって、清正は三千石を与えられ、さらに日を置いて二千石を加増され、五千石の身代となった。近習から物頭《ものがしら》に昇進して与力二十騎を部下とし、鉄砲五百挺を預けられ、きわめて強力な鉄砲隊長となった。

隈本《くまもと》入城

秀吉が大坂城の築造をはじめたのは、天正十一年（一五八三）九月二日であった。天正十二年（一五八四）正月七日には、秀吉は安土城の数倍といわれる大坂城御殿で、諸国大小名の参賀をうけた。

一日五万人という人海戦術で、わずか半年のあいだに巨大な城郭と、戸数が万をもって数える城下町ができあがった。

清正は常に秀吉の身辺を護衛する、鉄砲隊長として、日を送っていた。彼は天正十二年三月、秀吉の専制に対抗して戦端をひらいた、織田信雄、徳川家康との戦いに従軍した。

小牧・長久手《ながくて》の戦といわれる合戦は、十一月まで続き、双方の和睦によって終った。羽柴勢十二万五千人、織田徳川連合勢三万という、兵力においては羽柴の勝利に終ると見るべき大差があったが、実際の戦闘では羽柴側の大名池田恒興、森長可《ながよし》が戦死し、家康に「野戦の名将」の名を残した。

この戦いで、清正は幾度も手柄をたてたが、鉄砲隊長にふさわしいはたらきではなかった。常に秀吉の身辺警固につとめ、敵が接近戦を挑んでくると、長槍をふるい追い退けた。

天正十五年（一五八七）の九州征伐のときは、常に秀吉本陣を離れなかったので、めざましい戦績はなかった。清正が二十六歳のときで、白兵戦で衆目をおどろかすはたらきを見せても、ふしぎではない年頃である。

九州征伐ののち、肥後五十四万石は佐々《さっさ》成政《なりまさ》に与えられたが、佐々は有力な地侍が多数いるのを軽視して、検地を強行したため、暴動がおこった。

佐々が平定しようとしたが、容易に鎮圧できないので、近国の大名が応援してようやく騒動がおさまった。佐々成政は責任をとって自害した。

加藤清正は、佐々成政の治政を検分する横目役として、肥後に滞在していたので、佐々がいたずらに武勇を誇り、大国を治めるべき道を知らなかった実情を知っていた。

彼は秀吉に申し出た。

「肥後には五十二人の豪俠の地侍が割拠いたしおりまするが、治政の道をはずれることなく、かの者どもを慰撫し、良民に慈悲を及ぼさば、さからう者はなしと存じまする。

されば、それがしに肥後の国を拝領つかまつりたく存ずるでやなも」

秀吉の左右にはべる権臣たちはおどろき、いっせいにどよめき私語を交す。

三十にも満たない若輩で、五千石の身代の清正が、五十四万石の太守になりたいと申し出るのは、身のほど知らずとあざけったのである。

だが、秀吉は清正の発言をうけいれた。天正十三年（一五八五）に関白、同十四年に太政大臣となり、豊臣の姓を賜った秀吉の意向に、そむく者はいなかった。急速に位人臣をきわめた秀吉には、信頼すべき側近の重臣がすくないので、清正を大抜擢したのである。秀吉はそれまで、清正の武将としての能力を軽視する傾きがあった。

「いかさま、お虎が齢《よわい》たけたる成政でさえ治めかねし大国を、望むからにはさだめてよき考えがあるのでやあらあず。内々に見定めたることもあろうでやな」

秀吉は清正の希望をうけとめ、肥後の北部二十五万石を清正に与え、南部二十四万石を小西行長《こにしゆきなが》の所領とした。残りの五万石は豊臣政権の支配地となった。

天正十六年（一五八八）六月末、清正は隈本（のちの熊本）城に入った。隈本には佐々の旧臣が大勢待っていて、領分の引渡しをおこなう。清正は家老以下三百人の成政旧臣を、すべて召し抱えた。そうしなければ、五千石をうけていた清正が、二十五万石の所領を支配できるわけがなかった。

清正の前例のない大抜擢は、関白、太政大臣に任官した秀吉の威権があって、なしえたことであった。

秀吉は天正十三年三月十日、内大臣に任官した。同年七月十一日、従一位関白に任官し、藤原秀吉となった。関白は「一の人」といわれ、天皇臣下第一の職であった。天下の万機を関《あずか》り白《もう》すという名称の通りで、朝政をすべる第一人者であった。

秀吉が関白の座についたことを、こころよく思わない人々が多かった。

ポルトガル、イエズス会司祭ルイス・フロイスは、本国へ通報した。

「出自があきらかでない、社会の下層からあらわれた秀吉という人物が、これほどみじかい歳月のうちに突如としてあらわれ、日本人として最高の栄誉と地位を得るに至ったのは、これまでに例のない秩序を無視したこととして、世人をおおいに驚かせずにはおかなかった」

秀吉政権は二十万の軍兵を動員する能力をそなえていた。秀吉は生糸貿易の独占によって得た収益で、大軍の兵站《へいたん》をまかなうに充分な財力をそなえていた。

当時のヨーロッパでは、数百の兵を率いた諸侯が争闘をくりかえしていた。

秀吉はさらに栄進した。天正十四年（一五八六）十二月十九日、太政大臣に任ぜられ、豊臣姓を賜った。源、平、藤原、橘の四姓と比肩する「天長地久《ちきゅう》、万民快《け》楽《らく》」の意をそなえた姓であった。

清正は隈本に入城すると、日を置かず一揆征伐にとりかかった。豊富な海、山の産物に恵まれている肥後国の地侍は、「肥後もっこす」と後世までいわれたように、きわめて意地がつよく慓悍《ひょうかん》である。

激戦をくりかえさねばなるまいと覚悟していたが、佐々の暴政に反抗した有力者に、かつての威力はなかった。清正は二ヵ所に鉄砲痕をうけたが、短時日で平定した。

だが、肥後南部二十四万石の領主となった小西行長は、宇土《うと》城に入ったのちも、地侍たちのいきおいがきわめて強く、彼は国主として認められなかった。

小西行長は堺の豪商小西立佐《りゅうさ》の子息である。立佐は豊臣家の河内、和泉の代官となり、九州征伐のとき兵糧調達を命ぜられた。行長は天正八年（一五八〇）頃から秀吉に仕え、船奉行として瀬戸内海の支配者となった。

このような来歴をもつ行長は、清正とちがい、戦場で武功をたてた経験がないので、地侍たちに軽視されたのである。

行長は宇土城を建設するとき、天草郡《ごおり》の地侍志岐《しき》麟泉《りんせん》入道、天草伊豆守に協力を求めたが、二人はことわってきた。行長のもとに送ってきた書状は、挑戦する決心をしているような、敵愾心《てきがいしん》にみちたものであった。

「われらは先年秀吉公が薩摩をご征伐のとき、筑前秋月まで出向き、お先手をつとめた。いろいろと忠勤《ちゅうきん》をつくしたので、秀吉公はご褒美として、天草郡をわれら両人に永代にわたり下賜給わるとの御朱印状を頂戴した。

豊臣家の普請であれば、あなたの配下としてはたらきましょう。しかしあなたの城普請に協力はできません。われらも身分相応の小城を持っているので、その普請でいそがしいのです」

身分相応の城を持っているというのは、討手をよこしてもいいという内意を示すものである。

小西行長は秀吉に、二人の土豪のいいぶんを報告すると、秀吉は命令してきた。

「朱印状は昔のことだ。いまとなれば、反抗する者は討ちとれ」

行長は天正十七年（一五八九）秋、天草の西北端の天草灘にのぞむ志岐に三千人の兵をむけた。

だが、思いがけないことがおこった。

志岐城に拠る志岐、天草の兵は総勢二千である。簡単に制圧できるだろうとたかをくっていた行長は、軍兵を送っていった船団が、船頭と水夫《かこ》だけで戻ってきたので、仰天した。船頭はあおざめた顔で注進した。

「お味方は夜討ちで斬りたてられ、矢玉を雨のようにくらい、懸命に押し返そうとすれば、伏兵が四方からあらわれ、屍《しかばね》の山を築き、三日のあいだに袋の浦というところでひとりも残らず討ちとられました。

手前どもは怖ろしさに歯の根もあわず、懸命に櫓を漕いで戻ってきました」

三千人の軍団が、ひとりも帰還しないのはただごとではなかった。

行長はこのままでは、佐々成政と同様に切腹しなければならない窮境に追いこまれると見て、再征の兵六千五百人を動員し、さらに加藤清正に応援を依頼した。

清正は千五百人の兵を四人の侍大将に預け、加勢にむかわせた。

小西・加藤の軍勢は、小西勢三千が全滅させられた袋の浦に上陸し、布陣した。

五日間寄せ手は動きをあらわさなかった。

十月なかばの晴天がつづくうち、二十町（約二・二キロ）ほど離れた志岐城から、城兵が干潮のときに浜づたいにきて、毎日のように声をあげ嘲罵して、妙な歌を唱った。

〽京衆、京衆、なぜ槍せぬぞ
かぶすのかわの　すもとりか

六日めに、加藤勢がこらえかね、槍先をならべ突っこんだ。小西勢もあとにつづき、城兵の首二十一をとり、そのまま城際まで押し寄せた。

城主の麟泉入道は、二千の精兵を率い、三百挺といわれる鉄砲を撃ちかけてくるので、近寄れない。南方は深山がかさなり、足を踏みいれることもできない。東は峡谷で、そのほかは海にのぞみ、険しい崖のうえに塀をつらねているので、無理に攻めると矢玉の的になり、損害をふやすばかりであった。

寄せ手の苦戦を知った、有馬、大村、平戸、唐津の軍勢も押し寄せてきて、城を包囲した。このうえ地侍の一揆勢をはびこらせていると、秀吉のもとに聞え、小西行長が腹を切らされることになりかねない。

寄せ手の肥前領主有馬晴信が、志岐麟泉入道と親類であるのを知った行長は、和睦交渉をしてもらいたいと頼みこんだ。

「麟泉入道が開城したときは、秀吉公によくとりなしをするので、和睦を承知させて下されたい」

行長は血で血を洗う合戦を嫌い、なるべく和議を成立させたい。

有馬晴信は、行長の送ってきた麟泉への誓文状《せいもんじょう》を、志岐城内へ矢文《やぶみ》で届けた。麟泉入道は、有馬の陣所へ返書を矢文で送ってきた。麟泉は行長の意向に心を動かされたが、奥天草からの援兵も多数きているので、ただちに和談に応じるというわけにもゆかず、開城の決断ができない。

加藤清正は援軍を派遣したのち、志岐城が容易に陥落しないので、一万の精兵を動員して、熊本から五十町（約五・五キロ）離れた川尻港から兵船に乗り、十月二十九日に天草へむかった。

清正は使者を先行させて麟泉入道に、小西行長との和睦をすすめ、仲介役をひきうけると申しいれた。麟泉は城中で主立った人々と相談し、小西からも和平の申しいれがあったので、いよいよ清正が和議をととのえてくれると思いこみ、一万の加藤勢が袋の浦に到着すると、城内から十人ほどの侍たちが迎えに出た。

清正は彼らを撃ち殺し、大手川のむかいの小山に本陣を置いた。行長は麟泉入道と話しあい、戦いを中止したいと望んでいたが、清正はまったく表裏のない武将であるため、苛烈な総攻撃によって叛徒を全滅させる方針をとった。城内からの迎えの侍十人を殺害したのは、清正の武者道に違わない行動であった。敵をだまし討ちにかけるのは当然の戦法で、だまされるほうがあさはかである。

清正は布陣を終えると行長へ申し送った。

「小西殿の手に、われらが人数千五百人を加勢いたす。天草郡下島《しもじま》の本渡《ほんど》城より、天草伊豆守の家来木山弾正《もんど》と申す者が、五百の兵を率いて、われらが陣所の正面に参った。また天草主水という者が七百の兵を率い、御辺《ごへん》が陣所の前に陣をとったのは、ご存知でござろう。

志岐城中の麟泉の兵とあわせても、たかだか四千足らずの人数で、たやすく蹴散らすべき小敵なれども、地元の百姓どもとしめしあわせ、いかなる奇手を用いて押し寄せてくるやも知れぬ相手ゆえ、油断はなるまい。用心なされよ」

志岐城内には、行長が潜入させた忍者が多数いて、城方の戦意をそぐような情報を流していた。

麟泉入道も、行長と和議をすすめたほうがいいのではないかと迷っていた。志岐城の正面に陣を置き、旗幟《きし》をつらねる加藤勢は、小西勢とは旗色がちがい、軍兵の進退も整然としており、戦えば手ごわい相手であることは分っている。

天草主水は、加藤の大軍を眼前にして、城方の戦意がふるわなくなった様子を見て、戦支度をととのえると称し、七百の兵とともに本渡城へ帰っていった。

だが木山弾正は退陣しない。天草本渡を出るとき、清正と一騎討ちをしなければ帰郷しないと誓っていたので、雲霞《うんか》の加藤勢に必死の一戦を挑む決心をしていた。

平地のすくない戦場では、闘志にまさるほうが、寡勢であっても勝機を得る前例がすくなくない。清正は行長へ知らせた。

「木山弾正はわしと一戦を交えたき様子である。貴殿は志岐城を固く取り巻かれよ。われらは弾正を討ち果すため、明朝辰《たつ》の刻（午前八時）に攻め寄せることといたす」

清正は一番手三千人、二番手二千人、三番手が旗本とさだめた。

一番手を率いる部将たちが挨拶にくると、清正は告げた。

「明朝は、わしも一番手について押しあがるでなん。敵味方がこぞってわれらのはたらきを見守る晴れの舞台でやな。ひときわ気張らにゃならぬだぎゃ」

南部無右衛門という物頭《ものがしら》が、胸を張って答えた。

「山のうえから石が崩れかかるとも、この無右衛門は押しのぼりまするに」

「うむ、さてもいさましきことを申すでやな」

清正は一同に酒を与えた。

加藤勢は夜のうちに出陣の支度をととのえ、翌朝辰の刻に一番手は正面の道を攻めのぼってゆく。二番手は左側の尾根筋をゆく。清正は旗本勢の指揮官に命じた。

「一番手は心もとなし。敗《ま》けて押し返されたときは、旗本勢は左手から横すじかいに槍を入れよ。わしはいまより一番手に乗りこむほどにのん」

清正は十騎ほどの近習と百人余りの足軽を率い、一番手と同行した。

予想したように、木山勢の反撃はものすごく、雨のように矢を射かけられた一番手は、死傷者が続出して、幟を立てることもできず、逃げ下りてくる。清正は叱咤した。

「舞台のうえでのはたらきなれば、臆病心なくして押しのぼれ」

だがわれがちに逃げる軍兵は、清正の声に踏みとどまる余裕もなく、坂道を転げ落ちるように逃げてゆく。

清正は敗兵のなかに南部無右衛門の姿を見つけ、怒声を浴びせた。

「こりゃ、無右衛門。なにをいたすか。前夜の高言を忘れたか。返せ、返せ」

無右衛門は清正の声にはっとわれにかえり、槍をとりなおす。

彼は一番手の岡田善右衛門が深手を負い、家来に助けられ退却しようとして、三十人ほどの敵に囲まれているのを見ると、槍をふるって突っこんでゆく。無右衛門は敵を二度追い返したが、三度めに力つきて逃げ帰ってきた。

「なさけなきさまを見せおるだぎゃ。恥を知れ」

清正は敵中へ突っこみ、たちまち槍先に二人を倒した。近習たちも敵を突き伏せ、打ち倒し、乱闘をつづけているとき、弓に矢をつがえた五、六人の敵兵が、山を駆け下りてきた。

先頭に立ち、大声で指図をしている侍が、清正の銀の九本馬藺《ばりん》の馬標《うまじるし》を見て、声をかけてきた。

「これは御大将清正殿ではなきか。それがしは木山弾正なり。一矢参らそう」

清正は、とっさに答えた。

「大将の勝負に飛び道具をつかうかや。太刀打ちをいたせ」

いいながら片鎌槍を投げすてた。

「こころえたぞ」

弾正は弓を捨てたが、清正は一瞬に槍を拾って構えた。

「おのれ、だましおったか」

弾正は歯ぎしりして太刀を抜いたが、清正は弾正の太腿を槍先でつらぬき、そのまま谷間へ投げ落す。弾正は寄せ手の侍にたちまち首をとられた。

怒り狂った木山勢が押し寄せてきて、清正は危うかったが、旗本勢が横槍を入れてきたので助かった。木山勢はたちまち敗北した。

敵の首級四百六十三をとり、味方の討死は侍九十一人、足軽二百七十九人、天正十七年十一月五日、辰の刻から午《うま》の下刻（午後一時）までの激戦であった。

志岐城主麟泉入道は清正の陣所へ使者を送り、降伏を申し出たので、清正は行長と相談のうえ、退去を許した。

清正は武人として、生死を問わない進退を自分に課する判断規準をさだめていたようである。豊臣政権ではたらくうえは、秀吉の命令によって、危険のただなかに身を投じることを当然と考えていた。

ただ死を急がない。全能力を傾けて敵を倒し、できるだけ生きのびてゆく。志岐攻めの戦場で木山弾正と遭遇したとき、彼が手にする弓矢を見た清正は、矢を射られたときは、まず命はないと直感したので、太刀打ちをしようと呼びかけ、槍を捨てた。

木山は無双の勇者といわれる清正にそういわれたので、つい誘いに応じて敗《ま》けてしまった。清正の行為は、武者道にそむいたものではなかった。木山は清正を殺そうと思えば、眼前にいる敵を問答無用で射倒さなければならなかった。

そのような甘さを、清正は士道不覚悟と見ていた。彼は秀吉への忠誠と武士の進退に命をかけていた。

小西行長には、利をいとなむことを望む商人の血が父祖から伝わっている。秀吉が敵を討ち滅ぼせと命じても、彼は死の危険のある実戦の場に身を置くことはなかった。

志岐城攻めに最初に送った三千人の討伐隊がひとりも帰ってこなかったとき、行長は天草という辺境には魔物のような蛮族がいると恐怖した。

そのため清正と有馬ら北九州の諸大名に応援を求めるとともに、志岐麟泉と血縁のある有馬を通じ、講和しようとした。行長は自ら戦場に出て敵と刀刃を交えるのは、自分にふさわしくない軽率な行動であると思っていたのである。

清正は狂暴な性格ではなかった。家来に些細な失策があると、その場で手討ちをするのが常であった井伊直政、福島正則とはまったく違った。家来が戦場で卑怯なふるまいをしたときは、追い払うのみである。

志岐城攻めにあたり、押し寄せてゆく城山の頂上から岩が転げ落ちてきても退かないと高言した南部無右衛門が、戦いがすむと清正の帷幄《いあく》に戻ってきた。清正はその姿を見て、大声で聞いた。

「そこにいたるは何者でや」

幕僚のひとりが告げた。

「南部無右衛門にござりまする」

清正は髯をふるわせていった。

「いやいや無右衛門は、いまここへくるはずがあろうはずはないでやな。もし無右衛門ならば、そやつは幽霊だで。この清正は、幽霊を召し抱えおくわけには参らぬ。これより地獄へなりとも極楽へなりともいけばよからあず」

無右衛門はいたたまれず、陣中から去っていった。


賤ヶ岳合戦ののち五千石を与えられた福島市松は、天正十二年三月、北畠（織田）信雄・徳川家康と秀吉が戦った小牧・長久手で奮戦し、翌十三年には紀伊根来《ねごろ》、雑賀《さいか》鉄砲衆征伐にも手柄をたてた。

この年七月、秀吉が関白宣下《せんげ》をうけるための参内《さんだい》のとき、儀式に参じるため従う十二人の諸大夫《しょだいふ》の役を与えられた市松は、こののち福島左衛門大夫正則と称するようになった。

彼は二ヵ月後に播磨《はりま》国揖東《いっとう》郡龍野城主となったが、天正十五年六月、九州征伐ののち、伊予国宇摩《うま》、新居《にい》、周敷《しゅうふ》、越智《おち》、桑村五郡十一万三千二百石を与えられ、さらに秀吉蔵入地《くらいりち》九万石の代官を命ぜられた。

このように順調な出世をつづけている正則であるが、清正のような人気が乏しかった。

正則は狂暴である。

清正は南部無右衛門のような卑怯なふるまいをした家来をも処罰せず、追放するにとどめたが、正則はわずかな過失を犯した家来を見ると、ためらうことなく斬りすてた。そのため彼の家中には暗いかげりがわだかまっていた。

天草合戦

志岐城より東方五里（約二十キロ）のところに、本渡城がある。天正十七年（一五八九）十一月二十日、清正は小西、有馬、五島、大村、平戸の軍勢とともに押し寄せた。本渡城は志岐城と同様に、海にのぞんだ要塞であった。

城の二方は清正、一方は小西、一方は西国大名の援軍がうけもち、二十一日から二十四日まで、銃弾を竹把《ちくは》で避けつつ総攻めをおこなった。小西と他の大名勢は、城兵の猛烈な銃撃にひるみ、たやすく前進できないが、加藤勢は死傷者が続出するのをひるまず、攻めつづけ、二十四日の夜には城の堀際二、三間のところまで押し寄せた。

たがいに激しい銃撃を交し、清正旗本の侍たちがあいついで戦死した。深夜に清正は行長ら味方の陣営へ使者をつかわした。

「われらは明二十五日辰《たつ》の刻（午前八時）、本渡の城を乗っ取るべし」

清正は総攻撃の朝、敵陣を見下ろす井楼《せいろう》に昇り、大声で「かかれ、かかれ」と命じ、法螺貝《ほらがい》を吹き鳴らす。

加藤勢の損害をかえりみない正面攻撃がはじまった。清正は先手の兵とともに、数百挺《ちょう》の鉄砲射撃で城兵がひるんだ隙に、二の丸へ乗りこむ。敵味方の屍体がうずたかく積みかさなるなかに立ちはだかった清正は、銃弾が耳もとをかすめるのをものともせず、下知《げち》した。

「このいきおいを抜かせてはならぬだぎゃ。まっすぐ本丸へ乗りこめ」

将士は奮いたち、えい、えいとかけ声をあげつつ、押し寄せてゆく。

城主天草伊豆守は、進退きわまって妻子を刺し殺し、切腹した。

城方の戦死者は七百三十余人、加藤勢の戦死者は五百七人。本渡城は半日のうちに陥落したが、実際はすさまじい激戦であった。

本渡落城の前夜、加藤勢が翌朝の攻撃にそなえ、城の堀際まで押し寄せていたとき、突然闇中に物音がして、おびただしい数の獣が啼《な》きさわぎ、迫ってきた。

「夜討ちじゃ、城方がきたぞ」

味方の兵はあわてて具足をつけ、槍をとって立ちむかったが、怪我をした者も出た。だが、襲ってきたのは敵兵ではなく、よく見れば狐狸《こり》あるいは城中で飼われていた犬や鶏であった。ふしぎに思った将士は、清正に注進した。

清正はすこしもおどろかず、家来たちにいい聞かせた。

「それはよくあることでうにさ。落城の兆《きざし》やぞよ。明日はかならず勝ち戦でやな」

清正は城が落ちるまえに、城内の禽獣《きんじゅう》が危険を察知して逃げる前例を知らなかったが、知っているふりをして部下の士気をたかめたのである。

清正は戦場で片鎌槍をふるい、敵にむかうとき、「えい、えい」と気合をかけ、飛びまわり突きまわりするうち、口から血のあぶくを吹きだすことがあった。

天草の合戦でも、まっかなあぶくをだし、髯からぶらさがり、紅の花が付いているようであった。清正は戦うとき、歯噛みをする癖があり、その音がからからと聞えるほどで、歯茎から血がしみ出たのである。

清正が戦いのあと、本陣へ引き揚げ、戦勝の酒宴をひらくと、家老、物頭《ものがしら》たちが挨拶した。

「このたびは、さてもご無用のご加勢をあそばされ、一大事となりかねぬ形勢なりしが、まずもってご強運のほど、恐悦と存じ奉りまする」

小西ごときに加勢して、家中の士に多数の損害を出したことについての、皮肉まじりの挨拶に、清正も内心の鬱懐《うっかい》を吐きだした。

「われらが手下《てか》に、弁慶のごとき者あらば、わしがはたらくまでもなかりしでやな」

その言葉を聞き、腹をたてた森本儀太夫という豪侠の侍がいた。

彼はある事件によって清正に疎まれ、遠ざけられていたが、城攻めにひそかに加わっていた。

彼は立ちあがると、自分のあげた敵の首級のひとつをとり、「殿、見たか」といい、清正の前に置いた。

清正は首級を見ることもなかった。儀太夫はまたひとつ首級をさし出し、「殿、見たか」という。清正は横をむいたままでいた。

儀太夫はまたひとつをさしだしていった。

「殿、これを見ずば、腹切って見せうぞ」

清正は笑いながら、大声で答えた。

「見た、見た。でかした」

儀太夫はそれでも憤懣《ふんまん》をこらえかね、清正を罵った。

「弁慶がようなる家来はござれども、義経がようなる主人がおりませぬぞ」

清正は返事をしなかったが、酒宴になって盃をかさねるうち、本心を家来たちに明かした。

「わしが日頃兵を養うのは、石田三成めと一戦を遂げ、思い知らさんがためだがや。三成が出過ぎたるふるまいは見過ごせぬ。こんどの天草合戦は、小西を助けんがためではない。深いわけがあっつら。のちには天草もわがものにいたすつもりだがや。このわけはひとに申すでないぞ」

清正は美髯《びぜん》をひねりあげ、笑みをあらわした。

清正の槍術は、戦場往来のあいだに自然に身につけたものではなかった。奈良興福寺の宝蔵院胤栄《いんえい》覚禅坊の十文字鎌槍の術を習熟したもので、清正が覚禅坊に捧げた神文が、のちに残されているという。

清正は十二月二日に隈本を出立して大坂城で、秀吉に謁した。

「おのしは、天草の一揆退治に武辺をあらわせしでやな。その様子を子細に語ってくれんか」

清正は志岐、本渡両城を攻め落した激戦の模様を、くわしく語り、家来たちの手柄もわがことのようによろこんで伝えた。

秀吉は清正の表裏のない性格を愛していたので、その場で腰に差していた左文字の脇差を清正に与えた。

また清正が家来の森本儀太夫、飯田覚兵衛、庄林隼人の抜群のはたらきを披露したので、秀吉は、黒、白、白黒まじりの鳥毛飾りのついた槍三本を与えることにした。

「黒きは森本、白きは飯田、白黒まじりしは庄林に取らせよ。この鳥毛を戦場にての目印にいたさばよかろうでやな」

秀吉はこのとき、高麗へ出兵する機が近づいているので、そのために兵を養い、渡海船をできるだけ多く建造するよう命じた。

清正が豊臣政権の筆頭奉行であった石田三成と、いずれはかならず一戦を遂げねばならないと、激しい敵意を家来たちに告げたのは、小西行長の領国との境い目の認定につき、石田の裁断が常に清正に不利であったためである。彼は秀吉が亡くなったのち、三成が豊臣政権をわがものとしかねないと見ていた。

石田三成は天正十三年（一五八五）、秀吉が関白に就任したとき、従五位下治部少輔《しょうゆう》に叙任された。経理の才に長じた吏僚として、秀吉に信頼されていたのである。

三成は天正十四年（一五八六）から天正十六年（一五八八）末まで堺奉行を兼任した。

秀吉は天正十六年七月、刀狩令と海賊停止令《ちょうじれい》を発布した。

海賊停止令によって、諸国の船頭、漁師ら舟を使い生活する者を、領主が呼び集め、海賊行為をしないという連判状に誓約させる。領主はそれを国主大名にさしだすことになった。

国主大名が取りあつめた連判状に名を記した海上生活者が海賊となったときは、国主は責任をとらされ、領国を没収される。

連判状の写しを全国から取り寄せると、すべての海上生活者の情況が把握され、豊臣政権が完全に支配できる。

海上交易管理の役にあたるのは、石田三成と小西立佐《りゅうさ》であった。彼らはおびただしい起請文《きしようもん》によって、帳簿をこしらえ、すべての人名を記入した。

豊臣政権は、十万、二十万、さらにそのうえの大兵力を動員する作戦をおこなう計画を、前途にひかえていた。また、イエズス会が管理する生糸貿易を独占するためにも、海運を支配下に置く必要があった。

天正十六年に、秀吉は長崎を直轄領として、鍋島直茂を代官に任命して、マカオ、長崎間を往来するポルトガル船との貿易を振興しようとした。

貿易にたずさわる地元商人には、すべての税を免除した。

天正十六年末に、秀吉は小西立佐に銀二千枚を預け、長崎へ出向かせ、黒船（ポルトガル船）が積んできた生糸を買いしめさせた。

翌年、黒船が薩摩片浦に入港した。

莫大な量の生糸を船載していると報告が届いたので、秀吉は石田三成に二万枚の銀を預け、そのすべてを買いあげさせた。

銀一枚は十両大判で、現代の時価にするとおよそ六百万円である。

豊臣政権は生糸のほか、鉛、煙硝、水銀などについても独占した。

石田三成は、金山、銀山の大開発がつづく豊臣政権の中枢にいて、さらに百姓への収奪を強化するため、田畑の検地を徹底しておこなっていた。

石田と小西立佐は、政権の財政にふかくかかわっている有能な吏僚である。立佐の息子の行長が、領地の境界につき清正と争えば、三成は巧みに行長に助言し、清正を不利に導く。

清正はそのため石田を憎んだが、復讐の機会がいつめぐってくるのか、見当もつかなかった。

天正十八年（一五九〇）三月一日、秀吉は北条氏政、氏直父子のたてこもる、小田原城攻めに出発した。北条氏は関東三百万石の大領主で、小田原城は周囲五里（約二十キロ）という前代未聞の巨大な城郭であった。

外曲輪《そとくるわ》があまりに広いので、攻城の軍勢が銃砲を放っても塀に届かない。関東一円に支城が五十三あった。

北条方の兵力は、総勢二十三万人になる。このため秀吉は攻囲の兵を二十二万人動員した。

清正はこの戦いに参加しなかった。九州の治安にあたっていたのである。彼は秀吉在陣中、しばしば使者を小田原まで陣中見舞におもむかせ、秀吉が凱旋してくるとき、隈本から三河岡崎まで出迎えにいった。

清正は岡崎から中村まで九里（約三十六キロ）のあいだ、秀吉の駕籠脇につきそって歩き、故郷の中村に一泊をすすめた。

「ここは殿下のご在所なれば、久しかぶりじゃに一夜のお泊り賜れば、このうえのほまれはなしと、中村の者どもが申しおりまするに」

「よからあず。泊るだわ」

秀吉はよろこんで地元に一泊し、故郷の住人たちに、永代千石の領地を与えた。

清正は戦場では万余の兵を駆使して戦うとき、きわめて有能な指揮官であったが、秀吉の部下として、きわめてこまやかな心くばりをしている。秀吉に信頼され、二十五万石の所領を持つ大名としての地位がゆるがないように、望む気持もつよかったにちがいない。

清正は危険を怖れず、戦場往来に際し豪胆な進退をするが、秀吉には柔順であった。槍一筋でなりあがった男ではないので、破天荒のふるまいをする野性を見せなかった。豊臣政権の枠のなかで、秀吉に命を捧げてもいいと思っている、表裏のない謹直な性格であった。幼時に父を亡《うしな》ったので、秀吉を父のように慕っていたのである。

清正にとって、三成や行長は秀吉の身辺にあって、主君に媚び、権勢の一端にあずかろうとする、狐狸のたぐいであった。二人はともに口が達者で、日本全土を支配する大政権には欠かすことのできない有能な吏僚である。

清正は戦場で斬人を重ねているが、人を殺すのは、天下安寧の秩序を保つための義務だと心得ているので、顔に荒廃の相が浮かんでこない。領民に接するとき、彼は決して理の通らないおこないをしなかった。

目下の者が誤ちを犯すと、よほど深刻なことでないかぎり、叱り置く程度にとどめ、手討ちなどはしたことがなかった。年貢取りたてについても、無理強いにいうことを聞かせる非道をしない。

それで肥後では熊本県と呼ばれる現代に至っても清正公の評判が至っていい。村芝居では、演《だ》しものが何の関係もない内容であっても、幕合いに、金銀まばゆい具足に銀の長烏帽子《えぼし》をかぶった清正が片鎌槍をついてあらわれ、髯をふるわせ大声でせりふをいう。

「何のことはなけれども、あらわれいでし加藤清正」

観客は清正を見ると、どっとよろこび歓声をあげるのである。

朝鮮出兵

秀吉は朝鮮に出兵し、明国を征服しようという大作戦を敢行した。文禄元年（一五九二）四月に文禄の役をおこし、慶長元年（一五九六）に和議交渉をしたが成立せず、慶長二年（一五九七）正月から慶長の役がはじまり慶長三年（一五九八）八月に秀吉が亡くなって、ようやく朝鮮在陣の諸将は年末までに日本へ引き揚げた。

日本戦史のなかで、きわめて大規模な七年間にわたる海外作戦である。

秀吉は天正十四年（一五八六）に、対馬島主宗義調《そうよししげ》に、翌年の九州征伐の際に朝鮮へ出兵するので、先導するよう命じていた。秀吉は二十万の大軍団を率い、天正十五年（一五八七）五月に、鹿児島川内《せんだい》の本陣にいた。

宗義調は川内へ使者をつかわし、朝鮮出兵の延期を頼んだ。宗氏は、朝鮮貿易に依存し、朝鮮国王から「対馬島主」の辞令を受けていた。彼が朝鮮へ派兵するなどは、思いもよらなかった。

秀吉は義調に命じた。

「兵を出すのを待てと申すなら、国王を日本の内裏《だいり》（朝廷）へ出仕いたさせよ。出仕申さぬにおいては、唐国《からくに》までを手にいれてつかわすだわ」

宗の家来が朝鮮政府にかけあったが、もとより相手にされず、秀吉の憤怒をうけ、誅殺された。義調は病《やまい》を発し、その年のうちに亡くなった。

義調の子義智《よしとし》は、天正十六年（一五八八）十二月、朝鮮に使者派遣を懇請した。

朝鮮国王は、秀吉の要求を無視するわけにもゆかなくなり、使者を派遣する条件を提示した。

「倭寇《わこう》とともに朝鮮沿岸を荒らしまわっている、わが国の叛逆者沙河洞を捕え、送ってほしい」

秀吉は沙河洞を捕え、倭寇の首級をいくつか添えて送り、捕虜とされていた朝鮮人百六十八人を送り返してやった。

宗義智は、それでも朝鮮国王に朝貢をうながす勇気がないので、朝鮮通信使の前例を用いることにした。室町期に、足利幕府から日本国王使を派遣すると、朝鮮国王は答礼のため、通信使に図書を持たせ派遣してきた。

天正十八年（一五九〇）十一月七日、秀吉は京都聚楽第《じゅらくだい》で朝鮮通信使を迎えた。

宗義智は、彼と同様に朝鮮貿易で巨利を博している小西行長と相談し、通信使を朝鮮国王の朝貢をもたらした使者であると、秀吉に偽って告げた。

通信使は朝鮮国王の署名のある国書を、莫大な進物とともにさしだした。国書の内容は、秀吉が日本全土を統一したことを祝い、こののち朝鮮と友好を保ってくれることを望む、というものである。

小西行長、宗義智らが国書の内容をまげて解釈し、朝鮮国王が服属を希望していると説明したため、秀吉は満足した。

波瀾は前途にひかえていた。小西、宗らはその場のがれの才智をはたらかせただけであった。

秀吉は旧主信長が日本全土を平定したのち、大艦隊を編成して明国を征服する計画を抱いていたので、その遺志を実現しようとした。彼は居間に大地球儀、世界屏風図を置き、常に眺めている。

倭寇の頭目たちと、九州五島にいた明の大海賊王直の残党を呼び寄せ、明国四百余州の様子を聞きとっていた。

明国は国中を五つにわけ、それぞれ都督府を置き、兵数は三百万を超えるが、国土が広大で、いたるところに叛徒が横行しているので、ただちに動かせる兵は五十万であるという。

明国の人々が倭寇を虎のように怖れている事情も知った。

天正十九年（一五九一）八月、秀吉は諸大名に唐入《からい》り（明国遠征）を命じた。

唐入りの根拠地は、博多の西方二十里（約八十キロ）の肥前名護屋に築城するときめ、黒田長政、小西行長、加藤清正に普請を下命した。

名護屋から潮流に乗り、壱岐、対馬を辿《たど》ってゆけば、朝鮮への渡海がきわめて便利であった。

小西行長はかねて秀吉の意向に従い、娘マリアを宗義智にめとらせていた。義智はマリアのみちびきにより、内密に受洗してキリシタンとなっていた。行長も洗礼名アゴスチニョと呼ばれるキリシタンである。

二人は現地の情報をくわしく秀吉に知らせ、遠征軍の先手になりたいと希望し、秀吉は承知した。

行長たちは、朝鮮軍との衝突をできるだけ避け、降伏する者は殺傷しないつもりでいたので、全軍の先手をつとめようとしたのである。

小西軍は、小西行長、宗義智、松浦鎮信《しげのぶ》、有馬晴信、大村喜前《よしあき》、五島純玄《すみはる》ら一万八千七百人で、文禄元年（一五九二）四月十三日に釜山に上陸した。

小西軍は、抵抗する敵はやむなく撃破し北上して、四月二十日には早くも大邱《テグ》に至った。

加藤清正は、鍋島直茂とともに二番隊二万二千八百人を率い、四月十七日に釜山に上陸した。黒田長政の三番隊一万一千人もこれにつづく。

さらに十九日に小早川隆景らの七番隊一万五千七百人、八番隊毛利輝元三万人が、あいついで到着した。

清正は朝鮮に上陸してのち、文禄、慶長の役を戦いぬいた。途中に明国使者との和議交渉があり、清正は和議に反対してさまざまの妨害をしたと、小西行長、石田三成らに讒言《ざんげん》され、日本へ呼び戻されたが、疑いがはれると、いちはやく戦場に戻った。

清正は自分を大名の座につかせてくれた秀吉にひたすら忠節をつくした。明・朝鮮連合軍に「鬼上官《きじようかん》」と呼ばれたほど、戦場での獰猛なはたらきを怖れられたが、率いる軍勢には、住民への掠奪暴行を厳禁したので、彼の占領した地域は、民情がきわめて安定していた。

清正の朝鮮における武功は数多いが、文禄の役でもっとも大きな手柄は、朝鮮国王宣祖《ソンジョ》の二王子、臨海君《イムヘグン》、順和君《スンファグン》を捕えたことであった。

清正は鍋島直茂とともに二万余の軍勢を指揮して、六月中旬には咸鏡道に入り、永興を通過するとき、道端に立て札があった。

「宣祖の二王子、臨海君、順和君がここを通過して、北へむかった」

鍋島直茂は立て札の文字を信用しなかった。

「これは地元の百姓どもが、われらを死地へおびきよせる策略かも知れぬ。しばらく永興に足をとどめ、形勢をうかがおうではないか」

清正は単独でおよそ八千の肥後衆を率い、さらに北上していった。

加藤勢は途中で勇猛をもって知られる、咸鏡道六鎮の兵と戦い、撃破して七月二十三日に会寧に入った。このとき会寧府の役人が叛乱をおこし、二王子と侍臣たちを捕え、清正に引き渡した。その役人はかつて宣祖の身辺に仕える文臣であったが、配流されて会寧にいたのである。

会寧は、朝鮮朝廷の高官であった人々が、罪を得て流されてくる土地であった。

清正は二王子と随行の高官、女官ら二百余人が、すべて首枷《くびかせ》をつけられているのを見ておどろき、ただちに外させ、丁重《ていちょう》に扱った。

家来たちには、厳命した。

「女官の身に手を触れてはならぬだぎゃ。顔を見てもならぬ。わしのいう通りにいたさぬ者は、撫《な》で斬りといたすべし」

清正の戦場での行装はいかめしいものであった。

全軍の先頭に、秀吉から拝領の「南無妙法蓮華経」の旗を押し立て、鉄砲衆五百人を先手に進める。清正は金の蛇の目のついた溜塗《ためぬり》の具足に身をかため、九本馬藺《ばりん》の馬標《うまじるし》をうしろに立てていた。陣所に到着して腰につけた緋緞子《ひどんす》の袋をはずし畳へ投げいれると、重たげな響《ひびき》を立てた。その目方におどろかない者はなかった。中身は米三升、干味噌、銀銭三百であった。

清正は率直な人柄で、秀吉の命令にそむくおこないは、一切しなかった。彼が出征の途中で慶長元年四月、秀吉から日本への帰国命令をうけたのは、さきに帰っていた小西行長に讒言されたためであった。

行長が明国と和議をむすぶため、秀吉に条項の内容をゆがめて報告しようとすると、それを知った清正が強硬に反対する。戦局の全般を見れば、行長の行動はこのうえの無益な戦による損耗《そんもう》を避けるために、適切なものであったともいえる。

だが清正は、出兵した諸大名の士卒を、甚大な損耗をかさねたあげく、何の得るところもなく朝鮮から撤退させるに忍びない。

行長らが明国側とすすめている和議の内容は、秀吉が明国皇帝から日本国王に封ずという冊封《さくほう》をうけてのち、明国との交易を許されるというもので、秀吉にうけいれられるものではなかった。

清正は主君をないがしろにする専横な行動をとったと三成と行長に讒言され、伏見の屋敷へ戻り、秀吉から切腹の命を受けるかも知れない危険な状況のうちに身を置くことになった。秀吉は清正が表裏のない性格であるのを知っていたが、朝鮮で「鬼上官」といわれるほど武名があがったので、増長しているのだろうと誤解していた。

清正は文禄二年（一五九三）夏からはじめた明国との講和交渉で、小西行長と対立した。行長は明国との戦を早期に終結させるため、秀吉とその側近が漢文を読解できないのをよしとして、対等の和睦ではなく、日本が明に帰服する形で交渉をすすめようとした。

石田三成は、日本軍が陸上戦闘では連戦連勝するが、海戦では潮流の動きをくわしく知っている李舜臣ら提督の指揮する朝鮮海軍に撃破され、補給がままならなくなっているので、このうえ長期戦に持ちこまれたときは、不利と見ていた。

それで行長に秀吉をだましてでも講和を成立させよと、すすめた。

清正が行長らの交渉が欺瞞《ぎまん》に満ちたものであると察し、妨害しようとしたので、行長は清正の行動につき、帰国して秀吉に讒言をしたのである。

行長は肥後宇土城主二十四万石の身代で、肥後熊本城主二十五万石の清正と、肥後全土を折半している大名である。

彼らはともに天正二十年（一五九二）四月なかばに朝鮮釜山港に上陸し、文禄二年二月頃には各地に転戦し、甚大な損害をうけていた。

清正の部隊は一万人で出兵したが、そのときには五千四百九十人、行長隊は一万一千人が六千六百余人に激減したという記録がある。

　行長はこのうえ無益な侵略戦を一日も早く停止させ、講和談判をすすめたい。そのためには邪魔者の清正を排除しなければならなかったので秀吉に讒訴《ざんそ》した。

「清正は上さまのお許しを得ざるままに豊臣姓を名乗っており、明国へつかわす書きつけに豊臣清正と記しております。さてまた、このたび和議のため上洛いたす明国冊封正使李宗城が釜山に来着するうち、清正の家老三宅角左衛門の足軽に、財貨を奪われしことがござりました」

「それはまことかや。あやつはさほどまでに思いあがりしか」

　その結果、清正は文禄五年（一五九六）四月に帰国させられ、秀吉に事情を告げることもできない閉居の身上になった。だが、強運が彼に味方した。

　明国正使楊方亨が同年閏《うるう》七月一日に海路をとり堺湊に到着した。堺で朝鮮通信使と待ちあわせ、大坂城で九月一日に秀吉と接見するのであったが、閏七月十三日丑《うし》の刻（午前二時）に大地震がおこった。

　伏見城は諸門御殿が倒壊あるいは大破し、天守も完全に崩れた。殿中にいた上臈《じょうろう》女房七十三人、仲居女中五百余人が建物の下敷になって死亡した。

伏見の徳川家康、前田利家の屋敷も潰れた。秀吉は無事で、秀頼とともに庭前の仮屋《かりや》に移ったとき、清正が二百人の足軽を率い、駆けつけてきた。

秀吉は清正の登城を許していなかったが、非常時に際し足軽たちに金梃《かなてこ》を担がせいちはやく駆けつけた彼に、目通りをさせた。

秀吉は清正の正直な性格を、児童のときから知っていた。清正の生まれた尾張中村の実家は、秀吉の実家の隣で血縁がある。秀吉は常にいっていた。

「あやつは人をだますことはできぬが、かたくなで、これと存じたことを押し通すきらいがあるだわなん。あの通り相撲取りにもまさる大男で、力にまかせ暴勇に走るきらいがあるのが疵《きず》でやな」

秀吉はその場で伏見城中門の警固を命じた。不審な人物が登城してくれば、清正は斬り伏せるつもりであった。

余震がつづき、建物の屋根から瓦がなだれ落ちるなか、足軽たちは登城してくる人影に槍をつきつけ、大声で問いかける。

「そこへ参るは何者じゃ。名を申せ」

前田利家以下の大名たちが、秀吉を気づかい続々と登城してきた。

石田三成が登城したとき、清正は供先の侍に聞いた。

「その輿には治部少輔《しょうゆう》殿が乗っておらるかのん」

「仰せのごとくにござりまする」

清正は激しい語調で告げた。

「治部少輔殿は万事に疎漏なき、豊臣家の台所を預る奉行でやあらあず。その仁がいま頃おわすはずがなかろうでや。その輿に乗るは、石田が名をかたる狼藉者《ろうぜきもの》にちがいなし。ここを通すことはならぬだわ」

「なにゆえ通されぬ。加藤さまのお言葉なれども、聞き捨てなりませぬぞ」

「ほう、なんといたす。槍先の勝負にて押し通るとでも申すかや」

石田三成は騒ぎを知った秀吉の小姓がきてとりなすまで、中門をくぐれなかった。

清正は秀吉とのあいだに、三成がさえぎることのできない、深い理解のきずなを通じあっていたので、地震の非常時に際し、たがいの本心に変化のない事実を、瞬間に察したのであった。

慶長元年九月一日、明の日本国王冊封使《さくほうし》に朝鮮通信使がつきそい、大坂城で秀吉に謁見したとき、明皇帝の誥勅《こうちょく》、詔書を、相国寺《しょうこくじ》の西笑承兌《さいしょうしょうたい》らが朗読した。

秀吉は明の日本国王冊封使、楊方亨に会い、講和をおおいによろこんだ。彼は明国皇帝から贈られた金印をうけとり、日本国王の冕服《べんぷく》を身につけ、万歳を三唱した。

だが翌九月二日、事態は急変した。秀吉はすでに清正の注進によって実状をすべて知っていたのである。

大坂城中でひらかれた盛大な饗宴ののち、秀吉は相国寺の西笑承兌ら京都五山僧侶を呼び、睨《にら》みすえて命じた。

「そのほうらは、昨日わしに読みきかせし明の冊書を、ここにてあらためて読め。いつわりを申さば、九族斬戮《ざんりく》いたすゆえ覚悟いたすべし」

承兌は、太閤の気にさわる文言は読まないでほしいと小西行長に頼まれていたが、いまとなっては、約束を守れば即座に殺される。秀吉は明国から謝罪をうけ、講和をするつもりで、朝鮮四道（京畿、忠清、全羅、慶尚）の割譲をうけ、明国皇女を分妃として迎え、対明貿易を復活させる。さらに朝鮮王子と大臣一両人を人質として求めることを条件としていた。

このような内容は、冊書には記されていない。「特になんじを封じて日本国王となす」という文言を聞いた秀吉は、怒って冊書をつかみとり投げつけた。

秀吉は、小西行長、石田三成らが停戦を急ぐあまり、内容のまったく違う条件で冊封をうけいれたことを知った。

和議がやぶれたのち、秀吉は九州、中国、四国の大小名に、朝鮮へ再出兵の命を下した。渡海をはじめるのは慶長二年（一五九七）二月とした。

小西行長は、太閤の怒りをうけ処断される危機にのぞんだが、石田三成ら三奉行のとりなしで窮地を脱し、いちはやく朝鮮の戦場へ戻った。

清正は文禄五年（一五九六）閏七月のうちに、伏見から隈本《くまもと》の家老たちへ書状を送り、長崎で年貢の麦を売りはらい、その代金によって、ポルトガル商人から鉛を購入せよと命じた。

清正が閏七月に、鉛購入の手配をしたのは、行長らの詭計《きけい》を察知しており、その事実を秀吉にひそかに知らせていたためである。秀吉は清正に再度出兵の支度をととのえるよう命じ、行長らには何事も気づかないふりをしていたのである。

清正は大軍勢を率いる武将としての才能をそなえているとともに、秀吉の耳目となる吏僚の感覚もするどかった。

彼は慶長二年正月十三日に蔚山《ウルサン》湾の湾口部にある西生浦城に、一万人の兵を率い着陣した。再征軍は総数十四万四千五百人であった。

清正の軍勢は戦場で激しく吹きすさぶ烈風に耐えるため、戦火で家を失った住民たちが暮らしていた土穴に入って寝た。昼間は終日、風砂のなかに立ち、夜は穴のなかで眠る生活を送るうち、軍兵は日が暮れると視力が衰える鳥目《とりめ》になった。

住民たちは鳥目に苦しむ軍兵たちに教えた。

「鳶《とび》を食えば、眼が見えるようになります。射落して試してみなさい」

いわれる通り、矢で射落した鳶を焼いて食うと、鳥目が治った。加藤勢は軍律が正しかったので、地元の住民に好意を抱かれていた。

軍兵たちは毎日鉄砲で鳶を撃ち落して食ったため、付近の空に鳶がいなくなってしまった。脚気《かっけ》に罹《かか》る兵も数多く、十人のうち九人までが死ぬといわれた。原因は地元の悪水を飲むためであった。

清正は築城の名人である。彼は水軍の根拠地の諸城の修築に忙殺されていた。

漢陽に在陣していた明提督麻貴は、十一月下旬、遼東からきた総督邢玠《ケイカイ》と日本軍撃滅の策を練った。

「釜山は日本全軍の本拠であるが、大兵力が在陣し、地形も防禦《ぼうぎょ》に適しているので、強攻しても陥落させるのはむずかしい。それよりも、まず蔚山を陥れ、釜山へ迫るほうがよかろう」

蔚山は西生浦城の北東六里（約二十四キロ）、蔚山湾の内奥にある。清正は十月中旬から蔚山城の普請を監督していた。城は蔚山から十数町はなれた平坦地にある小さな島山に建てる。

普請にとりかかる人数は、加藤安政、九鬼広隆の兵三千人、浅野長慶（幸長《よしなが》）の兵三千人、毛利秀元の兵一万人である。

本丸は高さ約三十間（約五十四・五メートル）、東西約一町（約百九メートル）、南北約半町（約五十四・五メートル）である。二の丸は本丸の北側で、東西一町、南北一町である。三の丸は二の丸の西北で、東西二十間ほど、南北一町。

石垣の高さは七間半（約十三・六メートル）から九間（約十六・四メートル）であった。

城中の十二ヵ所に矢倉を置き、東、北、西に土手をめぐらし、本柵をつらねた。南方は太和江《テファガン》に接し、船舶が蔚山湾から城内の船入りへ着船できるようにしていた。

普請奉行の役をつとめる軍監太田一吉《かずよし》に従う医僧慶念《けいねん》は、『朝鮮日々記』と題した日記に、蔚山城の昼夜兼行の突貫工事についてしるしている。

「十一月十一日。

右も左も鍛冶と大工の金槌と手斧の音がすさまじく、寝ることもできない。鉄砲衆、幟の衆、足軽、母衣《ほろ》侍、人足船子に至るまで、朝霧をはらいつつ山に登って材木をとり、日が暮れはて星がかがやく頃に戻ってくる。

仕事がはかどらないと、指図役に鞭うたれ、帰りがおそくなり忍び寄ってくる敵に殺されることもある。はたらきの鈍い者は首を斬られ、辻にさらしものになる。足軽、人足たちはそれを見て命惜しさに力をふりしぼり、仕事に精を出すのである。

山へ登り、細い材木を採ってくると、重い材木を切りだしてこいと、山へ追いあげられる。

はたらきのすくない人足たちが、牢で水を飲まされる水責めにあわされ、針金で首を縛られ、まっかに焼いた鉄片を顔に押しつけられ、泣き叫ぶ様子を見ては胆をつぶした」

日本軍が狂気のように普請を急いだのは、漢陽に明国大部隊が集結しており、まもなく蔚山を攻撃してくるとの情報が伝わっていたためである。

明軍が漢陽から南下をはじめたのは、十二月三日であった。明軍総兵力は四万四千八百人。鉄砲一千二百四十挺《ちょう》余。火箭《かせん》十一万八千、火薬六万九千斤、弾丸百七十六万六千斤《きん》をそなえていた。

朝鮮軍は都元帥権慄《クォンユル》が指揮する兵一万二千五百人を作戦に参加させた。兵力合計約五万七千人である。

十二月十九日、全軍は蔚山北方十二、三里の慶州城に到着した。明軍が密偵を派遣すると、蔚山城はまだ未完成で、城内にわずかな番兵がいるだけであるという情況が分った。

明軍は二十一日の朝慶州を出陣し、左協、中協、右協の三軍にわかれ、蔚山を襲うことにした。

彼らは夜半に蔚山北方六里（約二十四キロ）に接近した。

蔚山城普請の主力である毛利勢は、九分通り普請作事をしあげ、正月には清正に城を引き渡すつもりで、兵糧、陣営具のほとんどを船で釜山へ送り返していた。

「唐《から》の者らあがくるのは、早うても来年のことじゃろう。わしらは釜山へ帰りゃええんじゃ」

日本軍将兵は油断していた。

最初に襲われたのは、蔚山城から十四、五町北方に離れたところに陣所を置いていた毛利諸隊であった。

一陣の浅口隊の陣所の将兵は、見張りの絶叫にはね起き、得物を手に走り出ると、雨のような矢玉に薙《な》ぎ倒され、津波のような敵勢に立ちむかうこともできず、二陣の阿曾沼隊のもとへ逃げ走った。

阿曾沼元秀は戦場往来をかさねた武将で、うろたえることなく、部下に叫んだ。

「槍を持ち、まんまるになれ」

だが阿曾沼は怒濤のような敵勢に呑みこまれ、火箭をうけ即死した。

三陣の冷泉《れいぜい》隊を指揮する冷泉元満は五十六歳の老齢であったが、夜着のままで薙刀を持ち、殺到してくる明軍騎兵を、かけ声とともに斬りおとし、十数人を倒してのちに命を落した。

浅口、阿曾沼、冷泉の残兵は、蔚山城へ逃げこむ。軍監太田一吉の陣所も襲われ、五百余人の手兵とともに全滅するところであったが、味方の騎馬侍五十騎ほどが突撃してきて、退路をひらいてくれたので、かろうじて蔚山城へ逃げこむことができた。

毛利諸隊が襲撃されていることを、ほかの大名の陣所では気づいていなかった。

清正の家来加藤清兵衛は、十一人の部下とともに先発隊として蔚山にきていた。

清兵衛は二十二日の明けがたから、味方の陣所で鉄砲の音が激しく鳴りわたるのを聞き、顔をしかめた。

「まだ夜も明けぬに、白鳥を撃ちおるか。騒々しいことじゃ」

近所に大きな沼があり、夜になると白鳥の群れが飛んできて、夜明けがたに餌をあさりに出かけてゆく。

飛びたつところを狙い、鉄砲で撃ち落せば、鳥汁を楽しめる。清兵衛は眠りかけたが、銃声は激しくなるばかりで、地面を震わせる喊声《かんせい》が聞えてくる。

清兵衛は飛びおきて家来に声をかける。

「皆起きて身支度をせい。変事がおこったぞ」

清兵衛たちが、甲冑をつけ、槍を小脇にかかえ陣所を出ようとすると、毛利の軍兵百人ほどが雪を蹴り、薄明のなか駆け寄ってくる。

「何事たい。その見苦しきさまは」

清兵衛は一喝した。

軍兵たちは夜着のままで、はだしで刀槍を手にしている。

おどろいて霧のなかをすかし見ると、まっくろな騎馬兵の集団が、号笛を吹きつつ壁のように近づいてくる。

清兵衛は寡兵が大敵に対するとき、かならずとる戦法を試みようとした。

「円陣じゃ、丸くなって蔚山城へ入ろうたい」

だが効果が通じるような状況ではなかった。明兵の半弓は小さく扱いやすいうえに、弓勢《ゆんぜい》がきわめて強い。

「こりゃ、皆殺しにされようぞ。敵の馬を取って逃げよ。蔚山へいけ」

清兵衛は半弓を射かけてくる敵の狙いをはずし、力まかせに槍で一撃して、宙に飛んで落馬する敵をひと刺しすると、その馬に飛び乗り、鐙《あぶみ》で馬腹を蹴って雪上を疾駆し、かろうじて蔚山城に逃げこんだ。

彼の十一人の家来のうち、敵の馬を奪って逃げ、命を全うできた者は三人であった。

明軍の記録によれば、その朝に日本賊兵の首級四百余をあげ、少将ひとりを生け捕りにしたとある。

浅野長慶、加藤与左衛門、太田一吉らは蔚山城に集結した。味方の陣所はすべて黒煙をあげている。浅野ら数千の日本兵は、まっくろに雪原を埋める数も知れない敵軍のただなかへ、鬨《とき》の声とともに突撃した。

だが敵兵の数は桁がちがった。猛然と押し寄せてくると、圧迫をはねのけるすべがなくなった。日本軍はたちまち陣形を崩し、潰走した。

医僧慶念が従う太田一吉隊も、深田に追いこまれ、死傷者が続出する大損害をこうむった。太和江沿いの蔚山城船溜りには、敗兵を乗船させるため、数隻の関船《せきぶね》が幟を寒風にひるがえし、接岸している。

明軍に追い散らされた日本軍は、蔚山城を包囲している明軍陣地を突破して入城するために、悪戦苦闘を強いられることとなった。殿軍となって明軍に反撃した浅野長慶隊が蔚山城に入ったときは、巳《み》の下刻（午前十一時）を過ぎていた。

死中に活を得た諸隊は、ただちに外曲輪《そとくるわ》の木柵の内側に展開し、乱入してくる敵にそなえるため、こま鼠のように駆けまわった。

外曲輪正面には浅野長慶、北面は宍戸元続と加藤与左衛門、西面は太田一吉、本丸、二、三の丸は加藤安政が布陣した。総勢一万五千余の兵力である。

浅野長慶は、のちに述懐した。

「われらが城に入りしあとを追い、敵がつけ入りしときは、いかに防ぎ戦うとも、合戦とりあいの段取りも立てられぬままに、ひとりもあまさず退治されるよりほかはなかりしだわなん。

唐人らが手際のいまひとつ冴えず、われらを追いまくり城内へ入れしのちは、小利をよろこび攻めこまざりしゆえ、城を守る段取りができたでやな」

長慶は蔚山城の守備を急ぐいっぽう、急使を西生浦城に走らせ、救援を求めた。

清正は長慶の書状を読むと、即座に死ぬ覚悟をきめた。長慶は蔚山に襲来した明国軍は、七、八十万人という、想像もつかない大兵力であると知らせてきた。

「蔚山はわしが持ち城になるだでなん。唐人に乗っとられりゃ、太閤殿下に顔をあわされんでやが。蔚山には兵糧、矢玉もすくないだで、幾日も保《も》つまいのん。

またわしは弾正（浅野長政）に息子の左京（長慶）を頼むといわれしゆえ、わしが蔚山に着くまえに落城などすりゃ、武者道が立たぬだわなん。わしはただちに蔚山へ参るだわ」

　清正は家老の加藤美作《みまさか》、片岡右馬丞に告げた。

「おのしどもはこの城を守っておれ。千五百の人数でたてこもっておれば、どれほどの大軍勢に取り抱えられようとも、たやすく落城することはあらずか。これより釜山浦へ早馬を走らせ、蔚山への後巻《うしろま》きを頼むがよからあず」

　加藤勢の主力は、釜山から順天のあいだの築城現場に分散しており、急に呼び集めることができなかった。

　清正は七、八十万という大軍の集結している様子が、想像できなかった。こうなれば、事の成否をはかる余裕もない。彼は使いならした黒糸縅《おどし》の具足に身をかため、関船に乗って蔚山へむかうことにした。

　小姓十五人、使番《へさき》の侍五人、鉄砲足軽二十人、足軽二十人、計六十人の家来が乗船した。清正は舳に馬藺の馬標を立て、その脇に足を踏んばって立つ。

　彼は家来たちのはらわたにひびくような大声で告げた。

「船足が遅けりゃ、敵に船入りをとりきられて、城に入れぬだで。そのときは船中の水夫《かこ》、炊夫《かしき》に至るまでひとりもあまさず撫《な》で斬りといたし、そのうえにて腹十文字に掻き切って海中に飛び入って見せようでや。わしは竜神となって海中より飛び出し、空中を飛行して、大敵の上に鉄火を降らし、味方に勝たせるでやな。あい分ったか」

清正は櫓を押す水夫たちの顔に、怯えの色があらわれているのを見たので、大喝したのである。

関船が蔚山城の船入りに到着したのは、戌《いぬ》の刻（午後八時）頃であった。

清正は入城すると、浅野長慶に矢倉へ導かれ、敵の野陣を見渡す。陣中に篝火《かがりび》がつらなり、白昼のように明るいので、敵の様子がよくうかがえる。

「これは七、八十万でやなかろうがのん」

清正がいうと、長慶がうなだれた。

「まことに恥ずかしきことなれども、合戦に及ぶとき、おどろきあわてて敵の数を見違えたのでござりましょう」

異国での戦い

明・朝鮮連合軍は、二十三日の夜明けがたから、城攻めをはじめた。

夜中も鉄砲、火箭《かせん》の射撃が絶えまもなくつづき、太田一吉の医僧慶念は、「夜もすがら寝ることもできない有様で、実にうれしい」と記す。うれしいのは、敵に殺されてのちは、この世のおそろしい生活をつづけなくていいためである。慶念は記す。

「夜があけてみると、城を取り巻く敵の人数は数も知れない。野山も埋めつくしている。

戦がはじまると、門の扉もまだつくっていないところがあったので、敵兵が乱入してきた。火箭がおびただしく飛んできて、城内に火災がおこり、煙は目もあけられないほどで、侍、人足数千人が焼け死んだ」

明・朝鮮軍六万人は、東、北、西の三方から外曲輪《そとくるわ》に押し寄せてきた。

日本軍は柵に身を寄せ、巧みな銃撃で敵に損害を強いた。明・朝鮮軍は鉤縄《かぎなわ》を柵、塀にひっかけ、大勢で曳き倒し、城内に攻め入る。日本軍は刀槍を手に死にもの狂いの白兵戦を挑み、敵を撃退する。

大手門の門扉には閂《かんぬき》がかかっていたが、数百人の明兵に突きやぶられた。日本軍は幾万とも知れない敵が押し寄せてくると支えきれず、おびただしい死傷者を残して二の丸、三の丸へ逃げこんだ。

敵の歩兵は七尺の棒をふるい迫ってくる。先端に長さ二寸ほどの刃を植え、振りまわすと日本兵の刀槍、楯がはねとばされた。

二十三日の緒戦で西北の外曲輪を破壊された日本軍の戦死者は、六百六十余人であった。負傷者はその三倍である。

敵は勝字銃、玄字銃で火箭を発射し、接近戦になると虎蹲砲《こそんほう》で散弾を発射し、日本軍に甚大な打撃を与えた。

明・朝鮮軍は緑色の着物をつけた巨漢が、蔚山《ウルサン》城内で白地の旗を持ち、駆けまわって兵士に号令しているのを見て、捕虜に「あれは何者か」と聞くと、「加藤清正であります」と答えた。

二十四日は七回の総攻撃がおこなわれた。明・朝鮮軍はフランキ砲というオランダ製の大砲で石垣を撃ち崩し、城内へ突入をはかったが、日本軍の必死の銃撃で損害をふやし、どうしても二の丸、三の丸に突入できない。

夜になって、朝鮮軍都元帥権慄《クォンユル》の指揮する部隊が蔚山城南側の水源を押えた。慶念は日記にしるした。

「二十五日に水が出なくなり、食物の煮炊きができなくなった。喉の渇きに苦しむうち、豪雨となり、城中の人々はようやく水を口にした。雨があがると、手を洗う水もない。屋根から流れ落ちるしずくを紙にうけて、濡れた紙で手を拭いた。心は曇るばかりである」

二十六日には、城中の食糧、水がまったく尽きた。慶念は歌を一首詠じた。

「この城の　難儀は三つに　きわまれり
寒さ　ひだるさ　水の飲みたさ」

二十六日は朝鮮軍が乾柴を担ぎ、三の丸の矢倉を焼こうと迫ったが、猛射撃をうけ、成功しなかった。

二十七日は終日豪雨が降ってはやむことをくりかえし、明・朝鮮軍は攻撃をおこなわなかった。彼らは野陣の耐えがたい寒気にさいなまれていたのである。

清正は雨があがっているうちに、二の丸から出て、前の芝原へ出た。城中が狭く、将兵が身動きできないほど混雑していたので、小屋をつくろうと思ったためである。

明・朝鮮軍は清正を狙撃しようと常に城中を狙っている。

清正の姿を見かけた明兵が、火箭を発射した。すさまじい音響を発して飛んできた火箭は、狙いをわずかにはずし、清正の傍にいた家来に当り、胴から上がこなごなに砕けた。清正は動転した家来たちにいった。

「動くな。火箭はおなじ所へ二度は落さぬだわ。じっとしておれ」

古鶴城山で銃声が二度聞え、火箭が二本飛んできて、清正たちの眼前の芝原に突き立ち、狸の巣ほどの穴をあけた。

「まだ動いてはならぬだわ」

清正は三度めに飛んできた火箭の狙いが高く、過ぎ去ったのを見て叫んだ。

「いまだぎゃ、走りこめ」

清正は家来たちとともに二の丸に逃げこみ無事であった。

その夜、子《ね》の刻（午前零時）に、清正の家来加藤重次が侍百騎、足軽鉄砲衆三百人を率い、敵陣に夜襲をしかけた。

明・朝鮮軍は豪雨のあと北風がつよまったので、人馬ともに凍傷に侵されるものが多く、意気あがらない。草囲いをこしらえ風を防ぎ、焚火を囲んでいるところへ攻めこまれたので混乱した。

わずかな日本兵が大敵の陣中へ斬りこんだのは、食糧を奪うためであった。飢えたままでは体力が尽きてしまう。

二十九日、日本軍の武将大河内秀元の日記にしるしている。

「この日は敵味方ともに動かなかったが、城内の侍、足軽、人足たちは眠ることなく敵襲にそなえていた。

城内の矢倉下の陽溜りには、五十八人、三十八人ともたれあい、首を垂れている男たちがいた。二、三日も伏せたまま身動きもしない者がいるので、見廻りの兵士が槍の石突《いしづき》ではねおこそうとすると、ことごとく足が萎《な》えて立たず、顔に氷を張りつかせ死んでいる者もいた」

餓死、凍死を免れるために、将士たちは壁土、紙を嚙んでのみこんで、命をつないだ。

日本軍は二十七日に明軍に軍使を派遣し、和議交渉をした。明・朝鮮軍の損害が二万に及び、戦意が低下した様子と察知したためである。軍使は敵に告げた。

「清正は西生浦城にいるので、朝鮮の将軍ひとりが出向き、講和の約束をしてほしい。そうすれば、両軍がこのうえの損害を出すこともない」

明・朝鮮軍は二十九日に和議に応じた。

「清正ら城中の大将三人が、少数の警備兵を連れ城外へ出てくれれば、当方より大明国の二人の王が出向き、講和の約束を交そう」

明軍の使者となったのは、昔清正につかえていた、岡本越後という侍であった。事情があって日本を出奔し、明国に住んでいた。蔚山攻囲に際し、八千の軍団の大将となっている。清正は城内の主立った侍の意見を聞くと、口ぐちに答えた。

「いまのごときていたらくにては、三、四日のうちに、ひとりも残らず餓死いたすなれば、和睦なされてしかるべし」

清正は明軍の誘いに応じることとした。

和議締結の時日は慶長三年（一五九八）正月三日の午《うま》の刻（正午）とさだめ、三十日からのちは休戦することにきまった。

日本軍の援兵は逐次釜山浦城に集結していた。毛利秀元は二十九日、蜂須賀家政、黒田長政、安国寺恵瓊《えけい》らとともに数艘《そう》の軍船に分乗して、蔚山城へ五、六町の沖まで漕ぎ寄せた。彼らは城の左岸に上陸し、馬標《うまじるし》を高々とさしあげた。

それを見たのであろう、城中から清正の馬藺《ばりん》の馬標がさしあげられた。

「まだ生きとるぞ」

秀元らはおおいによろこび、引き揚げていった。

西生浦城に集まった援軍は、一万三千人となり、正月二日に海路北上し、三日の夜明けがたに蔚山の南一里の浜辺に上陸し、小山に登って、旗差物をたてつらねた。蔚山籠城の将兵を力づけるためである。

清正たちは、援軍が敵を撃退できないときは、命のあるかぎりはたらき全滅する覚悟であった。二日の深夜、岡本越後が命を賭して通報してきた。

「明日の和談の場においでなされぬよう、申しあげまする。出向かれしときは、仕《し》物《もの》（謀殺）にかけられまするぞ」

三日の朝、清正は和談交渉を延期すると明・朝鮮軍に伝えた。

彼らは四日の子の刻（午前零時）から総攻撃をはじめた。飢え疲れた城兵は銃撃と投石によって、石垣を乗り超えようとする敵を卯《う》の下刻（午前七時）まで防いだ。

破滅が眼前に迫ったとき、清正は鬼のように猛り狂って家来たちを叱咤した。

「われらは間なしに地獄へゆくだぎゃ。敵をひとりなりとも道連れといたし、ひきずりこめ」

夜があけてのち、敵は死傷者を収容していったん退いた。

清正は、つぎの総攻めを支えきれないと見ていた。味方の援軍がまもなく到着するが、およそ三倍の明・朝鮮軍と戦い敗北するだろう。そのときは全滅するのみであった。

破局をまえに、清正は冷静であった。侍として恥じるところのないはたらきをあらわし、現世から去ってゆくのは本望であると思っている。

彼は戦場往来をかさねるあいだに、人の死に慣れてきた。息をひきとるとき、目に映らない魂魄《こんぱく》の屍体から飛び去る気配を感じとった。死ぬのは、先に去っていった人々のあとを追ってゆくだけのことだと清正は理解していた。

おそらくは、その日のうちに現世から去ると思っていた籠城勢は、明・朝鮮軍の予想もしなかった動きに眼を見張った。戦死、病死の損耗が二万に近くなっていたが、なお四万の兵力を擁する彼らが、昼頃から撤退を開始したのである。

明軍司令、楊鎬、麻貴は、西生浦城から蔚山救援にむかう日本軍の偵察にむかわせていた伝令からつぎの報告をうけた。

「倭の水軍九十余隻が太和江《テファガン》を遡ってきています。陸路をとった倭軍はおよそ六万で、わが陣の後方を襲おうとしています」

伝令が一万三千の日本援軍を六万と見たのは、怯えていたためである。

楊鎬らは背後を日本の大軍に遮断されると、潰滅すると判断し、ただちに諸軍に退却を命じた。

清正は敵が撤退してゆくのを見届けると、援軍に使者を走らせ急報した。毛利秀元以下の軍団はただちに追撃をはじめ、二里ほどのあいだ攻め、出血を強いた。籠城勢は窮地から脱した。

正月六日、医僧慶念は西生浦帰還を命ぜられ、歓喜の思いをしるした。

「早々に船に乗れとの仰せをうけ、あまりのうれしさに夢ではないかと思い、涙を流しよろこぶばかりであった。そのときの様子はうわのそらで、覚えてはいない」

清正はその後、構築を完全に終えた蔚山城に、一万の兵とともに在陣していた。漢陽に帰還した明軍楊鎬は、蔚山城攻囲の失敗をかくし、明国皇帝に大勝を博したと告げたことが発覚し、罷免された。

彼は蔚山で二万の兵を損じたが、百余人を失ったと報告したのである。明・朝鮮軍はあらたに兵力を集めた。六月頃、漢陽に十万の明軍が集結していた。

明軍総督邢玠《ケイカイ》は、蔚山城攻めが失敗したのは、日本軍の迅速な救援作戦にさまたげられたためであると考え、全兵力を東路、中路、西路の三道をとって南下させることにした。蔚山、泗川《しせん》、順天の日本軍の三大根拠地を同時に襲撃するのである。

朝鮮慶尚、全羅両道にとどまっている日本軍兵力は、六万五千人弱であった。

夏をむかえる頃から、秀吉の病状は急速に悪化していた。六月になると食事が喉を通らなくなり、薬湯、重湯《おもゆ》などでかろうじて息をつなぐばかりで、痩せほそった。

秀吉は意識がたしかであったので、幼ない秀頼のために、大坂城の城壁を三里（約十二キロ）新築させ、三の丸築造に着手した。

その区域には商人、職人の家七万軒以上があったが、すべて取りこわさせた。改築が終ると、伏見城下に集まっている全国の大名屋敷のうち、関東、北陸の大名たちのものを大坂城下に移転させることにした。

七月十三日、秀吉は遺言を述べ、五大老、五奉行の制度をとりきめた。万事に思慮のふかい秀吉が五大老のうちに徳川、毛利、上杉などの外様《とざま》大名を加え、五奉行に戦力の乏しい石田三成、長束《なつか》正家、増田長盛、前田玄以ら事務官僚をいれたのはふしぎであるという説がある。

家康、毛利、上杉景勝らは、豊臣の覇権を奪う実力をそなえている。前田利家は諸大名のあいだでは「槍の又左」と呼ばれる武辺者として、家康よりも人気が高かった。彼も秀吉旧友であったが、天下の形勢が変れば、秀頼をいつまでも幼主として保護しつづけるかは保証できない現実主義者であった。

五奉行は豊臣政権の運営をあずかる政治経済の各機関の長がそろっていたが、もし叛逆者が出たときは、それを撃滅するだけの兵団を動かせない。もっとも所領の大きい石田三成でさえ、佐和山十九万四千石にすぎなかった。

秀吉の遺言が、彼自身の語ったものではなく、重態で意識もさだかではない彼が、家康、毛利、三成がつくったものを読み聞かされ、認めたものであるという推測が生じたのは、このような事情によるものである。

十一ヵ条に及ぶ遺言のなかに、朝鮮在陣の諸軍を帰国させよとの意見は記されていないが、実際には発言していたことが、いくつかの記録に残されている。

前田利家の語った『利家夜話』に、秀吉が重態となっているとき、奇怪な出来事が幾つかあったと記されている。

そのひとつにつぎのようなことがあった。秀吉が衰えきって、病床で眠っていたとき、突然悲鳴を発して宙をつかみ、布団を蹴って一間あまり這《は》いだしたのである。

枕頭にひかえていた北政所、侍医、小姓女中たちは肝をつぶした。秀吉は皆に抱きかかえられ、夢からさめたように眼をみひらいた。秀吉は全身を濡らすあぶら汗を拭かせ、閨着《ねやぎ》を更《か》えると、溜息をつき無言であった。

北政所が肩口をさすりながらたずねた。

「お夢でもご覧あすばされてかなも」

秀吉はためらいつつ答えた。

「信長旦那がわしの前に、顔をつきあわさんばかりにおいでなされたでやな。藤吉郎、もはやよき時分になったれば、迎えに参ったるぞとの仰せなりしよ」

北政所は、背筋に冷水を流されたような衝撃をうけた。秀吉は言葉をつづける。

「手前こそが光秀を討ちとりご奉公を申しあげてござりますれば、いましばらくはお迎えをご免下されてちょーでいあすわせと、お頼みしたがのん。お許しなくたいそうなお怒りでなん。

いやいや汝《うぬ》はわしの子供にも不愍《ふびん》なるほどの扱いをいたしおったぞよ。それゆえいまただちにこなたへ参れとの仰せぞい。わしはそのまま襟がみつかまれ、ひきずりだされたぜよ。上さまは冥途よりあらわれなされしだわ」

秀吉は八月十八日丑《うし》の刻（午前二時）に病没した。

五大老のうち、上杉景勝は会津に帰国していたので、徳川、前田、宇喜多《うきた》、毛利の四大老はただちに連署した朝鮮在陣諸軍への撤退を命じる朱印状を発した。

それをたずさえた徳永寿昌、宮城豊盛の二人の使者が大坂を出発した。彼らが肥前名護屋城に到着したのは、九月中旬であった。そこから渡海船に乗りこみ、釜山浦に入港したのは、十月一日であった。

そのあいだに、明・朝鮮軍が南下してきた。東路大将の麻貴は、八月中に三万の兵を慶州に進出させ、九月十日から二十日にかけて、蔚山城下に押し寄せ、古鶴城山に本陣を置いた。

清正は、城兵一万を出撃させなかった。

「唐人どもはわれらの幾層倍もの人数だわ。大筒、火箭なども撃ちかけて参れば、うかと城外へ押し出さば、取り囲まれて皆殺しになろうでやな。石垣を登りかけなば、鉄砲で追いはらえばよかろうでなん」

清正は敵の戦法を正月の戦で知り抜いていた。いまは兵糧、弾薬も充分にたくわえており、水源も確保しているので、籠城が長びいてもなんの気遣いもなかった。

明・朝鮮軍は加藤勢を城外へおびきだし、伏兵に退路を断たせ撃滅する計略をたてていたが、清正は敵が押し寄せてくると猛烈な射撃を浴びせるばかりである。たまに外部へ押し出しても深追いしなかった。

麻貴将軍は結局、蔚山城を陥落させられなかった。

泗川城を守備していた島津勢一万人は、九月下旬に五万といわれる明・朝鮮軍部隊の攻撃をうけた。明軍は大将軍と呼ぶ攻城砲のほか、各種の大砲をならべ、発砲しつつ迫ってきた。子母砲というおそるべき威力をそなえた大砲について、日本軍は記している。

「この砲は、砲身三つをひとつに張りあわせているので、砲弾を一発ずつ、あるいは三発を同時に発射できる」

これらの砲が弾丸を集中させると、矢倉の壁に大穴があき傾きかける。

島津の総大将義弘は、大手門右手の矢倉、嫡子忠恒は左手の矢倉にいた。義弘は明・朝鮮軍が城の柵を破壊し、濠《ほり》に梯子を渡し石垣下に進み、鉄槌をふるって木戸をやぶりはじめるまで部下に応戦を許さなかった。

充分にひきつけておいてすべての火器を咆哮させた。寄せ手が浮き足立つと、義弘、忠恒が全軍を率い突撃した。

明・朝鮮軍はその日のうちに退却せざるをえない大損害をうけた。死傷者の数はおびただしかった。『両朝平壌録』という史書につぎの記載がある。

「彭信古の率いる歩兵三千人は、五、六十人が生き残った。茅国器隊の歩兵三千人は、六、七百人を失った」

泗川西方約十五里の小西行長、松浦鎮信《しげのぶ》ら一万三千七百人が防備をかためた順天城は、九月下旬、明・朝鮮軍六万人にちかい大軍の攻撃をうけ、海上から名提督として知られた李舜臣らの指揮する艦船五百余隻の石火矢を浴びた。

陸海協同の猛攻を、日本勢は死にもの狂いの奮闘で幾度もしりぞける。死傷者が続出した明・朝鮮軍は水軍と協力し、十月二日、三日に総攻撃をかさねたが、どうしても順天城を陥れることができなかった。

太閤の遺訓

朝鮮で苦戦をつづけながら戦線を維持していた日本の諸軍は、五大老の指示に従い慶長三年（一五九八）十一月下旬に釜山、巨済島から船団を組み、博多へむかった。

清正は黒田長政、鍋島勝茂、毛利吉成、伊東祐兵《すけたか》の部隊とともに十二月上旬、博多に帰着した。小西行長、島津義弘、立花統虎《むねとら》は中旬に無事に帰った。

博多で帰還を待っていた石田三成、毛利秀元、浅野長政は慰労の宴席をひらき、その座で諸将に秀吉形見の品を与えた。

清正ら帰還の諸将は、帰国ののち秀吉薨去《こうきょ》を知らされていたが、形見の品をうけると、秀吉生前の姿が眼にうかぶ。清正が虎の吼えるように号泣すると、諸将は体をゆすって泣く。

清正はいう。

「わしは上さまのおよろこびなさるる笑顔を見たきばかりに、骨身を削って異国ではたらきしに、もはお目通りもかなわぬことになりしと思わば、胸をかきむしらるるごときさみしさを、こらえかぬるでやな。

大勢の勇士を失い、費《ついえ》もまた身代の潰れるほどに使いはたせしなれども、上さまご在世なれば辛苦のほどもお察し下されようと思いしに、もはやおわさねば何事もうたかたじゃ」

石田三成は彼らに告げた。

「博多にてしばしご休息召されよ。それより伏見へ参向のうえ、秀頼公へ帰陣のご挨拶をなされしのちはご領国へ下向《げこう》なされ、数年にわたり兵馬の間に過ごされし歳月の疲れを癒やし召されよ。

明年の秋頃に上洛なされたし。その折りには茶湯、能興行などさまざまの催しにて、ご貴殿がたをおなぐさめいたしまする」

加藤清正はそれまで黙って対座していたが、三成の言葉を聞いて煮えくりかえる憤怒をおさえられなくなった。

彼は眼をいからせ身をのりだし、辺りにひびきわたる大音声で三成を罵った。

「治部《じぶ》（三成）殿がわれらに茶を給わるだかよ。わしは七年間、朝鮮、おらんかいの戦場を往来いたし、かわいがりし家来どもを大勢死なせ、おそろしきばかりの辛苦をかさね、ようやく帰りきたりしでなん。

いまは籾《もみ》一粒も持ってはおらぬ。もとより、酒、茶などもないでやぞ。さぞ鷹揚《おうよう》なる暮らしむきでやろう治部殿が、わしの屋敷へおわしゃったときは、稗粥《ひえがゆ》なんぞでご饗応いたすだわなん」

戦陣の苦労をかさねた諸将の顔つきが、きびしくなった。

彼らはいずれもたくわえた金銭、兵糧をすべて戦地で使いはたし、思いおこせば落涙をとどめられない陣没した親族、重臣らの記憶を胸中に封じこめている。

彼らは三成の親友小西行長をのぞき、清正の罵言をもっともであると思っていた。

三成は清正の言葉を咎めることなく聞き流した。朝鮮在陣の諸大名のなかには、三成によって秀吉に讒言《ざんげん》をされ、功績を軍律違反にすりかえられた恨みを抱く者がいることを知っていたためである。

三成は戦場へ四人の目付を派遣していた。彼らの報告をうけ、それを秀吉に言上する際、讒言をしたというのである。

四人の目付とは三成が朝鮮へ派した福原直高（豊後荷揚十二万石）、太田政信（豊後臼杵六万五千石）、垣見一直（豊後富来二万石）、熊谷直盛（秀吉代官三万石）であった。

彼らは戦場から帰還して秀吉に戦況報告をするとき、親密な大名の戦功を誇張し、三成らと不仲の大名であれば、無実の罪をこしらえ讒言したといわれていた。

秀吉が亡くなったのち、讒言され所領を削減あるいは改封された大名の怨念は、三成に集中してくる。三成は自分を憎む大名たちが、家康を中心に結集し、豊臣政権の存続を拒む行動に出る危険が迫っていると判断していた。

秀吉が薨《こう》じてまもなく、堺の茶人万代屋《もずや》宗安が三成と夜食をともにして、そのときの様子を友人に漏らした。

「治部少さまは、お小姓がからになった瓶子《へいし》に酒を満たして持ってくると、飯椀をさしだされたのや。お小姓はびっくりして、あの御酒《ごしゅ》なればというた。治部少さまは顔をあげられ、おうそうかと仰せられ、飯椀を盃に持ちかえられたが、そのさまは夢からさめたようであったわい。

よっぽど気がかりなことをお考えなさっておられしかと思うたものやった」

徳川家康の所領は二百五十五万石である。当時、所領一万石の動員兵力は二百五十人であった。その基準によって見ると、家康の動員兵力は約六万四千人である。

清正は慶長四年（一五九九）正月、伏見城に伺候し、秀頼の新年の賀儀につらなった。前田利家は寸白《すばく》（寄生虫）の病であったが、登城して秀頼を抱いて大広間正面上段に坐り、家康以下諸大名の年賀をうけた。そうしたのは、五大老のうちもっとも大身の家康が、秀吉と大老のあいだでとりかわした誓約の内容を、わざと無視した行動をとるようになったのを怒ったためである。

家康は秀吉の没後、六男忠輝の室として伊達政宗の娘を迎えることとした。また福島正則の嫡男忠勝に、異父弟久松康元の娘を自分の養女として嫁がせる。蜂須賀家政の嗣子至鎮《よししげ》に、孫娘の婿下総《しもうさ》古河城主小笠原秀政の娘を養女として嫁がせる。

この三つの婚約がととのえば、家康は伊達、福島、蜂須賀という強い戦力をそなえた大名たちと姻戚になる。

大名が縁組みをするとき、秀吉の没後は秀頼の許しを得なければならないと、誓約に記されているが、家康は無断でおこなった。

利家は家康が豊臣政権に挑戦するような行動をするのが気にくわない。織田信長のもとで「槍の又左」と勇名を馳《は》せてきた彼は、家康の今後のふるまいによっては、ただちに戦闘行動に出てもよいと思っていた。

豊臣方の大名たちは、国元から軍兵を呼び集め合戦支度をしている。毛利輝元は屋敷の内外に鉄砲五千挺《ちょう》を装備した二万人の軍勢を待機させている。宇喜《うき》多《た》秀家は八千の兵を集結させていた。

前田利家は石田三成を信頼していなかったが、秀吉との誓約をつらぬくために秀頼を守りぬこうとしていた。

清正は利家を豊臣政権の主柱として信頼しているが、三成に激しい敵意を抱いていた。三成を憎んでいる大名はほかにもいた。蜂須賀家政、黒田長政、早川長政、竹中重利、毛利高政らであった。

いずれも朝鮮戦線で健闘したが、三成の腹心である目付たちの讒言によって、戦闘行動に不備ありと見られ、秀吉から逼塞《ひっそく》などの処分をうけていた。

清正は福島正則、細川忠興、池田輝政、加藤嘉明とともに、三成に会い、四人の目付の処分を要求した。三成はうけつけなかった。

「朝鮮ではたらきし諸侍の手柄は、上さまにくわしく言上したが、目付が偽りを申せしなどと聞いたこともない。上さまが賞罰を遊ばされしものを、いまになってあれこれと申すべきことではなかろう」

清正らが口先でいいぬけようとする三成に、そのままではおかぬといきりたつと、たちまちいい返された。

「それがしは奉行なれば、さようの威《おど》しをいたさば秀頼さまに弓引くことになるぞ。それを承知のうえにて申すのか」

清正らは引きさがらざるをえなかった。

清正は家康の生母於大の方の弟、水野忠重の娘（清浄院）を家康の養女として妻に迎えた。彼女は家康の従姉妹《いとこ》である。

清正は豊臣政権の二大勢力である利家と家康の、どちらにつくか決めかねていた。

秀吉の血縁者である清正は、福島正則と同様に秀頼にそむくつもりは毛頭なかったが、三成に協力することはできない。

清正、正則、浅野幸長《よしなが》ら尾張《おわり》から出た大名たちは、北政所おねを慈母のように慕っている。三成、長束《なつか》正家、増田長盛ら近江出身の奉行たちは、淀殿と親密である。

政権を争う戦がはじまれば、利家に味方をする大名の兵力が、家康方のそれをはるかにうわまわる。

利家は正月十日、秀吉の遺命を実行した。秀頼を奉じ、御座船六十艘《そう》で淀川を下り、大坂城へ移転したのである。

その後、家康が五奉行に無断ですすめた縁談について紛議がおこった。三成、小西行長らはその事情を利家に告げた。利家は伏見向島の家康の屋敷を、淀川の堤を切って水攻めにして、付近に集結している徳川方諸大名の兵を追い散らし、家康に腹を切らせるというのである。

戦場往来をかさねた利家の決断は迅速で、実行すれば家康は窮死するところであったが、利家が徳川方の細川忠興にその秘事をあらかじめ告げて、自らの災いを逃れるようすすめたので、企ては挫折した。

利家の娘は忠興の息子忠隆の妻である。そのため忠興にすべてをうちあけてやったが、忠興はただちに伏見へおもむき家康に会い、利家からうちあけられた事情を告げた。

家康は顔色を失った。

「そなたのご厚情は生涯忘れ申さぬだわ。堤を切られなば水攻めにて味方は四散し、わしは切腹するほかはなかりしでやな。利家はさすが老巧なれば、おそろしき者だでなん」

「それがしはただちに大坂へ立ち帰り、利家殿に和談を申し入れまする」

忠興はこの交渉に命をなげうつ覚悟をきめていた。利家は薄墨色の小便をしていた。寸白の病というが、前立腺をわずらい重症に至っていたのである。

利家が家康を攻め滅ぼしても余命はいくばくもない。家康の勢力がなくなれば、利家没後の豊臣政権は、淀殿派に握られる。実権者になるのは石田三成であろう。

忠興は三成に政権を渡せば、家康方の大名はことごとく破滅させられると見ていた。利家の子息利長もしだいに勢力を減殺されてゆくであろう。三成は自分に対抗する者は見逃さなかった。

忠興は大坂へ戻り、利家にすべてをうちあけた。利家はおおいに驚き、忠興を罵った。

「なんと申す。おのしは正気かや」

忠興は怒る利家をなだめ、今後の情勢について意見を述べた。

「近頃の石田、小西らがふるまいをご覧召されよ。大納言（利家）殿が家康を亡ぼしなされしのちに世を去り給わば、石田らは楽々と天下をとるは必定にござりまするぞ。そのとき、利長殿は石田に属しなされまするか」

利家は忠興の忠告をうけいれた。彼も三成を信頼していなかった。

かって秀吉が利家の領地を加賀から美濃、尾張、伊勢、三河へ移そうとしたことがあったが、三成が反対した。利家を畿内に近づけるのは危険であるといったので、秀吉は思いとどまった。利家はそのときから三成に隔意を抱いていた。そのため忠興の諫言《かんげん》を用いたのである。

だが、利家には信長に戦々恐々として従っていた頃の家康が、豊臣政権の大勢力になりあがってきたので、一戦を交え、撃滅してやりたい思いがある。

そのため利家と家康のあいだは一触即発の緊張が解けなかったが、利家は閏《うるう》三月三日の朝、亡くなった。

その日のうちに大坂市中に合戦がおこるという噂がひろまったので、四方の街道が人波で埋まり、避難する騒動がはじまった。

清正は細川忠興、福島正則、池田輝政、浅野幸長、黒田長政、加藤嘉明とともに、三成の処分を前田利長に申しいれたが、利長は応じなかったので、三成を襲撃することにした。

「治部少はいま前田屋敷へ通夜に出向きおるゆえ、帰りぎわに討ちとろうでや」

七将は屋敷に兵を集め、市中には使番の馬が四方へ走る騒ぎとなった。

市中の様子を知った三成の知人が、前田屋敷へ駆けこみ、急を知らせた。三成はただちに仲のよい常陸五十五万石の太守佐竹義宣《よしのぶ》の屋敷へ逃げこむ。

義宣は三成を連れ、宇喜多秀家の屋敷を訪れ、上杉景勝と協議のうえで三成を伏見へ送ることにした。

三成は佐竹の兵数千の行列のなかに隠れ、女乗物に乗って、伏見へ逃れた。

清正らは前田屋敷を辞去する三成を襲い、殺すつもりであったが、逃げられたので大坂の石田屋敷を攻めようとした。だが留守居をしていた杢助《もくすけ》が答えた。

「兄者はいまだ帰っておりませぬ」

「いずれへ参られしか」

「それは存じおりませぬ」

三成はすでに伏見の自邸へ帰り、兵を集めたてこもっていた。

清正ら七将は、伏見の石田屋敷が伏見城本丸につづく、曲輪《くるわ》のうちにあることを知っていたので、歯ぎしりをした。

「残念、とり逃がせしか。古狐めは巣穴にこもりしよ。たやすく手を出せぬでや」

三成を攻めようとすれば、伏見城を攻めることになる。強行すれば豊臣政権にそむいた者として罪にとわれる。

清正らは石田の伏見屋敷を攻撃することについて、家康の意見を求めた。家康は三成を破滅の淵から助け出すことにした。

家康は利家が世を去ったのち、豊臣政権の最高の実力者である。だが、いま三成討滅に同意すれば、豊臣家の財政をとりしきり、秀頼と淀殿を中心に結束している大坂方を敵にまわし、太閤遺訓にそむいた叛逆者として、世論の支持を失う。

そうするよりも三成と七将を和睦させるのが大義名分にかなう行為である、と家康は判断した。家康は清正ら七将を説得した。

「秀頼公はまだ幼稚であり、太閤がおかくれになってまだ月日を経ぬうちにあらそいをおこすは礼をわきまえぬことであろう。

わしが仲裁いたすゆえ、おのおのは伏見へ出せし軍勢を引きとれ。悪しきようにははからわぬだわ」

家康は三成の伏見屋敷へ使者をつかわし、すすめた。

「このたびの大騒動は、貴殿の人望なきゆえにおこりしことゆえ、隠居召されよ。子息は拙者が後見をして、いずれ五奉行のうちにいれようほどに」

三成は屋敷へ上杉景勝、佐竹義宣を呼び寄せ相談した。景勝は内心をうちあけた。

「拙者はつぎに帰国いたさば、大坂へ出仕いたさず謀叛するつもりじゃ。されば家康は味方の諸将を集め、会津へ攻め寄するにちがいなし。

貴殿はそのとき上方の諸大将を糾合《きゅうごう》いたし、家康をうしろより攻められよ。拙者と前後より挟み討ちにいたすのじゃ」

佐竹義宣も、そのときは景勝に協力するといった。

三成は西国諸大名を多数味方につける自信がある。彼は戦力において家康方にはるかにうわまわる軍団をもよおせば勝てると思い、隠居して佐和山城へひきこもることにした。

家康は三成が伏見屋敷から佐和山へ移るとき、軍勢を出し身辺の保護をした。三成がいなくなると、豊臣政権の運営はすべて家康の手にゆだねられた。

天下の分け目

上杉景勝は、慶長五年（一六〇〇）正月に使者を大坂城へつかわし、年賀をさせていた。

家康は国政について景勝と相談したいことがあり、豊国廟《ほうこくびょう》にともに謁したいと使者に告げたが、景勝は応じることなく領内の戦備をすすめたので、その事実を偵知した家康は、上杉討伐の方針をかため、出兵をきめたのである。

家康に同行する諸将は、浅野幸長《よしなが》、黒田長政、細川忠興、蜂須賀至鎮《よししげ》、池田輝政らで、率いる兵数は五万五千八百人であった。

家康は七月七日、江戸城二の丸に諸将を集め、会津攻めを七月二十一日ときめた。

上方《かみがた》では佐和山城の石田三成が、家康のえがいた筋書通りに動きはじめていた。

彼は親友の越前敦賀城主大谷吉継を説得し、毛利家の使僧で伊予六万石の大名である安国寺恵瓊《えけい》を味方にひきいれ、毛利輝元を総大将とした。その結果「内府ちかい（違い）の条々」という家康が秀吉の遺命にそむいた事実を列挙した檄文《げきぶん》をつくり、大坂に到着して会津攻めに加わるため東下しようとする、畿内、山陽道の諸大名をひきとめた。その数はおびただしい。

毛利輝元、養子秀元、吉川《きっかわ》広家、宇喜多《うきた》秀家、島津義弘、小早川秀秋、鍋島勝茂、長宗我部盛親、小西行長、蜂須賀家政、生駒親正ら九万三千七百余人であった。

これらの西軍が行動をおこしたのは、七月十八日であった。まず細川忠興の居城丹後田辺城を攻める。同時に豊臣家奉行衆が西軍総大将毛利輝元の命令により、十九日に伏見城引渡しを求め、戦闘がはじまった。

清正は前年に熊本に帰国していたが、家康の会津攻めに従軍せず、今後の動向を静観していた。石田三成を仇敵と憎んでいるが、秀吉の血族でもある彼は、東西合戦の敗者となるのを怖れていた。

できるだけ中立の姿勢を保ち、所領を保持していたい。そうすれば秀頼の擁護者としての立場を失うこともない。

清正は家来たちに本心をうちあけた。

「このたびの合戦は、秀頼公が采配をおとりめさるるなら、わしはいつでも参陣して一命を捧げようぞ。したが、ご幼少の御身にてさようのお下知《げち》をなされるわけもあらまいでや。かならず石田らのたくらみにちがいなし。三成ごときが内府とりあいて、勝てるわけもなし。

わしが三成ごとき奸物《かんぶつ》とともに滅亡いたせしときは、誰が秀頼公をお守りいたすかや。かるがるしくは動けぬだわなん」

清正は毛利輝元から西軍に就くよう誘われたが、大和一国を賜ればお味方して関東へ攻めいろうというのみで、動きをあらわさなかった。当時、九州の大名はほとんど西軍に属していたので、清正は周囲に警戒の眼をむけざるをえなかった。彼の希望は豊臣家存続のみである。幼い秀頼を守り、豊臣政権の後継者とするのが、唯一の願いであった。

大坂の屋敷には正室清浄院が人質として在住していた。

そのうちに石田三成が、人質をそれぞれの屋敷から大坂城内へ移すという噂が伝わってきたので、清正は清浄院が屋敷にいるあいだに、大坂を脱出させようと考えた。

清正は五月に母が亡くなっており、寂しさが身内によどんでいた。このうえ妻の身に万一のことがおこるのを避けるための措置であった。

大坂屋敷にいる家老の大木土佐守と、船奉行梶川《かじかわ》才兵衛が相談して計略をたてた。梶川才兵衛は大坂伝法口の奉行屋敷にいたが、病気と称してわずかな食物を口にするだけであったので、たちまち痩せほそった。

毎日城下の医者の治療をうけるため、駕籠で通うので、西軍の番兵たちの通行人改めをうける。番兵らは梶川才兵衛が病気で痩せおとろえ、自分で歩くこともできないのを知ったので、そのうちに梶川の駕籠を見ると、内部をあらためずに通すようになった。

大坂城下の屋敷にいる諸大名の妻子を人質とする布告は、七月十三日に出され、大坂市中へ入るすべての街道は閉鎖された。

人質は大坂城へ収容することになった。西軍諸大名の妻子を人質としても危害を加えることはないが、東軍諸大名の妻子は命の保証がない。石田三成は命じた。

「人質を出すを拒む者あらば、殺害すべし」

秀吉も人質をとり、戦うことなく対抗勢力を帰服させる方便をつかったが、三成とは器量がまったくちがう。

三成のような小人物がこのような強硬手段をとれば、大名たちは反撥する。家康についていて会津攻めに同行した大名のうちには、家康に協力する決断をためらっていた者も多数いたが、三成のこの措置を怒って東軍に参加した者が多かった。

二十日ほど医者通いをした才兵衛は、加藤屋敷へ駕籠を乗りいれ、清浄院を安治川口に碇泊《ていはく》させている加藤家の便船に乗りこませることにした。清浄院をまず駕籠に乗せ、その前に自分が乗りこみ大夜着を二人でひきかぶった。

大綿帽子をかぶった才兵衛は、いつものように駕籠の両扉をひらいたままにして、加藤屋敷を出た。留守居役の大木土佐守は徒歩で駕籠脇についてゆく。

もし西軍の番兵が怪しんで駕籠のなかをしらべようとしたときは、さきに清浄院を刺殺して、ともに斬り死にを遂げようといい交していた。

だが幾つもの番所の前を通りすぎるとき、兵たちはのぞきこみもしなかった。

「いつもの病人ならば、くるしからず」

手を振って通れという。

才兵衛たちは便船に清浄院をみちびく。

船内には大きな水桶が三個置かれていた。そのひとつに中底を入れておいたので、清浄院をその下に入れた。二重底の上に水を入れ、その下に身をひそめたが、側板にちいさな穴をあけておいたので、窒息するおそれはなかった。

桶の水は、豪雨の降ったあとで薄濁りしていたので、中底の仕懸けがはっきりと見分けられない。

才兵衛は国元へ帰り病気治療をするといい、船に乗りこむ。

安治川口船留番所には石田三成の家来たちが二艘《そう》の軍船に乗り、湊に出入りする船の検問をしていたが、加藤家の船印を掲げた便船を見ると、顔色を変え前途を塞ぎ、刀槍を手にした侍たちが乗りこんできた。

「清正の船ならば、何事も見逃さぬようしかと改めよ」

彼らは船中を底まで調べたが、水桶の仕懸けを見破れなかった。

清正は東西の合戦にきわめて慎重であった。家康からはさまざまの恩恵をうけているが、血縁のある秀頼を敵にまわすことはできない。しかし、石田三成の指揮をうけ西軍に就くことはどうしてもできない。

清正は東西両軍のいずれに就くか、態度をあきらかにしないまま、日を過ごした。東西のどちらが勝利するか見通しがつく時期まで、熊本城にとどまるつもりであったのであろう。

彼は豊前国中津藩主黒田長政の朋友であった。長政は家康に従い東軍に属している。

清正は、長政にあて書状を送った。内容はつぎのようなものである。

「毛利輝元から西軍参陣の誘いがあった。清浄院は大坂から無事にぬけだし、国元へ帰ることができた。

貴公の父上孝高《よしたか》（黒田如水）殿と協力して、九州の動静をうかがっていたが、機も熟したので隣の小西領へ攻め入るつもりである」

きわめて緩慢な対応である。家康との関係を断たないために、協力の姿勢を示しているのみであった。

清正は家康のもとへ使者を二度派遣した。ひとりは途中で西軍方に捕えられようとして切腹したが、ひとりは江戸城に着き、家康に清正の書状を渡した。

清正は合戦がはじまってのち、容易に行動をおこさなかった。東西両軍ともに十万に及ぶ大軍勢を動かしている。どちらが勝つにしても、おそらく長期戦となるにちがいなかろうと、清正は読んでいた。

関東の情勢を知るため、多数の間者を潜入させているので、東軍の動きを詳しく知っている。

関東にいる家康のもとに西軍決起の情報を伝えたのは、四万の西軍に包囲され七月十九日から猛攻をうけていた伏見城の城代鳥居元忠の家来浜島無手右衛門であった。

七月二十一日に三万千八百の旗本勢を率い、江戸城を進発した家康は、二十二日に武州岩槻城に着城、二十四日には野州《やしゅう》小山に進出していた。

家康に従う諸大名のあいだでは、東西両軍の勝負はいずれとも見わけられないとの観測がもっぱらであった。

本多正信らは慎重策をとった。

「ここまで従うて参られし大名衆は、労をねぎらい国元へお返し召されよ。関東は徳川譜代の者のみにて箱根を守らせ、西方より攻めきたる敵を追い返し申すまでにござろう」

家康が江戸城で総指揮をとり、西軍と会津上杉勢の攻撃をうけても、関東を守りぬくという戦略である。

井伊直政は、西軍との決戦をすすめる。

「徳川が天下をとるや否やは、このたびの一戦にかかるなれば、ただ西へ駆けもどり、有無を決するときにござりまするぞ」

家康は、十万に及ぶ西国大名が、毛利輝元を大将として大坂城に入ったことを知ったとき、顔から血の気がひき蒼白となったといわれる。

家康は会津攻めに参加し、宇都宮付近に進出している諸大名を小山陣所に呼び集め、軍議をひらくことにした。

東軍の将士は西軍の決起を知ると、徳川家はこんどこそ滅亡する、大坂方へ就いたほうがいいという者が多かった。

家康は二十五日に小山で軍議をひらくまえに、腹心の黒田長政を呼び、福島正則を味方につけるよう頼んだ。

正則は戦場での勇猛なはたらきを知られていたが、清正のように諸事に考えぶかく熟慮することがない。軽率のきらいがあるが、あらかじめ頼んでおけば評定の場で手先となり、家康の望むところを大声で喚《わめ》き、諸将の反論を封じ、衆議を一決させてくれる影響力を発揮する。

彼が東西決戦に反対すれば、家康のもとを去り大坂へ帰る大名はなかばを超えるかも知れない。

正則は秀吉の従弟であるため、秀頼に敵対するつもりはないが、石田三成を仇敵のように憎んでいた。

家康は正則を味方につけ、小山での大評定《だいひょうじょう》に際し三成打倒を声高に主張してもらいたかった。長政は大坂を出陣する直前に、家康の養女の保科正直の娘と結婚し、縁をふかめている。長政は家康の頼みを聞くと、さっそく宇都宮の福島陣所へ馬を走らせた。

彼は正則に告げた。

「さきほど内府（家康）より急用ありとて、わしを呼びたてに使いをよこされた。これより小山ご本陣へ出向くが、明日のご評定に先立ちてわしを呼ばれしは、無二の朋友なる貴公の心底を聞きとどけて参れとのご内意にちがいなし。されればただいま心底を隠すことなく承ろうではないか」

正則はふだんとはちがい、暗い顔つきで答えた。

「貴公に隠しだてはいたさぬが、上方の様子がわが耳にも届きかねぬこの場にて、東西いずれの側に就くなどとたやすく申せぬだわなん。西方が秀頼公を奉じておるならば、治部（三成）憎しとて、槍先をむけらるるかや」

長政は正則の不安をぬぐい去ろうとした。

「このたびのことは、治部が才覚によるにちがいなし。さればわしは貴公とともに去年治部を攻めようとして、争論のすえに佐和山へ隠居させしなれば、このうえ治部に従い上方についてはたらくのは、考えもできぬことじゃ。貴公もそうであろうが。内府に味方されよ」

「わしとて、治部に遣われはたらくつもりはないがのん。あやつとの不仲は私事でやな。何としても秀頼公に弓引くふるまいをするのはできぬことだわなん。それに大坂に人質を置いておるゆえ、たやすくは手切れできぬだわ」

長政は正則を翻意させるため、弁舌をふるった。

「秀頼公はご幼少ゆえ、戦のお下知など思いつかれるはずもない。すべては治部の仕業よ。人質はわしも大坂に残して参りしが、石田らとても合戦のはじまりしのち、たやすく殺害いたすわけにもゆくまい。世上の眼がむけられておるゆえにのう。人質と申さば、もし貴公がわれらと別れ上方へお戻りのときは、ご子息刑部を内府におさえられようぞ。一方の人質は捨てねばならぬのじゃ」

正則はしだいに心を動かされた。西軍に入れば三成の指揮をうけいれねばならない。

「上方勢の人数は多かろうとも、烏合《うごう》の衆ではないか。内府について治部を滅ぼせば、貴公に渡す褒美については、内府より誓書をもろうてやってもよいぞ」

正則はついに長政のすすめをうけいれた。

七月二十五日、家康は近臣に命じ、小山本陣で毛利輝元を総大将とする西軍が決起し、伏見城を攻撃している状況を諸大名に知らさせた。そのうえで東西両軍のいずれに就くかを決するよういいわたさせる。

「大坂方に就くべしと存念なさる方々は、いずれもさようになされよ。東西決戦ののちに内府さまの勝利とあいなりしときも、すこしもご如在《じょさい》なくお扱いなさるるゆえ、ご懸念はご無用にござりまする」

上方から従ってきた大名衆は騒がしく相談していたが、多数が帰国の意をあらわした。

「思いがけなき儀にてござれば、ひとまず大坂へ戻ることにいたそうよ」

このままでは家康のもとから大軍が離れ、西軍につく。

諸大名は高声で意見を交し、評定の場は騒然となった。黒田長政は福島正則をはげます。

「この場をまとめるのは、貴公よりほかはないぞ。それ、目にものを見せられい」

正則は立ちあがり、大音声《おんじょう》を発した。

「皆々方、お静まり下されい。それがし福島左衛門大夫は、治部少輔に尽力する義理はなしと存じおりまするだわ。

大坂におる人質を串刺しにさるるとも、武者の道を踏みはずしてはならぬものでやな。内府殿は秀頼公に敵対あすばさるるご心算はなし。さればただちに上方へご出馬のうえにて、治部少を征伐いたすべきであーな。それがしはご先手を願い出て上方へ出勢《しゅつせい》つかまつる。

兵糧はわしが太閤さまより御代官所でお預りいたしおる、七年分の米三十万石を尾州にたくわえおるなれば、ご用に立てまするだわなん」

評定の場は静まりかえった。

その機を逃がさず、黒田長政、細川忠興、加藤嘉明ら家康方の有力大名十余人が立ちあがり、口々に叫んだ。

「わしも内府殿にお味方つかまつる」

「わしもさよういたすぞ」

評定の席の雰囲気は一変した。

諸大名のうち、家康に味方しない意志をあらわしたのは、美濃岩村四万石の城主・田丸直昌のみであった。

正則は黒田長政に巧みに誘導され、会津攻めよりも石田征伐を先におこなうべきであるとの意見を押し通し、諸将の同意を得た。

清正は、関東へ放った間者からこのような情勢を聞くと、膝を打った。

「黒田長政は、父の如水と同様に策略ふかき奴ゆえ、浅慮の正則を操るはたやすきことぞな。かくなれば、西方の人数は多くとも家康にしてやられるぞよ」

西軍を指揮する毛利輝元、石田三成は指揮能力において、家康に遠く及ばなかった。兵力は東軍をうわまわっているが、全軍を掌中にして自在に動かす統率力がなければ、大軍勢も烏合の衆にすぎなくなると、清正は知っていた。

五奉行のうち、増田長盛、長束《なつか》正家、前田玄以が家康に内通しているとの情報を、清正は得ている。三成は味方にも信頼されていなかった。

福島、池田ら東軍の諸将は、七月二十六日から西上をはじめ、八月十日頃、正則の居城清洲城周辺に着陣した。

家康は江戸城にいて容易に動かず、八月三十日まで在城し、豊臣恩顧の大名を味方につけるため、八十二通の書状を発した。

八月十二日、家康は熊本の清正につぎの内容の書状を送った。

「今度上方で合戦がおこっているが、そちらは別条がないとのことで、よろこばしいかぎりである。

この際、あなたには肥後、筑後の両国をさしあげるので、征伐できしだい報告して下さい。この世情であるので、どうか油断のないようご用心下さい」

家康は清正を味方につけておれば、西国諸大名を牽制できると考えていた。

清正は慎重であった。彼が総兵力を動かし、九月十五日、関ヶ原合戦で敗北した小西行長の居城宇土城を攻めたのは、東軍勝利の情報が確実であると判明した、九月二十日であった。

　宇土城攻囲のとき、清正が七千の軍勢で猛攻を加えたが、守将は朝鮮陣で活躍した小西行長の弟行景で、巧みに反撃して容易に陥落させられない。

　ある夜の丑《うし》の刻（午前二時）頃、宇土城内から忍び出てきた人影が、加藤勢の陣所のほうへ這《は》い寄ってきて、竹矢来《やらい》の傍にきたのを足軽たちが発見した。

　刀槍を持たない百姓姿の男は、たちまち捕えられ縛りあげられた。四十がらみの男は訊問されると答えた。

「手前は宇土の町の商人なれども、籠城せぃと無理強いされて、今夜たまりかねて城より落ちのびて参ってござります」

　そういうと口をとざし、殴られ蹴られても一言も発しない。

　本陣へ引きたててゆき、清正に注進する。清正は黙って聞いていたが、やがてたずねた。

「この者は捕えしとき、杖など持ちおらなんだかや」

　足軽のひとりが答えた。

「たしかに何やら投げすてたようでござりました」

「その辺りをあらためて参れ」

足軽たちは駆け去ったが、しばらくして戻ってきた。

「松明《たいまつ》をつけ、辺りをあらためしところ、この竹杖を見つけて参りました」

清正はその杖を割ると書きつけが出てきた。ひらいてみると宇土城守将の小西行景が、支城の八代《やつしろ》城主である弟の小西行重に加藤勢を挟撃せよという命令書であった。

清正はその書きつけを陣中の人足に人質をとって裏切れないようにして、行重のもとへ届けさせた。

行重は兄の筆跡を見て、指図の通り出兵するとの返書をその人足に預けた。返書は清正の手に入る。清正は八代城から攻め寄せてきた行重の部隊を待ち伏せして散々に打ちやぶり、八代へ敗走させた。

隈本治政

関ヶ原合戦ののち、清正は小西行長の旧領地天草を加増され、五十四万石の太守となった。清正が熊本築城普請にとりかかったのは、慶長六年（一六〇一）八月であった。

城の普請作事が完成したのは慶長十二年（一六〇七）である。六年余の歳月をついやしたのは、領民にかける負担を楽にさせるためであった。

清正は彼らの生活を窮迫させないようにするため、農作業を充分におこなえる余裕を与えた。労働に見合うだけの賃銀を与え、暮れ六つ（午後六時）に作業をきりあげ、芋、飯、酒をふるまい、にぎやかに唄い踊らせた。

領民たちは人足としてはたらくあいだ、賃銀を得て毎晩酒が飲める。清正はしばしば普請場にあらわれ、太鼓を打って作業の指揮をとり、領民に声をかけいたわってやる。

　城郭は本丸、二の丸、三の丸、飯田丸を設け、天守閣は二ヵ所に置き、櫓《やぐら》は四十九、櫓門十八をめぐらす。

　それぞれの郭は空濠《からぼり》、水濠、河川によって防備をかためた。

　熊本城の地盤は阿蘇山の火山灰の堆積層であったので、清正は石垣をゆるい勾配で積みあげ、上層部を外側へ湾曲させ、敵兵がよじ登ってきても途中で引き返さざるをえない、独得の工法を用いた。

　また城外一里四方を「府内」、その外を「府外」と呼んで区別し、府内に町数三十六の城下町を設け、領民を住まわせた。

　すべての普請、作事が終ったとき、清正は家来、町村の主だった者をすべて呼びあつめ、城内の大広間で饗宴をひらいてもてなし、自ら軍扇をひらき踊りまわった。

　さらに普請人足としてはたらいた百姓たちもすべて登城を許し、三日間飲めや唄えの大盤ぶるまいでもてなす。清正は彼らに酒を飲ませるため、ほうぼうへ声をかけてまわった。

「誰に遠慮がいろうかや。飲め、飲め。酔い倒れりゃ寝て、眼がさめたらまた飲みつづけなんし」

町内でも芝居、相撲などがもよおされ、住民たちは三日間の宴楽の記憶を、ながく子孫にいい伝えた。

清正は領内を流れる白川、菊池川、緑川、球磨川の四つの大河を浚渫《しゅんせつ》し、水路を変え、洪水にそなえ石堤、石刎《いしばね》などを諸所に築いた。石刎とは水勢を衰えさせるための石の障害物であった。

また熊本と阿蘇をむすぶ大津街道をつくった。幅十九間（約三十五メートル）の他藩では見られない、異様なまでの大道路であった。道の両側には杉並木がつらなっていた。大坂の豊臣秀頼の身に異変があったときは、清正は軍勢を率い豊後鶴崎へ出て、海路大坂へ急行しなければならない。

そのとき小荷駄の混雑で進行が遅れることのないよう、幅員のきわめて広い道路をつくったのである。清正は約一万二千の兵団を動員できた。

清正は領内の普請作事をおこなうかたわら慶長九年（一六〇四）には幕府から江戸城石垣普請を命じられた。ともに普請をおこなったのは姫路城主池田輝政、広島城主福島正則、福岡城主黒田長政ら、秀吉恩顧の外様《とざま》大名たちであった。

彼らはそれぞれ石を運搬する石船三百艘《そう》から四百艘ほどを、二年かけてつくり、慶長十一年（一六〇六）に江戸に集合して、採石、輸送をはじめた。

石は江戸近在にはなく、伊豆半島から運ばねばならない。採石は石切り人足が崖の上から綱で吊した袋に入り、岩壁にまず玄翁《げんのう》という金槌とノミで矢穴を掘って石を切りだし、百人持ちといわれる重量の大きさに割る。

幕府役人の石改めをうけた石は、一艘の船に二個ずつ積まれる。ロクロで積みこまれた大石は江戸まで運ばれる。石船は伊豆と江戸の間を一ヵ月に二度往復した。

諸大名の石船は総計三千艘に及んでいたので、一ヵ月に百人持ちの石一万二千個が運ばれたことになる。

材木は木曾谷の深山から檜《ひのき》の大木が運び出された。長さ十七間（約三十一メートル）にある巨木を、伊勢湾まで運び出すには、数千人の筏乗りを使い、細心の作業を必要とした。

利根川上流、富士川上流の山岳からも用材が集められた。

江戸城石垣積みがはじまったのは、秀忠が二代将軍になった慶長十年（一六〇五）であった。

江戸城の石垣は、日比谷入江を埋めたてた泥地で、沼のように海水が入りこんだところでは鯔《ぼら》がはねていた。

このため石垣普請は危険きわまりない。石工たちは筏地形《いかだじぎょう》という地盤固定の施工をおこなう。まず泥土のなかへ松の大木を組んだ筏を沈め、長杭を打ちこみ固定して、そのうえに石垣を積んでゆく。

松は水中でも千年は腐らないといわれるが、石垣の荷重がふえてくると不安定になった。大雨のときは、石工たちが怖れた。

「筏が沈んだら、石垣が降ってくるぞ」

豪雨が降りつづくと、石工たちの怖れた通りの事故が、あいついでおこった。

清正は浅野長晟《ながあきら》と隣りあう現場の構築を命じられたので、普請を家老の森本儀太夫にまかせた。

儀太夫は清正の指図に従い、人足たちに連日武蔵野の萱《かや》を刈りとってこさせ、普請場の沼地へ投げこませた。萱が泥を覆いかくし、小山のように高くなってくると、民家の子供たちを呼んできた。

「おまえどもは、毎日この上で遊べ。小遣いをやるほどにのう」

十歳から十五歳ぐらいまでの子供が大勢集まってきて、終日萱を踏み、遊びまわった。

浅野家では筏地形のうえに石を積んでゆく。石垣がほとんどできあがった頃になっても、加藤の現場は、萱を投げこむばかりであった。

諸大名の家来たちは、森本儀太夫の仕事ぶりをあざ笑った。

「あのようなる仕事では、いつまでもらちがあかぬではないか」

儀太夫は他人の評判などまったく気にせず清正の命令を守り、萱を子供たちに充分踏みかためさせたのち、石垣を積みはじめた。

普請の期間は長びいたが、ある日豪雨が降ると、浅野家の築いた石垣は各所で崩壊したので、積み直さねばならなくなった。

加藤家の石垣はまったく崩れなかったので、その後湿泥地に石垣を築くときは清正の施工法がひろく用いられるようになった。

秀吉は羽柴筑前守と名乗り、信長のもとで武将としてはたらいていた頃、家来が彼のもとをはなれたいというと、おだやかに告げた。

「あいわかったぞ。ならば明けの朝にわしに会いに参れ」

家来がたずねてゆくと、秀吉は茶をたてでもてなし、引出物を与えたうえで告げた。

「いずれへ参るとも、わしのもとへ戻りたくなりゃ、帰ってこい。いつなりとも召し抱えてやらずい」

秀吉は自分の発した言葉の通りにふるまう。彼のもとを去った旧臣が日を経て戻ってくると、以前と変らぬ知行で召し抱えてやった。

清正のもとに飯田覚兵衛という重臣がいた。朝鮮役で晋州城攻撃のとき大功をたてた。彼の禄高は二千石であったが、のちに清正の命令にそむいたことがあり、放逐され、伏見のあたりで馬の沓《くつ》、草鞋《わらじ》などをつくり、口を糊《のり》していた。

そのうち福島正則から彼を四千石で召し抱えようという誘いがもちかけられた。覚兵衛は、使者が幾度たずねてきてもことわった。

「拙者は加藤家の臣となったとき、六石を頂くとるにも足らぬ小身者でござった。それが合戦の数をかさねるうちに大禄をたまわるようになった。一手の指図を任されるようになったのは、清正公のご恩深かりしゆえだ。

いま浪人となりしはわが身の不仕合せであるが、もし加藤家に呼び戻されるなら、六石で帰参してもいいと存じおる。清正公のほか、二君に仕えるつもりはござらぬわい。もし清正公がこののち合戦なさるるなら、お許しを願わずとも馳《は》せ参じて、ご馬前で討死いたし、これまでのご厚恩に酬《むく》いるつもりだ」

覚兵衛の言葉に感動した福島家の使者が、彼を褒《ほ》めそやした。

「あれこそは真の武者道だ。覚兵衛の言葉は涙なしには聞けぬわい」

その噂が清正に聞えると、彼はただちに覚兵衛を帰参させ、四千五百石の大禄を与えた。覚兵衛が養う与力の禄をあわせると、七千百八十石となった。

覚兵衛は隠居したのち、知人たちに語った。

「わしは一生かけて清正公に巧みに使われた。思いおこさばはじめて合戦に出たときは無我夢中にて駆けまわり、気がつけば人なかにて目立つほどの功名をたてておった。しかし朋輩のうちでおおかたは矢弾を身にうけ落命いたしおった。

そのため、これは危うきことよ。武士の務めはこのたびばかりにてやめるべしと怖気《おぞけ》をふるうたのじゃ。

したが、清正公が傍にきてわしのはたらきこそは武者の亀鑑《きかん》じゃと褒めそやし、知行もたくさんふやしてくれたので、気分が変り武士の暮らしをつづけた。そののち戦場往来の数をかさね、このたびかぎりにて武士をやめるべしと思わぬこととてなかりしが、いつとても清正公より褒められひきたてられ、褒美を頂戴し、朋輩どもにうらやましがられしゆえ、つい長き務めをいたしした。そのため一生の五体さかんなりし間を、危うきことこのうえもなき陣場に身を置くことになりしよ。

いま思うてみれば、清正公の御手のうちで踊らされしようなものであったわい」

清正は家来たちの行状を常にくわしく観察していた。熊本城にいたある夜、手洗いに出向いた。小姓が幾人かつきそっている。清正は痔をわずらっているので、用を足すのに時間がかかる。

そのあいだ考えごとをしているうちに、厠《かわや》のそとにひかえている小姓に命じた。

「庄林隼人に申し伝えたきことがある。いますぐに呼べ」

近臣の隼人は風邪をわずらい休んでいたが、使いがきたのですぐ登城してきた。

清正は隼人に告げた。

「いま用足しをするうちに思いだせしが、おのしの家来に二十すぎの年頃で、いつ見ても茜《あかね》色の袖なし羽織をつけておる者がおろうがや。そやつの名は何と申す」

「出来助《できすけ》と申しまするだわ。尾張生まれにて諸事かしこくふるまうゆえ、草履とりをさせてござりますが、気ばたらきのすすどき者にござりまするに」

「おう、そやつだわなん。いつなりしか、川添《かわぞえ》へ芝居能を見物に出向きしとき、その出来助が小便いたしおるところを見たが、肌に鎖帷子《くさりかたびら》をつけ、脚絆《きゃはん》のかわりに脛当《すねあて》をつけておりしよ。

いま世間は合戦もなく、諸人は武具に身をかためるならわしも忘れ、のうのうといたしおるに、出来助の心掛けは、たいしたものだがや。

人の生死は計られぬものでやな。わしが死ぬか、おのしが死ぬか、はたまた出来助が死なば、褒めてやることもできぬままになろうだで。ただいま立ち帰り、出来助の禄を増してやれ。一度に高禄はならず。朋輩の妬《ねた》みを買うゆえにのん。おのしも風邪ならば、下城のまえに台所にて酒を飲んで戻るがよからあず」

庄林隼人のもとへ浪人三人がたずねてきた。関ヶ原の役以来、浪人は天下に溢れている。

ひとりは仙石《せんごく》という武勇の士で、清正のもとで立身したいと望んでいた。ひとりは老人である。壮年のときは相応の戦歴もあったが、小禄でも召し抱えられ安心しひとりは青年で、武芸に長じており見るからに役立ちそうな外見であった。もうひとりは老いた侍で、残り少ない余生を安楽に過ごしたいと考えており、落ち着いた生活を送り、世を終えたいという。

清正は庄林隼人に告げた。

「仙石という者は立身したいというからには、それなりの心得もあろうがや。侍の本意をいずれはあらわそうでやな。召し抱えてやらあず。余生をわしのもとで安楽に過ごしたいという年寄りは、昔に戦場往来いたし、幾度となくめざましきはたらきをいたせしことを聞きしことがあるだわなん。

たのもしき家来ではなきゆえ、いらざる者なれども、それを召し抱えなば、若侍どもは旧功ある侍は老いぼれたりとも手厚く扱わるると知り、安心いたすゆえ、拾うてつかわそう。

されども若き侍は、そうは参らぬだわ。当家には何千という若い者がおるでなん。腕が立つとはいえ若侍を召し抱えなば、それらの者どもが気をわるくいたすでやあらあず」

隼人は清正の奥深い考えに、おそれいるばかりであった。

清正には人の器量を読みとる鋭敏な感覚があった。彼は母衣《ほろ》衆二十騎を選ぼうとして、武名の高い家来たちに投票させることにした。

母衣は騎馬侍が敵の矢を防ぐため、わが背から冑《かぶと》、馬首に至る、布を張った籠である。母衣をつけた侍の活動は、戦場で人目をひき、その行動が全軍の士気にかかわるとされていた。

織田信長の麾下《きか》にいた黒母衣衆、赤母衣衆は、武勇絶倫の侍ばかりで、他の将兵たちは、彼らとまともに眼をあわせることをはばかったといわれる。

清正は札をいれた箱をひらき、あらためるうち、坂川忠兵衛と書いた札の文字に眼をとめた。筆跡があきらかに忠兵衛自身のものであると分ったためである。

清正は坂川を呼び、たずねた。

「これはおのしが書きしものではないのかや」

坂川はうろたえず答えた。

「さようにござります。他人の心はあてになりませぬ。それがしの父《てて》でさえ、たしかに札を入れてくれるかは、さだかにござりませぬ。他人の評判などはあてにならぬもので、わが心はおのれが知りぬいておりまする。それがしに母衣をお許し下さらば、他の何者よりもめざましき手柄をたてまする。さよう思い定めしゆえ、札にわが名を記せししだいにござりまする」

清正はそれを聞いて、坂川に告げた。

「おのしのいうところは、尋常の者にてはあらざる本意だでなん。母衣を許してつかわそうでや」

清正は坂川を六百石の母衣武者にひきたててやった。

清正はしばしば茶会を催した。あるとき、小姓たちに座敷の支度をさせたが、名器の茶碗を出すことになった。充分に注意していたが、茶碗を持ちだした小姓が手をすべらせ、割ってしまった。

小姓たちはおどろき、どうすればいいかと相談したが、いずれも勇者を父に持つ少年たちであったので、すぐに衆議は一決した。

茶碗を割った罪は、全員でうけようというのである。清正がやってきて割れた茶碗を見て、茶碗を割った者が誰かと聞いたが、小姓たちはだまりこんでいた。

清正は腹をたてた。

「おのしどもは子供とはいえ情なき者だがや。いずれも武功すぐれし者どもが子なるに、親の名をけがすつもりかや」

加藤平三郎という十四歳の小姓が頭をあげた。

「われらが何として臆病者にござりまするか」

清正はいよいよ怒った。

「碗をこわせし者は切腹させらるるべしとて、命が惜しきゆえ申し出ぬでやあらず」

平三郎はおちついて答えた。

「われらのうちにひとりとて命を惜しむ者はおりませぬに。不調法をいたせし者の名を申しあげぬは、戦場に出でしとき、ご馬前にて御用をいたすべき者の命を、いかに名器とて茶碗にかえられたくはなしと、存ずるゆえにござりまする。どれほど名器なりとも、戦場で主人を守り討死いたすことはなし。殿には、われらが父の武功まで仰せられてのご叱責なれば、このうえは、小姓一同命をなげうっても粗忽者《そこつもの》の名を申しあげられませぬ」

福島正則であれば粗忽をした小姓を、一刀のもとに手討ちにしたであろうが、清正にはその気がなかった。

平三郎の口上《こうじょう》を聞いた清正は、感心した。

「おのしが申し条は、筋が通りておるだがや。やがては父にまさるとも劣らぬ武辺者になるでやあらあず」

関ヶ原の役のあと、肥後太守となった清正は、八代城《やつしろ》を改築するとき現地に出向いていたが、途中で用向きがあり熊本城へ戻った。その留守中に、八代へ残留させた小姓組のうち、十二歳と十三歳の少年が刀を抜き乱闘し、居あわせた家臣たちに引きわけられた。

だがどちらも負傷する大喧嘩であったので、家老たちは処罰をどうすればよいか迷って、清正のもとへ参じ、事情を報告した。

「さほどすさまじき喧嘩ならば、捨ておくわけにも参らぬだわなん。家中定法《じょうほう》により始末いたせ」

家老たちは八代に戻り、小姓たちに切腹を命じた。

城中でみだりに抜刀し斬りあうのは、死に値する罪であった。

二年ほど経った秋の宵、清正は上方《かみがた》から芝居役者を呼び、家臣たちとともに楽しんだが、主君の子を謀殺しなければならなくなった家臣が、わが子を殺し若君の命を救ったくだりを見て、突然涙を流した。

「思うも哀れなることだわなん。主人が幼き者を切腹させよと家来に申すとき、胸のうちにては助けてやりたしと思うこともあるのだわ。されども法を守るべしといわねばならぬだがや。さようなるときは年寄りどもが主人の気を察し、しかるべき手心を加えてもよきものでやな」

清正が八代で切腹をさせた二人の小姓の死を悼んでいるのを知った重臣たちは、彼らがとった情のないふるまいを後悔した。

文禄元年（一五九二）頃、織田信雄が京都で猿楽を催し、諸大名を招待した。清正も従者をともない出向いた。

金吾秀秋も招待されてきた。秀秋は秀吉の正室北政所の兄、木下家定の子であった。

三歳で秀吉の養子となり金吾中納言と名乗っていた。

文禄二年（一五九三）に秀頼が生まれたので、翌三年に小早川隆景の養子となったが、金吾と称していた頃は威勢が辺りをはらっていた。家来までが威張っていった。

「金吾さまのお通りじゃ」

清正の家来が、彼らのから威張りを苦々しく思い、小声で吐きすてるようにいった。

「なんの、金吾か」

秀秋の近習がそれを耳にして、棒をふるい打ちかかってきた。

清正の家来三人が、棒で打ちのめされたが、手向いをしなかった。

秀秋が屋敷へ帰ると、家老たちが寄りあつまっていう。

「さきほど殿中で打ちすえし三人は、加藤家の者なれば、武勇にもとりしとて清正の成敗をうけるでござりましょう。ならば当家の棒をふるいし者どもも、腹を切らせねば清正は治まりますまい」

「なに、清正がなんと申せども、騒動はあやつらの無礼な言動よりおこりしなれば、わが家来に腹を切らせるいわれはなし」

「いや、さようには参りませぬぞ。清正はなみはずれし剛気の大将なれば、とてもおだやかにはすみませぬ」

家老たちは加藤家の侍を殴った家来たちに死装束《しにしょうぞく》をさせ、加藤家からかけあいの使者がくれば、切腹させる手筈をととのえておくよう進言し、秀秋もやむなく応じた。

清正はその日のうちに自ら秀秋のもとへ訪れてきた。秀秋はうろたえ家老たちと相談したが、会わぬわけにはゆかないので、怖れつつも清正と対面した。

清正は意外なほどおちついた物腰で、秀秋に語りかけた。

「今日はわが家来がご無礼をはたらきし由を聞いてござるだで。われらが家来はお手討ちにあうもいたしかたなきところ、棒にて打たれしばかりなりしとはありがたや。

拙者はご無礼をはたらきし者を成敗いたすべしといったんはきめたれども、さるにてはご当家ご近習衆も重き仕置きをうけらるることになるやも知れぬと勘考いたし、閉門を申しつけ、帰国いたさせてござる。

ならばご当家ご家来衆も罰せられませぬよう、くれぐれもお願い申しあげまする」

「ご貴殿のご斟酌《しんしゃく》のほど、まことにかたじけなく御礼申しあげまする」

秀秋は虎口をのがれた思いで、礼を述べた。

清正はわが屋敷に戻ると、ただちに酒肴の支度をさせ、金吾の家来に殴られた三人を呼ぶ。

「わしはいま金吾に会うて、すべて円満に収めてきたゆえ、このうえの気遣いはなし。いざ酒をくらえ」

清正は安堵した三人に、したたかに酒を飲ませた。

清正は酒を好まなかった。体質があわないのである。そのため酒の好きな家来たちは、清正の前では飲酒をできるだけひかえた。

坂川忠兵衛という家来は大酒飲みであるが、清正には下戸《げこ》で一滴も飲めないと嘘をついていた。清正は家来たちの日頃の行状はすべて知っている。

あるとき城中で酒宴が催された。忠兵衛は玉庵という酒豪の医者とならび飯を食っていた。

玉庵は膳の馳走をたいらげつつ、大盃に溢れんばかりに酒をうけ、傍に置いている。忠兵衛は飲みたくてたまらないが、我慢していた。

清正が傍へきて、あたらしい大盃に酒をみたしさしだす。忠兵衛は清正がきているとも知らず、たまらず大盃をうけ、息もつがずに飲みほした。

「いまひとつ飲めい」

清正は大盃にふたたび酒をつぐ。忠兵衛はそれも一気に飲む。

「これ玉庵、うまかりしか」

忠兵衛は頭上から聞えた清正の声におどろき、自分が飲んだ酒は玉庵に下されたものだと気づきうろたえたが、清正は大笑して通り過ぎた。

徳川の圧政

家康は慶長十年（一六〇五）春、将軍職を秀忠に継職させるため、大名四十余人、従兵十六万人を率い上洛した。

秀忠は二十七歳で二代将軍の位についた。家康は大御所と称するようになり、秀忠の兄秀康は権中納言、弟忠吉は従三位左近衛中将、忠輝は従四位下左近衛権少将にそれぞれ昇任した。

このとき、家康は秀吉の北政所高台院杉原氏（かつてのおね）に頼み、秀頼を諸大名と同様に上洛させ、秀忠に挨拶させるよう大坂城へ申しいれたが、淀殿はことわった。

民間にもこの応酬が聞え、住民は騒ぎたてた。淀殿が家康に上洛を強請させられるときは、秀頼とともに大坂城で自害するといったためである。

十三歳の秀頼が二条城へ出向けば、仕物《しもの》（謀殺）にかけられかねないという内報をする、太閤恩顧の外様大名がいたのである。

徳川将軍家は天領四百数十万石を支配し、旗本御家人の領地を加えると、八百万石となる。関ヶ原合戦のとき、東軍司令官であった家康は、いつのまにか諸大名を眼下に見下ろす将軍となった。

秀忠が将軍位につくまえ、秀頼は内大臣に任ぜられた。秀忠の長女千姫は、慶長八年（一六〇三）に七歳で秀頼の室となっている。

表面では融和策がとられているが、豊臣家は天下の支配者から摂河泉《せっかせん》六十五万石の大名に落されていた。

豊臣家を支持する大名は清正のほかに福島正則、池田輝政、浅野幸長《よしなが》、黒田長政、加藤嘉明ら、西国外様大名である。彼らは秀頼を主君秀吉の後継者として敬っていた。

家康は二条城で酒宴をもよおし、諸侍と京都の豪商たちが居並んでいるまえで、側近の本多正信にいった。

「いまの日本国の武者ばらのうちに、加藤肥後守（清正）ほどの豪傑はおるまいで居睡《いねむ》りするふりをしていた正信が、とじていた眼をひらき、聞きなおした。

「上さまはいま、なんと仰せられましたかなん」

「加藤肥後守ほどの豪傑はおらぬということよ」

「ほう、それは太閤さまご在世の時分に、虎之助と名乗りし仁にてござりまするか」

「いかにも加藤肥後守、あるいは主計頭《かずえのかみ》と申さば、天下に隠れもなき豪傑だがや」

　正信は眉根を寄せ、思案するふりをした。

「私は年をとりしゆえ、世上のこともよく忘れまする。上さまは信玄、謙信、信長、氏康のことをよくご存知なれども、加藤肥後守ほどの目立たぬ者を、日本に二人となき豪傑と仰せられまするか。

　上さまが人をお褒《ほ》めになさるることはめったになく、加藤には望外のご名誉にござりまするでやな」

　家康は正信がとぼけたふりをして話をうけたので、うまく言葉をつなぐことができた。

「肥後守の身上《しんじよう》はわしがよく存じておるだわなん。西国はあれに任せおかば乱れる気遣いはないでのん。されどもひとつ疵《きず》あるゆえに、任せられぬでやな」

「ほう、その疵とはいかなるものにござりますかや」

「肥後守は俠気さかんなれども情にもろく、事にのぞみ危うきふるまいを好む傾きがあるでなん。その疵がなく常におちつきおるならば、あれに勝る武夫《もののふ》は日本国におらぬだがや」

「事にのぞみ、危うきふるまいをいたし、亡びたるは武田勝頼の先例もござりまするだわ。それこそ豪傑の大疵にて、まことに惜しきことと存じまするに」

酒宴の座にいた町衆たちのうちに、家康と正信の交した談話に興味を持ち、清正に知らせた者がいた。

清正はその話を聞き、家康が彼の戦力を重視している内心を伝えようとして、本多正信とわざと人前で語りあったのだと察し、諸事穏当にふるまうよう気遣いをしたが、内心では秀頼のために身をなげうつ覚悟をきめていた。

慶長十五年（一六一〇）閏《うるう》二月、将軍秀忠は駿府《すんぷ》（静岡市）に在城していた。三河の田原山で二万人の勢子《せこ》を動員し、大巻狩りをおこなうのである。

参加するため参集していた諸大名たちは八日朝に召集され、二十二人が家康九男の義直の居城である尾張名古屋城普請の出役を命じられ、ただちに普請場へおもむくことになった。

彼らのなかには加賀百三十余万石の前田利光（利常）、筑前福岡五十二万石の黒田長政、豊前三十九万石の細川忠興、筑後四十万石の田中忠政、肥前四十六万石の鍋島勝茂、土佐二十万石の山内忠義、長門二十万石の毛利秀就《ひでなり》、肥後五十四万石の加藤清正、播磨《はりま》五十二万石の池田輝政、安芸《あき》五十万石の福島正則、紀伊三十七万石の浅野幸長ら有力外様大名がいた。

出発のまえ、福島、池田、浅野らが清正と酒宴をひらいた。福島ら三人は前年に幕府の下命で丹波篠山城普請の課役をなしとげたばかりであったので、またも名古屋築城に駆りだされるとは思っていなかった。

福島正則は酒を口にするうち池田輝政に相談をもちかけた。

「おたがいに江戸、駿府をはじめ築城普請の工役を連年負わされておる。江戸、駿府は将軍家、大御所の居城なれば、加役して当然と申せようが、名古屋は大御所の庶子の居城でやな。

それまでわれらに普請させるとは、あまりの重課にあらずか。貴公は大御所愛《まな》婿《むこ》殿なれば、われらが連年の重荷を減らしてくだされと、お頼みしてはくれぬかや」

輝政の室は、家康の息女督姫である。

輝政も不満を抱いていたので、おなじ意見であったが、家康に課役軽減を頼めば、はたしてどんな返答が下りてくるかとためらい、しばらく考えふけっていた。

その様子をうかがっていた清正は、大笑して正則にいった。

「おのしはわしが縁者なれども、大々名となったるいまも、昔と変らず思いつくがままにつまらぬことを口走るでのん。

城を築くのがわずらいに堪えぬとあらば、いまより領国へ駆けもどり、幕府に謀叛をいたすがよからあず。もし謀叛ができぬとあらば、普請場へ参るがよかろうでやな」

正則は清正のするどい批判に酔いも一時にさめ、われにかえった。

清正はさもおかしげに笑いつづけ、同座の人々もつられて笑いだし、正則の失言はあとに残らないかと思うほど宴席がにぎやかになった。

　正則は十年前の関ヶ原合戦で、東軍不振といわれるなか、輝政とともに家康のきわどい賭けを成功させてやった恩人であった。

　それが家康の臣下として屈従し、課役を軽くしてもらいたさに、輝政を動かそうとするあさましさを、清正は見逃せなかったのである。清正は輝政を警戒していた。

　輝政はともに課役に苦しんではいるが、彼に内心を漏らせばそれを家康に密告する危険があった。

　家康はきわめて猜疑心《さいぎしん》がつよい。密告をうければおおいによろこび、幕府に楯つく発言をした者は、かならずその報いをうけることになる。

　輝政は清正の予測の通り、正則の発言を家康に伝えた。家康は本多正純ら近臣が列座するなかで聞いた。

「今度の名古屋普請を仰せつけられし諸大名のうちには、江戸、駿府などのご普請をあいつとめ、台所向きの苦しきゆえ、名古屋のご普請をご免こうむりたしと申しおるむきもおりまするに」

家康は冷然と表情も変えずにいった。

「さようのことを申すは何者かは、名をあげずともあい分っておるだがや。前後のわきまえもなく大事を招くやも知れぬことを口外いたすは、わしに対し謀叛する魂胆を抱くなれば、その者どもはただちに暇をつかわし下国させるだわ。おのれが力をふるって謀叛をいたさばよいのでや」

輝政は舅《しゅうと》と思い気をゆるしていた家康が、にわかに彼を脅すような口ぶりをあらわしてきたのにおどろき、身も縮まる思いになった。家康は傲然《ごうぜん》と身をそらせ、輝政にいった。

「諸大名がどれほど力をあつめしとて、わしを潰せるかや。関ヶ原以来、鉾《ほこ》を納めて久しきゆえ、この辺りにてひとはたらきしてみたきものだがや。若き子も多くひかえおるなれば、領国を見つくろうてやらねばならず。されば謀叛をたくらむ者どもに、ただちに旗揚げいたすよう申し伝えよ」

輝政は家康が冗談めかして告げた言葉に、恐怖した。

彼は家康がもはや現在の福島正則らの戦力に、まったく圧迫を覚えず、謀叛をおこせば即座に討伐の軍勢をさしむけるつもりであることを知った。

幕府の方針を知った正則らは、ふるえあがって名古屋城普請にむかった。輝政はこのとき、正則を破滅させようとはかったという説がある。彼は誘った。

「貴公の申されるところに、わしも同意いたすが、謀叛せしところで播州で公儀の軍勢を迎えうたば、自滅するばかりでやな。大御所は婿とて容赦はされぬだわ。何の実もむすばず、死に損をしとうはなし。さればおのおの方とともに大坂城に入り、秀頼公のもとにて有無の一戦を遂げなば、武士の面目もたつというものだわなん。わしは貴公の存念に従うでさ。いつなりとも同道いたそうず」

清正は正則がさすがに、輝政のしかけた罠にはまらず、返答をしなかったので、ようやく安堵した。

清正は名古屋の萬松寺という曹洞宗の禅寺に宿陣した。伊勢で巨石を切りだし、熱田《あつた》宮の湊に揚げて普請場へ運搬する作業を自ら監督する。

ある日、数十畳敷の大きな角石を修羅車《すらぐるま》に載せ、現場へ運ぶことになった。清正は巨石を朱色の毛氈《もうせん》で包み、青色の大綱でくくり、五、六千人の人足に曳かせるのである。

修羅車はコロという十数本の丸太のうえに載せられている。

清正は具足のうえに朱の陣羽織をつけ、片鎌槍を立て、石の上に立ちはだかる。そばに容貌美麗をきわめた小姓数人に、豪華な綾羅錦繡《りょうらきんしゅう》の衣裳をまとわせ、石のうえに立ち並ばせた。

清正は戦場で大軍を指揮した大音声《おんじょう》で、木遣り音頭を唱った。家来たちはすべて華麗ないでたちで、綱に手をかける。五、六千人の人足たちは、えい、えいとかけ声をあげつつ、修羅車を曳いていった。

熱田から名古屋まで一里ほどの道端に、酒、肴、餅、豆腐、菓子などあらゆるものを売る商人たちが、小屋がけの店をつらねていた。清正はその商品、器物、樽にない棒などに至るまで、いい値で買いとり、品々をすべて道に投げちらしていった。

「これらはすべて誰かとって食ろうてもよからあず。酒もほしければ、何びとたりとも飲みたいだけ飲め」

人垣をつくっていた見物人に商人も加わり、綱にとりつく。人足たちもしたたかに飲食して、うかれて手拍子をうち、はやり唄をうたい、笑いざわめきつつ、一刻《とき》

（二時間）ほどのうちに普請場に到着した。
こののち、巨石を運んだことが数日に及び、清正はそのたびに、絵にも描けないほどの美しい小姓たちに、いかにも伊達に染めさせた小袖羽織をよそおわせ、引きつれた。その容姿を咲く花のように見た群衆のなかから、つぎのような小唄がうたわれるようになった。
〽及びなけれど萬松寺の花を
折って一枝ほしゅうござる

清正は戦場では武勇にすぐれ豪胆であったが、平時のふるまいはきわめて穏和、寛大であった。彼が大坂屋敷にいたとき、茶会を催したことがあった。

小姓らが座敷に茶湯支度をしているうち、ひとりが亭主役のまねをはじめ、他の数人が客の座に坐る。

「正客はおれじゃ」

「いや、おれがなるぞ」

押しあいふざけるうち、ひとりが転んで座敷の小壁に背をうちつけ、壁面が凹《へこ》んだ。

小姓たちは蒼《あお》ざめた。清正に詫びて切腹しなければならないかも知れなかった。

茶会は翌朝六つ（午前六時）にはじまる。

彼らは清正にふざけあううち、壁をいためたことを報告した。

「かようなる不始末をしでかせしうえは、いかなるご成敗をもおうけいたします る」

清正はおどろいて小姓たちを叱りつけた。

「明朝の正客は、諸事にうるさき正則でやな。難儀なることをしでかせしことだで」

彼は眼をいからせたが、死を覚悟しているらしい小姓たちを見ると、あわれであった。

——たかが小壁とこやつどもの命とをくらべることもなし。塗り替えればよきことだで——

清正は怒りをしずめ、命じた。

「たわむれあやまちをなせしは緩怠なれども、正則がくるまでに壁を塗りなおせしとて、乾くまいでやな。いたしかたもなし、葭垣《よしがき》にて隠しておけ」

翌朝、福島正則がきて、正客の座につくとたちまち清正にたずねた。

「この葭垣はめずらしき趣向だわなん。何の意によるものか、教えてくれい」

清正は笑っていった。

「昨日、小姓どもに掃除をさせたがのん。じゃれおうて壁をいためしよ」

正則は顔色を変えた。

「そやつらを生かしておるのかや」

「うむ」

正則は怒声を発した。

「さような不埒者《ふらちもの》を成敗いたさぬかのん。早速に引き出し、斬りすてねばならずい」

清正はいった。

「おのしは武勇すぐれておるとも、人を芋か大根のごとくに斬りすて、心を痛めぬには日頃よりあきれはてておるだでや」

「なんと申す」

「若き奴輩《やつばら》のじゃれあいたるに、何ほどの罪があろうぞ。たかが壁を損ぜしばかりにて殺すよりも生かせておかば、子孫の役に立つ能臣となるのでや。いたずらに怨恨ばかりを残さば、家中叛乱の源となろうでやが。ちと、物事を筋道たてて考えぬかや」

清正は戦場では陣の構えを自らこしらえ、陣小屋の造作にもかかわり、危険な物見にも出た。清正は操兵の神髄をこころえていた。

「他の家中にて臆病といわれし侍でも、わが家中に召し抱えなば臆病のふるまいはさせぬ。侍の勇と怯《きょう》のいずれを導きだすかは、大将の腕しだいだがや」

清正の江戸屋敷は外桜田弁慶堀をはさみ、江戸城とむかいあっていた。表門の冠木《かぶき》には小馬ほどの犀《さい》（虎ともいわれる）の金彫物が置かれており、この彫物が朝陽にかがやくので、品川付近の魚が浜辺へ寄りつかなくなり、漁師が困ったといわれる。

身の丈六尺五寸（約百九十七センチ）の清正が、帝釈栗毛《たいしゃくくりげ》という名馬に乗り、刃渡り五尺三寸の備前兼光の大太刀を佩《は》き、江戸城へ登城する雄姿を、市民たちははやり唄にした。

〽江戸の虎落《もがり》（風よけ垣）にさわりはする
と、よけて通しゃれ帝釈栗毛

秀頼上洛

慶長十六年（一六一一）三月六日、家康は九男義直、十男頼宣を連れ、駿府城を出て京都へむかった。従う軍勢は五万であった。京都で後陽成《ごようぜい》天皇の第三子政仁《ことひと》親王へのご譲位の大礼を執行するためであった。

洛中には西国諸大名がつめかけており、人馬が溢れていた。家康は十七日に二条城へ入り、十八日には伏見城へ移った。

十九日には勅使二人が伏見城へきて、義直、頼宣をそれぞれ従三位右近衛権中将に叙任するとの勅旨を伝えた。

家康は幼い二子の叙任をおおいによろこび、十一男九歳の鶴松（頼房）にも官位を仰せつかわされるよう乞うた。

家康の願いはただちにうけいれられ翌二十日、鶴松は従四位下右近衛少将、さらにすでに亡くなっていた二男結城秀康の嫡男、十七歳の松平忠直は、従四位上右近衛権少将に叙任された。

さらに天皇は家康の官位を太政大臣にあげ、菊桐の御紋を許されるとの内旨を伝えた。家康は辞退し、わが遠祖が新田氏であるとして願い出た。

「われらが先祖新田大炊助《おおいのすけ》義重、わが父次郎三郎広忠に贈位賜りたしと、伏して願い奉りまする」

二十二日、新田義重は鎮学府将軍従四位下、広忠は従二位大納言に贈位された。

三月二十七日、後陽成天皇は三の宮政仁親王にご譲位され、御齢十六の親王が受禅された。後《ご》水尾《みずのお》天皇である。

後陽成天皇は御齢四十一歳であったが、早いご譲位は徳川幕府の圧迫を嫌われたものであるといわれた。

慶事ににぎわったその日、家康は織田有楽斎《うらくさい》（信長の八弟）を大坂城へつかわし、秀頼に上洛を求めさせた。

大坂城へ出向いた織田有楽斎は、重任を果たすため、懸命に弁じた。

「大御所さまは右府（秀頼）さまと久しくご対面なされておられませぬ。十年を超える歳月のうちに、いかなる武者ぶりをそなえられしか、このたび上洛の機にわが眼にてたしかめなばうれしやと、仰せられてござります。

右府さまにとっては大舅なれば、大御所さまとご対面あらば、天下の慶事これにすぐるものはあらずと存じまするに」

だが秀頼の母淀殿は応じなかった。

関ヶ原合戦ののち、豊臣家の二百八十万石といわれる領地は、六十五万石に削られた。だが秀吉が大坂城内の金蔵に残した金銀は、鋳造すれば十両大判金千枚がとれる千枚分銅金、二千枚がとれる二千枚分銅金が山のようにたくわえられている。

千枚分銅金の重量は四十三貫、二千枚分銅金は八十九貫余であった。秀頼を主人とひそかに思っている西国の外様大名たちが、大坂城に拠って徳川幕府討滅の兵をおこせば、家康はふたたびきわどい勝負にのぞまねばならない。

家康は秀吉以来豊臣家の信頼を得てきた醍醐三宝院門跡の、義演大僧正に命じた。

「そのほうに頼みがある。太閤の菩提《ぼだい》をとむらい、豊臣家の安泰を願うために、神仏に祈願いたすよう、社寺造営にいそしめと、秀頼母子にすすめてくれい。さよういたさねば祟《たた》りをうけようなどと脅せば、淀殿などはたやすくたばかられるであろうがのん」

京都東山阿弥陀ヶ峰の太閤廟《びょう》前に慶長四年（一五九九）三月から普請にとりかかっていた豊国神社が完成したのは、慶長七年（一六〇二）六月であった。八棟の社殿、二層の楼門は華麗をきわめた。醍醐寺の唐門《からもん》、玄関、葵の間、庫裡《くり》、表書院、寝殿《しんでん》、護摩堂が新築された。東寺では金堂、洛北の相国寺では東西十四間半（約二十六・四メートル）、南北十一間（約二十メートル）の法堂新築がはじまった。

秀吉がかつて大茶会をおこなった北野神社には大仏殿を造営するなど、京都から畿内、東海に及ぶ真言、天台、浄土、禅など各宗派の社寺に堂塔を寄進した。

慶長元年（一五九六）夏の大地震で崩れた京都方広寺大仏殿の再建は、慶長四年からすすめられていたが、六丈三尺（約十九メートル）の大仏ははじめ膠漆《こうしつ》であった材質を唐銅《からかね》に変え、七層の大塔、講堂、廻廊の新築にも着手していた。

ところが十二月四日、大仏殿で鋳造していた完成に近い大仏が、鋳物師の不注意によって火を発した。熱した銅を鋳型に流しこむと、下地の材木が過熱し大火事となった。

火は六日間燃えつづけ、桁行《けたゆき》三百尺余（約九十メートル）、梁行《はりゆき》百九十八尺余

（約六十メートル）、高さ百七十三尺余（約五十二メートル）の大建築に用いた巨大な材木は、諸国から集めた貴重なものであったが、すべて消えうせた。

大仏再建につぎこんだ金は、千七百七十五貫であったというが、このとき淀殿はさすがに損害が身にこたえ、秀忠正室である妹於江与《おえよ》の方を通じ、家康の援助を仰いだが、一蹴された。

「京の大仏は、勅願によりて建立《こんりゅう》されしものではないでやが。太閤が思いたちしままに建てしものゆえ、秀頼が再建するはよかれども、なにゆえわれらが助力いたさねばならぬか。幕府は天下の大政をとりおこなうばかりにて、大仏などに金をつかうゆとりなどあらずか」

淀殿が織田有楽斎の申し出をことわり、秀頼を家康に対面させまいとしたのは、当時の事情としては当然であった。彼女はいう。

「太閤ご在世の時分とは世のさまき変り、秀頼が城を出でしならば、いかな危難にあうやも計られぬぞえ」

有楽斎は淀殿の同意が得られなかったので、京都に戻り高台院（北政所）に事情を告げた。秀頼が家康の招待に応じなければ、幕府から討伐の兵をむけられかねない。

高台院はこのまま放置できない危機にのぞんでいると判断し、ただちに大坂城へおもむき、淀殿を説得した。

「いま大御所の意に従わねば、豊臣家滅亡は目前とあいなろうでやなも」

秀吉恩顧の諸大名もあいついで秀頼母子に謁して、上洛の誘いに応ずべきであるとすすめた。

秀頼に随行するのは加藤清正と浅野幸長《よしなが》であった。いずれも弓衆、鉄砲衆を率い、家康が秀頼を仕物《しもの》(謀殺)にかけようとしたときは、斬り死にの覚悟をきめていた。

――もし異変出来《しゅったい》のときは、家康を刺し殺さねばならず。こなたばかりがやられて犬死になどとろくさいことができるかや――

清正は腹に巻いたさらしに、磨ぎすました鎧通《よろいどお》しを差しいれていた。

豊臣右大臣秀頼は、三月二十七日に大坂城を出て、楼船で淀川を遡り、淀に到着した。川の両岸は加藤、浅野の軍兵が厳重な警戒にあたっていた。

清正は船中で秀頼に膳部をさしあげ、供奉《ぐぶ》の家来衆にも酒食をふるまう。途中、家康の使者がたびたびおとずれ、秀頼のご機嫌うかがいをした。

二十八日の辰《たつ》の刻（午前八時）、楼船は淀に着いた。家康九男義直、十男頼宣が迎えに出ていた。清正は下船するとき秀頼に告げた。

「若君ご成人のお姿を拝みたしと、京童《わらんべ》どもが沿道に人垣をつくりおりまするゆえ、お乗りものの左右の扉をひらかせまする」

清正と幸長は、乗りものの左右に従い、二条城までの二里ほどの道程を徒歩で従うことにした。

清正と幸長はそれぞれ騎馬侍三百余を従えていた。秀頼は四方をあけた輿《こし》に乗り、清正、幸長は菖蒲《しょうぶ》色の皮のたっつけ袴をはいて青竹を杖とし、小袖が秀頼の袖にあたるほど身を寄せて歩いた。

二条城に至るまでの堀川通りにさしかかると、老若の町衆が道沿いにむらがり、押しあっていた。

晴れわたった空に雲もなく、輿に坐っている秀頼の威容をはじめて見た町衆たちは涙を流す。声をあげ嗚咽する者もいた。

秀頼の身に変事がおこったとき、命を捨てる覚悟をしている秀吉恩顧の大名はほかにもいた。

志摩国鳥羽三万石の城主である九鬼守隆は、関ヶ原合戦で東軍に属した。父嘉隆は西軍につき、伊勢から三河にかけての海上で水軍を指揮し奮戦した。西軍敗北ののち、嘉隆は志摩答志島という離れ島の和具《わぐ》という集落に隠れた。

その間に息子の守隆が、自分の戦功にかえて父の助命を頼み、家康の許しを得たが、嘉隆は吉報をうけるまえ、十月十二日に自刃した。

守隆が東軍に参加したのは、小勢力の九鬼氏を存続させるための苦肉の策で、内心では豊臣家を主家と思っていたため、秀頼の上洛を知ると迅速に行動した。

彼は堀川通り竹屋町の道沿いの民家にかけあい、六畳間を五両の大金で借用した。わずか半日借りるために、現代の価値にすれば三、四百万円の大金を払ったのである。

守隆とともに六畳間で秀頼の輿を拝んだ家来は十四、五人いた。彼らは膝もとに具足を置き、異変がおこったときはただちに武装して秀頼のもとに駆けつけるつもりであった。沿道の人垣のなかにも鎖帷子《かたびら》をつけ、牢人の風態《ふうてい》をした数百の家来がまぎれこんでいた。

秀頼の輿がまえを通りかかると、守隆は涙を流しつつ、思わず合掌していた。供奴の警蹕《けいひつ》の声とともにゆるやかに進む輿のうえには、十九歳の秀頼が坐っていた。

——なんと立派な若君ではないか。秀忠とはくらべものにならぬわ。豊家も安泰であろう。いまにいきおいをもりかえすにちがいなし——

秀頼は尋常の侍が子供に見えるほどの長身肥軀である。身長は六尺五寸（約百九十七センチ）で肥満していた。大坂城から外出したことがなかったので、運動不足であった。

彼は怜悧《れいり》な資質で、相国寺長老西笑承兌《さいしょうしょうたい》が、「老成人の風規ある者」とその学識を認めたほどであった。

身長五尺三寸（約百六十一センチ）足らずの秀忠が対面すれば、圧倒されるであろう巨体を見た九鬼守隆がよろこんだのも当然であった。

輿の右脇に薙刀《なぎなた》一本、うしろに二人の侍が槍を持ち、槍先を交叉させて歩む。前後には二千石、三千石をとる高禄の侍が百人ほど歩行して従っていた。

清正、幸長とともに秀頼の身辺を護《まも》らねばならない、福島正則の姿は見あたらなかった。彼は供をすることになっていたが、出発のとき乱酔して内室の鏡をつかみ、打ち砕こうとしかけた。

おどろいた家臣が抱きとめ、息女がいさめると、「推参《すいさん》でや」といきりたち息女の顔に鏡を打ちつけようとして、大勢に取り押えられた。

正則はそのまま深い眠りにおち、眼がさめて秀頼が京都へ出立《しゅったつ》したと聞くとおどろくばかりであったという。正則が大坂城に残ったのには理由があった。秀頼が二条城で家康に仕物にかけられ命を落したときは、清正と幸長が後世まで語りつがれるほどのはたらきをして、ともに斬り死にを遂げる。

その知らせを正則がうけると、ただちに淀殿をわが手にかけ、大坂城に放火して腹を切るのである。

秀頼の輿のまわりには織田有楽斎、片桐且元、大野治長、池田輝政、藤堂高虎ら豊臣、徳川両家の重臣が随行している。徳川義直、頼宣兄弟も列中にいた。

輿は二条城唐門外でとまり、秀頼が降り立った。その様子を眺めている幕臣と沿道を埋める見物人のあいだから歓声が沸きあがった。秀頼が相撲とりにもめったに見ないほどの巨体であったためである。

家康は門前の筵道《えんどう》に迎えに出ていて、秀頼とねんごろに挨拶をかわし、主殿にみちびいた。

家康は南を向いて坐り、重臣、近習《きんじゅ》、小姓が左右を囲む。秀頼は北むきの座に坐り、うしろに清正と幸長がひかえる。二人は爛々と眼を光らせている。清正は腹巻のなかに差しいれた鎧通しで、もし秀頼が仕物にかけられる異変がおこれば、家康にとびかかり刺殺したのち、浅野幸長とともにあばれまわって死ぬ覚悟をきめていた。


家康は加藤清正がいまにも食いついてきかねない殺気にみちた顔つきで、対面の座にひかえていた様子を、いつまでも覚えていた。もし秀頼を謀殺するならば、そのまえにこちらがやられていたにちがいないと、怯えをやどしたためである。

——かような奴輩《やつばら》に睨《ね》めつけられてなるものか——

家康は思わず清正に皮肉をいった。

「主計頭《かずえのかみ》は秀吉公につき従い、勝ち戦ばかりをかさねしなれば、負け戦のときの兵の指図には疎きことでやあらずか」

清正は答えた。

「仰せのごとく秀吉公は猛き主人にて、陣場にてのご采配は誤ちなく、そのうえに天運に恵まれておられしは、ご承知のことと存じあげまする。

それがしは武神のごとき主人に従い、合戦の場を右往左往いたせしばかりにて、負け戦になりしこともなく、兵を引く法を心得ておりませぬ。ただ、朝鮮国にては幾度か大軍に取り巻かれ、必死の戦もいたしてござりまする」

家康は、こやつが生きているうちに大坂方と合戦をはじめれば、福島正則、浅野幸長らが秀頼のもとへ結集する。関ヶ原で家康の策謀にのせられた毛利一族が大坂へ参じ蜂起すれば、深刻きわまりない戦になりかねないと思った。

家康は、秀頼の余人を圧倒する巨体におどろかざるをえなかった。秀忠などは秀頼にくらべると、牛のまえに出た鹿ほどにも見えない。西日本の秀吉恩顧の外様大名たちに押しあげられたときはいきおいに負けて、徳川幕府が転覆することにもなりかねない。

清正が人望のあることは、よく分っていた。福島正則とはまったく違う。

清正は秀吉のもとで武将としてのふるまいを教えられたので、家来の心をつかむ法をこころえていた。

家康は盛宴をもよおすつもりで、次の間に清正、幸長、池田輝政の席をもうけ、伴食《ばんしょく》として平岩親吉《ちかよし》の席をつらねる。三の間には藤堂高虎、片桐且元、大野治長と、伴食の本多正純の席がおかれた。

だが清正が秀頼の傍をはなれようとせず、戦場往来で鍛えた大音声《おんじょう》で言上した。

「大坂にては、さぞやお待ち遊ばされておらるると存じまするだわ。大御所さまへのご対面も終えしならば、はやお立ちあすばいてちょーでいあすわせ」

家康には、清正の意中がよく分っている。もし秀頼をこの場で殺そうとすれば、清正は間髪をいれず家康に飛びかかってくるだろう。

近習のなかには柳生又右衛門（宗矩《むねのり》）ら、腕に覚えの武者がいたが、清正が正面から突きこんでくれば、防ぐことはむずかしいと家康は見ていた。新陰流の達者である家康には、その気配は読みとれる。

盛宴は中止され、三献《さんこん》の祝いがおこなわれることとなった。

家康が秀頼に盃をつかわし、左文字の刀、鍋藤四郎の脇差、大鷹三連、馬十頭を贈った。秀頼は返盃のとき家康に、一文字の刀、左文字の脇差、黒毛馬一頭、金三百枚、猩々緋《しょうじょうひ》三枚、緞子《どんす》二十巻を献上した。

高台院（北政所）も秀頼に盃をすすめた。

秀頼は義直、頼宣に光忠の太刀、守家の太刀と金百枚ずつをすすめた。

さらにお万の局、お亀の局、阿茶局、本多正純、大久保長安、板倉勝重に金三十枚ずつを贈る。

清正と幸長は丸腰であったが、家康から刀を贈られた。

家康は刀を与えるとき、清正と幸長の気配をうかがった。幸長は刀をおしいただいたのち、四方を眺めまわし覚悟をきめたようであった。

清正は刀をうけとったのち、御殿の外の空の一角をみつめ、何事か祈念した様子であった。そののち、刀の柄の目釘を見守った。家康は清正の動作が何事を意味するのか察知した。

――清正は愛宕《あたご》山を見おったでやな。秀頼に災厄がふりかからぬよう、愛宕権現に立願いたせしよな――

家康は饗宴がはじまるまえにあわただしく腰をあげ、引き揚げてゆく秀頼主従を見送ってゆく。

秀頼を守り、うしろに従う清正は、城内に大勢の者が動く物音を聞きつけ、幸長と眼くばせをかわし、刀の鞘をにぎりしめたが、異変はおこらなかった。

物音は城内の諸侍が、秀頼を襖の隙からでも、ひと目拝もうと押しよせ騒《ざわ》めいたためにおこったのであった。

家康は秀頼を玄関まで送って出た。秀頼の輿が二条城を出たとき、清正はわずかに気をゆるめた。城外の沿道には、見物の人垣がつらなっていて、幕府側が秀頼を襲えなかったためである。

清正らは秀頼の供をして、普請作事をすすめている豊国神社に立ち寄り、金三百枚を奉納、大工頭《がしら》中井正次に銀二百枚を与える。

清正は徒歩で秀頼の輿につきそい、伏見屋敷につくまで虎口のなかにいるような緊張にとらわれていた。

「二条城にて御膳を召しあがらるることも遊ばされず、私の屋敷にておくつろぎ遊ばされたしと存じまするが、むさき座敷なればご遠慮つかまつりまする。屋敷まえの川にお船をつけ、そのうちにておくつろぎ遊ばされよ」

清正の屋敷の前の橋から川下へ三町のあいだ、竹矢来を左右にむすび、金屏風をつらね、すべての供衆に酒肴を与えた。

清正は京都で名高い梅春という料理人に命じ、料理をつくらせた。梅春は数百人の供侍に、当時めったに口にいれることのできない蒲鉾《かまぼこ》を献立に入れていたので、京、大坂の噂となった。

梅春は大勢の弟子を使い、たくさんの魚をとりよせ身をおろし骨をとって、大臼にいれ杵でつかせた。それを板につけ、長い穴のなかで炭火をおこし、畳を左右にならべて炙《あぶ》り、おびただしい量の蒲鉾をこしらえたのである。


四月二日、徳川義直と頼宣が家康の名代《みょうだい》として、秀頼上洛の礼を申しのべるために大坂城を訪問した。

家康からつかわされたみやげは秀頼に太刀一振、馬一頭、銀千枚。淀殿へ銀二百枚、綿三百把。北の方（千姫）に銀百枚、綿二百把、紅花三百斤。

義直、頼宣もそれぞれ手厚いみやげを進献した。秀頼は贅をきわめた饗宴でもてなした。徳川、豊臣の関係は小康をとりもどしたようであった。

家康は、四月七日に浅野長政が六十五歳で亡くなった知らせをうけた。豊臣家に縁故のある人物が、しだいに世を去ってゆくのは、家康にとってありがたいことであった。

四月十二日、後水尾天皇の即位の御大礼が挙行された。家康は参内して式典に参加したのち、京都に集まった二十二人の大名に三ヵ条の条書を示し、内容を守ることを誓約させた。その内容はつぎのようなものであった。

「一、右大将（源頼朝）以後、代々の将軍家の定めた法令と同様に、これを大切にせよ。

江戸幕府から天下の損益を考えられて、御目録を発せられたときは、いよいよそれを固く守れ。

一、あるいは国法にそむき、あるいは上意にたがう奴輩は、おのおのの国に隠しおいてはならない。

一、おのおのが召し抱える諸侍以下のうちで、もし幕府に叛逆し、殺人の罪を犯した者がいると届け出られた者は、ただちに追放しなければならない」

条書に署名した大名のうちには、加藤清正、福島正則もいた。

家康は秀頼への今後のはからいについて、本多正信に意見を聞いていた。

「秀頼は世上にいわれるごとき腑抜にはあらずか、十九歳にてあれほどの器量ならば、秀忠が相手をいたせぬほどの大将になりおるやも知れぬだわ。そのうえ清正がかたえにつきそい大坂城に入らば、難攻不落となり、わが徳川家もこれまでだがや」

正信は今後秀頼のそばに美女を近づけ、歌謡、舞い、酒宴をすすめるよう、手配りをすべきだといった。

清正は生きているかぎり、最大の強敵であると家康は思っていた。

「主計頭を早う世を去らせる手段《てだて》はなきか」

正信は黙って眼を光らせていたが、やがて答えた。

「伊賀者をつかい、毒飼《どくがい》をこころみまするかや」

「その手もあろうだわ」

主従は顔を見あわせた。

家康との会見をなにごともなく終えた秀頼を大坂城に戻らせた清正は、家康が駿府へ帰っていったとの知らせをうけてのち、海路をとって肥後に帰国した。天地丸は長さ二十間（約三十六・四メートル）、幅五間（約九・一メートル）余で船中は三重の座敷、十六畳の部屋が三つあり、風呂もあった。徳川、豊臣手切れのとき、熊本から大坂へ軍兵を急送するために建造された軍船である。

熊本城内にも、秀頼を大坂から落ちのびさせてきたときに用いるための居間があった。「昭君《しょうくん》の間」と呼ばれ、広さは十八畳で、袋戸棚の杉戸に王昭君の旅行の絵が描かれていた。この部屋から天守石垣下の門への抜け道がつくられていたといわれる。

清正は帰国の途中、天地丸のなかで発病した。高熱が出て、肌の色が焦げたように黒ずんできて、熊本城に到着したのは五月二十七日であったが、もはや口をきくこともわずらわしいほどに衰えていた。

腎虚《じんきょ》の病であったのではないかとの言《いわく》もあるが、さだかではない。

輿に乗り熊本城へ帰着した清正は、一家衆、宿老たちに告げた。

「このたびはいかにも重き病にとりつかれしようだわなん。ふた月まえに秀頼公の警固をいたし、淀より二条城まで三里の道を竹杖をついて歩み、帰るときも豊国社に立ち寄り、淀まで徒立《かちだち》にて戻りしよ。

いまは立つこともできぬまでに衰えしが、おどろくばかりだで。あのとき立ちはたらきしが、夢のようだわなん。わしを取りたてて下されし秀吉公の御恩のなかばはお返しできたと思うておるでなん」

清正は秀吉から受けた恩を返すため、家康から謀殺されかねない二条城の会見を無事に終えることができた。

家康は清正の必死の気魄《きはく》に圧倒されなければ、懐中に入りこんだ秀頼を生かして帰さなかったであろう。

清正は熊本へ帰ってのち、しだいに病状が悪化した。二、三日経つうちに舌が不自由になり、呂律《ろれつ》がまわらなくなってきた。診察にあたる医師たちが、一家衆、宿老たちに病状を告げた。

「殿は病重く、ご本復あるは十にひとつもなかるべしと存じまする。さればご存生《ぞんじよう》のうちに駿府まで使者をつかわされてはいかがでござりましょうや」

清正が生きているうちに駿府へ使者をつかわし、家康側近の本多正純に十歳の虎藤丸を後嗣にたてるよう、口添えを依頼せよというのである。

重臣たちは、誰を使者として派遣するか相談するが、皆尻込みをした。清正は家老職を置かず、一家衆に城代を命じ、すべての政務は自分でとりしきっていたので、彼らは責任をとらねばならない仕事をやりたがらなかった。

本多正純に後嗣決定を頼みに出かけたあとで、清正の病気が恢復《かいふく》すれば、使者としての立場がどうなるか。幕閣有力者の機嫌を損じると、どんな祟りがあるか分らなかった。

重臣たちは入札によって駿府への使者をきめることにした。その結果、和田備中、飯田覚兵衛が使者にきまった。二人は六月十八日の卯の刻（午前六時）に、清正の枕もと近くに寄って、後嗣の頼みごとをするため、駿府へ出向くと言上した。

清正は一言も発することができず、目をすこしひらいてうなずき、涙を湧きあがらせた。二人もこれが最後のお暇乞《いとまご》いと思い、涙を袖でぬぐい、退出した。

清正は日頃医薬を用いるのを嫌い、発熱したときも床につかず、自然に恢復するにまかせた。長く野戦に身を置き、命のはかなさを知っていたので、不養生《ふようじょう》の生活をしていた。

清正発病のまえ、親友の加藤嘉明がたしなめた。

「御辺は常々不養生じゃ。養生をこころがけ、長命をいたさねば、秀頼公のお力になれぬではないか」

清正は、秀吉麾下《きか》の侍大将であった頃からの朋友、嘉明と、家族にもうちあけられない秘事を明かしあう仲であったので、そのとき本心をうちあけた。

「わしはことさらに長命しとうはないが、秀頼公を奉じ、豊臣方のおのし、浅野、毛利らと語らい、家康にとどめの一戦をやり遂げてのち、死にたきものよと思うておる。関ヶ原にては福島も黒田の策に乗せられて、危うかりし家康を扶《たす》け、穴だらけにて沈みかけおりし東軍をもりたて勝たせしが、あやつもわしが旗あげいたさば、合力《ごうりき》するはあきらかでや。

関ヶ原合戦ののちは所領を召しあげられし西軍諸大名の家来が、牢人となって諸国に流れ歩いておる。十万の大歩《だいほ》（歩兵軍団）をつくるはたやすきことでやが。

紀州九度山に流されし真田昌幸などの軍略家もおるなれば、ながらく専横のふるまいの目にあまる家康一統を征伐いたすが、わしの秀吉公への死にみやげでや。そのためには、おのしがいうてくれしごとく養生をいたし、長命せねばならぬだわなん」

清正の夢は、それから短かい月日ののちに消えてしまうことになった。

清正は六月二十四日に城内で長逝した。享年五十歳であった。彼の遺言により、家来たちは遺体に具足を着せ、太刀をはかせ棺へ納めた。末の世までの軍神であろうとしたのである。

清正の魂魄は、現世からなつかしい秀吉のもとへ、翔け去っていった。

解説

菊池　仁

関ヶ原の戦い（一六〇〇年）で勝利し、一六〇三年に将軍職に就任して覇権を確立した徳川家康であるが、大きな不安材料をかかえていた。それは豊臣秀頼の存在である。一六〇五年に息子秀忠を第二代将軍とし、諸大名に秀忠への服従を強要して、徳川将軍家の永続的天下支配を確立しようとしたが、秀忠の将軍権力は不安定で、大御所家康の権威に依存することが多かった。一方、秀頼は、豊臣秀吉が残した天下の堅城大坂城に依拠して、家康、秀忠の軍事指揮権に抵抗し、徳川体制のなかに組み込まれない一種の独立諸侯的な存在であった。この時点の家康にとって名実共に確立した徳川体制を築くには、秀頼を将軍家に従順な存在に変えるか、あるいは抹殺するしかなかったわけである。しかし、それを決行するには大きな障害があった。それが本書の主人公・加藤清正である。後に「清正が生き永らえていれば、豊臣家の運命は変わっていたかもしれない」と言われたほど、清正は秀吉の恩顧に報いることを第一義とした勇猛果敢な戦国武将で、家康がもっとも怖《おそ》れた男であった。

これが本書のモチーフとなっている。作者は武将の伝記ものを書かせたら当代随一の作家である。それを証明したのが織田信長を描いた『下天は夢か』（角川文庫全四巻）、秀吉を描いた『夢のまた夢』（幻冬舎時代小説文庫全五巻）、家康を描いた『乾坤《けんこん》の夢』（徳間文庫全三巻）のいわゆる〝夢三部作〟である。この〝夢三部作〟は、戦国乱世という巨大なキャンバスに、それぞれの夢と三者に通底する無常観、虚無感をモチーフに描かれた、津本版戦国絵巻なのである。その特徴は史料の読み込みと鋭い分析、それをたたき台とした独特の人物解釈、さらにそれを克明な筆致で刻み込んだところにある。ここに作者独自の手法をみることができる。

ただ作者には心残りがあり、それが加藤清正と思われる節がある。本書の初出は「小説現代」で、一九九五年五月号〜九七年八月号にかけて前半が連載され、後半は単行本出版に向けて新たに書き下ろされたものである。『夢のまた夢』を書き上げたのが九三年八月。『乾坤の夢』は九四年一月から九六年七月にかけて執筆されたものである。つまり、本書は『乾坤の夢』と併行して書かれていたのである。ということは『夢のまた夢』を完成し、『乾坤の夢』に取り掛かり、書き進めていくなかで、作者に清正を書かずにはおれない何かがあったのであろう。そう思わせるきっかけとなったであろうシーンが『夢のまた夢』のラストに出てくる。少し長くなるがそのシーンを引用しておく。

《三成はさきほど手水《ちょうず》に中座したとき、廊下のほのぐらい一隅で長束正家に呼びとめられた。

正家は声を落し、三成の耳朶にささやきかけた。

「上様がみまかられしならば、われらへ怨みを持つ者どもがこおどりして喧嘩を仕懸くるにちがいなしとの風説が流れておる様子じゃ。おたがい用心いたさねばならぬ。清正が御辺《ごへん》を仇と憎しみておると申すゆえにのう」

三成は感情を殺した声音で答える。

「何事がおころうとも死ぬ覚悟はいたしておるが、秀頼さまのご身上がしかと落着いたし、天下人とならるるを見届けるまでは死なぬわい。それまでに儂を害する者があらわれしときは、力の尽くるまであばれまわって見せてやろうぞ」

座に戻った三成は、正家の言葉を胸にくりかえしていた。

――人の命は笹の上の霰《あられ》よのう。はらはらと、はらはらとのう――

三成は小歌の文句をかみしめる。彼のななめまえに家康の小肥りの背が見える。

――あやつの眼の色が違うて参ったわい――

三成は身じろぎもせず胡座《あぐら》を組んでいる家康の背に、するどい視線を送る。秀吉の病が重篤となった七月頃から、登城する家康は表情に沈痛の色をただよわせていたが、両眼にはときたまおさえきれない精気があらわれた。

秀吉はきれぎれの意識をつないでいた。

――女子《おなご》どもは、優しき者ばかりにてありしよ。気の勝ちし者、弱き者、賢き者、さにあらぬ者。おちゃちゃもまずは勤めたるぞ。儂は皆に栄耀《えよう》をいたさせてやりしだわ。そうじゃ、清正を呼び戻し三成と仲直りさせ、秀頼の支えといたさねばならぬ――》

改めて言うまでもなく、このシーンは作者の創作である。死に直面し、豊臣家の安泰を願う秀吉が、清正の戦国武将としての力量と人間性に、いかに厚い信頼をおいていたかを描くことを狙いとしている。それだけに《秀頼の支えといたさねばならぬ》というフレーズには切実なものがあり、印象的である。

作者は家康を書きながら、清正を書かずして、〝夢三部作〟の真の完結はないと思ったのではないか。本書の題名にあえて〝夢〟を使ったのもそのためであろうと推察する。いわば本書は〝夢三部作〟の番外編ともいうべき位置付けにある。

しかし、前述した〝夢三部作〟の手法を踏襲するわけにはいかない。なぜなら屋上屋を架《か》すことになりかねないからだ。ではどう書くか。作者は思いきった策を講じている。このことは後述するとして、その前に一般に流布されている清正像を朝日新聞社発行『朝日　日本歴史人物事典』を参考にしながら見てみよう。

加藤清正は尾張国愛智郡中村（名古屋市）に生まれた。清忠の次男で幼名を夜叉丸といった（本書では夜叉若《やしやわか》）。豊臣秀吉と同郷の出身で、その縁により幼少より秀吉の台所方に仕える。のち秀吉の直轄領の代官を務め、豊臣経済の状態や当時の経済構造、特に貿易の実態を知る。勇猛果敢な武将と言われる半面「しわき人（けち、勘定にたけた人)」と呼ばれるなど緻密で合理的な性格は、この代官の職を通じて形成されたと思われる。清正の武名は天正十一年(一五八三)、賤ヶ岳《しずがたけ》の戦いで七本槍のひとりとして功名をあげたのにはじまる。同十六年、肥後半国(十九万五千石)の領主となり、秀吉の起こした朝鮮の役では先兵的役割を果たした。漢陽(ソウル)を侵略した際に、李朝の二王子を捕縛した。後世に朝鮮人民から「鬼将軍(清正)が来るぞといえば(泣く子も)すぐに泣きやんだ」といわれたほど、その武力行為は恐れられた。講和問題では秀吉の主張する講和条約を遵守したため石田三成らと対立を深め、一時蟄居《ちっきょ》を命ぜられた。まもなく同処分は徳川家康の援護もあり解除されるが、これにより清正と石田三成の不和は決定的なものとなる。このためもあり清正は関ヶ原の戦いで東軍(徳川方)に参加し、やがて肥後一国(五十四万石)の大名へと成長していく。

清正は日本三大名城のひとつである熊本城の築城に着手し城下町の形成に努めるとともに、独特の手法で肥後の四大河川を改修、灌漑《かんがい》用水の便を図り約八千町歩の新田を開発した。そのため「土木の神様」と称され、後世「加藤神社」に祭られた。日蓮宗の熱烈な信者で寺社の復興に力を尽くし、キリスト教には厳しい弾圧を加えている。徳川幕府に服従する一方で豊臣家の存続を念願、家康と豊臣秀頼の二条城会見にも従い、豊臣家の危機を救った。その帰途、船中で病にかかり、まもなく病没。熊本市本妙寺に葬られる。

以上が清正の生涯と主な事跡だが、これをあえて紹介したのは、作者は清正という人物像を造形するにあたって、〝夢三部作〟で用いた手法のひとつである生涯を詳細にわたって描く大河小説的な記述を捨て、大胆な省略法を用いているからだ。

作者を刺激したのは「家康がもっとも怖れた男」という一点にある。この一点を〝戦国武将としての優れた器量〟と〝豊かな人間性〟と解釈し、これをもっともわかりやすく描くために、構成面で〝夢三部作〟を書いた作者ならではの工夫をしている。

〝目次〟に注目して欲しい。第一章にあたる「夜叉若」は子供時代のエピソードを伝えている。

《「夜叉若は腹が据《す》わっておるだで。あのまま大人が駆けつけるのを待ってりゃ才八は溺れたにちがいねえ。夜叉若のような子供が大人になりゃあ、たいした侍がで

きあがるだで」》

　もうひとつ重要なシーンがある。

《おねは秀吉に譜代《ふだい》の家来たちの養成を急ぐよう意見をしていた。

「譜代の家来は、果物で申さば種でございまする。おまえさまは一代ばかりでここまでなりあがりしゆえ、譜代の家来がひとりもありませぬ。一日も早う心を許せるほどの者を集めねばなりませぬ」

　秀吉はいった。

「うむ、おねの申す通りだわ。子飼いの家来を集めるよう心がけるゆえ、おまえも精々心がけていてたもれ」

　おねは、いとが尾張から長浜にきて夜叉若という大柄な少年を目通りさせると、喜んで秀吉の幕下に召し抱えることにした。

「私が望んでおるのは、夜叉若どのがような家来を、ひとりなりとも旦那がもとへ集めることでござりまするわなも。願ったり、叶《かな》ったりじゃ。夜叉若どのは今日よりお預かりいたしまするに」》

　これが発端で、それ以降の目次が物語っているように、作者は〝戦〟を中心に据え、そこで起こったエピソードを丁寧に積み重ねていくことで人物像を克明に彫り込んでいる。〝戦〟を描くことがそのまま成長の軌跡を追っていく仕掛けとなっている。清正はこのなかで秀吉との主従関係を密度の濃いものとしていき、さらに独自のポジションと哲学を身につけていく。

それがもっともよく顕現されたシーンが「隈本《くまもと》入城」にある。

《加藤清正は、佐々成政の治政を検分する横目役として、肥後に滞在していたので、佐々がいたずらに武勇を誇り、大国を治めるべき道を知らなかった実情を知っていた。

彼は秀吉に申し出た。

「肥後には五十二人の豪侠の地侍が割拠いたしおりまするが、治政の道をはずれることなく、かの者どもを慰撫し、良民に慈悲を及ぼさば、さからう者はなしと存じまする。

されればそれがしに肥後の国を拝領つかまつりたく存ずるでやなも」

秀吉の左右にはべる権臣たちはおどろき、いっせいにどよめき私語をかわす。

三十にも満たない若輩で、五千石の身代の清正が、五十四万石の太守になりたい

と申し出るのは、身のほど知らずと嘲ったのである。》

〝稀代《きたい》の猛将〟にして〝篤実な国主〟として成長していく清正が眼前に迫るような迫力で描かれている。

極めつきはラストの「秀頼上洛」である。作者はここで家康が清正に感じた怖れを練達な筆で描き切っている。実に見事な構成といってよい。省略法を用いたがそれが功を奏し、家康がもっとも怖れた清正の人物像をすっきりとした形で描くことに成功している。

特筆すべき点がもうひとつある。それは同じ秀吉恩顧の大名である福島正則と対比的に描いたことである。「徳川の圧政」の章にそれがよく出ている。

《その様子をうかがっていた清正は、大笑して正則にいった。

「おのしはわしが縁者なれども、大々名となったるいまも、昔とかわらず思いつくがままにつまらぬことを口走るでのん。

城を築くのがわずらいに堪えぬとあらば、いまより領国へ駆けもどり、幕府に謀叛をいたすがよからあず。もし謀叛ができぬとあらば、普請場へ参るがよかろうでやな」

正則は清正のするどい批判に酔いも一時にさめ、われにかえった。清正はさもおかしげに笑いつづけ、同座の人々もつられて笑いだし、正則の失言はあとに残らないかと思うほど宴席がにぎやかになった。》

これにより清正の器量と豊かな人間性が際立ったものとなっている。

本書は〝夢三部作〟と同様、当代随一の人物伝記ものの作者として、面目躍如たる傑出した作品となっている。

――文芸評論家

この作品は二〇一一年十二月小社より刊行されたものです。

加藤清正《かとうきよまさ》　虎《とら》の夢見《ゆめみ》し

津本陽《つもとよう》

平成25年6月15日　初版発行

発行人――石原正康
編集人――永島賞二
発行所――株式会社幻冬舎
〒151-0051東京都渋谷区千駄ヶ谷4-9-7
電話　03(5411)6222(営業)
　　　03(5411)6211(編集)
振替00120-8-767643
印刷・製本―中央精版印刷株式会社
装丁者――高橋雅之

幻冬舎時代小説文庫

ISBN978-4-344-42035-9　C0193　つ-2-33

幻冬舎ホームページアドレス　http://www.gentosha.co.jp/
この本に関するご意見・ご感想をメールでお寄せいただく場合は、
comment@gentosha.co.jpまで。